MADE IN EUROPE

# Pas de souci

## Du même auteur

*Nos âmes seules*, Plon, 2015
*Le Répondeur*, Quidam éditeur, 2020

Luc Blanvillain

# Pas de souci

Quidam éditeur

ISBN : 978-2-37491-278-3 / ISSN : 1779-7888
Dépôt légal : août 2022
Première édition

www.quidamediteur.com
Diffusion-distribution : Harmonia Mundi *livre*

Illustration de couverture : D.R.
Conception graphique : Hugues Vollant
Mise en pages : Atlant' Communication

Le logo est de Mœbius que nous remercions
de sa générosité spontanée.

*Que serions-nous sans le secours de ce qui n'existe pas ?*

Paul Valéry, *Petite lettre sur les mythes*, 1928.

Chloé n'était pas tout à fait dupe. La thérapeute avait une tête de fille sympa, d'âge intermédiaire, plus vieille qu'elle, mais nettement moins que sa mère. Une tête de grande sœur. De grande demi-sœur. Mais quand même sympa. Ce qui péchait, en revanche, c'était le décor. Chloé ne pouvait se défaire d'une excessive sensibilité à la symbolique des objets, aux intentions des harmonies chromatiques.

La déco du cabinet en faisait beaucoup trop. Trop baroque, trop ethnique, trop syncrétique. Il y avait de la tenture et de l'in-quarto, de la statuette, du poil de chat, du divan. Les rideaux brodés tamisaient en tremblotant la lumière du quatorzième et les simples vitrages vibraient au passage du métro. C'était à deux pas d'Alésia, sur le chemin du boulot, détail qui avait finalement décidé Chloé à consulter cette praticienne plutôt qu'une autre, conseillée par Maxime. Il avait boudé. Le plaisir de contrarier Maxime avait aussi fait pencher la balance.

Sur sa vidéo YouTube, la thérapeute sympa présentait ses méthodes avec franchise et naturel. Elle jargonnait plutôt moins que ses consœurs. Épuisée par sa journée de travail, Chloé avait accordé au petit film une attention rêveuse, soustraite à la lecture simultanée d'un profil Tinder finalement décevant. En fait, elle aimait bien la voix de la thérapeute, même si le montant de ses honoraires – soixante-dix euros la séance – correspondait peu ou prou au salaire quotidien de Chloé.

— À quoi pensez-vous ?

La question surprit la jeune femme, qui avait parfois tendance à oublier que le temps continuait de passer pour les autres.

— Je suis audiodescriptrice, s'entendit-elle répondre.

La thérapeute acquiesça, d'un bref hochement de tête qui fit glisser sur son œil gauche une mèche brune. C'était peut-être la sophistication de ces mèches qui empêchait Chloé d'être tout à fait dupe du décorum. Une femme qui se proposait de stimuler vos cellules par le magnétisme se souciait-elle d'être si parfaitement coiffée ?

Chloé se raidit. Cette ironie-là n'était pas d'elle. Elle la tenait de son père. Cette ironie manifestait l'influence – la tyrannie, plutôt – que son père exerçait sur elle.

Pour se désenvoûter de son père, elle pensa très fort à Maxime.

Maxime jugeait l'ironie presque aussi fasciste que l'emploi de l'imparfait du subjonctif. Maxime était totalement *actuel*. C'en devenait flippant, par moments. Mais la question n'était pas là. La question était, comment dire, *d'adhérer* autant que possible à cette séance, de rentabiliser chaque minute. Chloé le sentait bien, elle résistait déjà, digressait, se perdait dans les détails.

— À la base (son père abominait cette expression), j'ai fait des études de lettres. Mais mon vrai but, c'était le cinéma. Le scénario. J'ai eu une opportunité dans une boîte d'audiodescription, vous savez, ça consiste à décrire très précisément les images des films, à l'intention des mal-voyants.

D'un haussement d'épaules, elle renonça à expliquer. Elle aurait souhaité préciser qu'elle ne travaillait pas toujours sur des productions de qualité, loin s'en fallait, des séries, plutôt, des feuilletons, des soaps pour mamies. Pour mamies aveugles.

— Vous souffrez, dit la thérapeute.

Le terme paraissait excessif. C'était juste que la vie était désespérante. Pas la sienne particulièrement, mais elle était née au mauvais moment, juste avant la fin du monde. Certains jours, ça plombait l'ambiance. À la base, elle aimait beaucoup le bonheur et l'avait longtemps envisagé comme une fin désirable. Ses parents, sa mère surtout, l'y encourageaient. À six ans, elle choisissait avec Maxime les prénoms de leurs futurs enfants. Ils s'attouchaient sans complexe, à l'heure de la sieste, tandis que les adultes jetaient des éclats de rire en finissant leurs verres de blanc, sous la tonnelle de la grande villa qu'ils avaient louée pour le week-end à Granville. Cette harmonie s'était rompue aux prémices de l'adolescence, quand ils s'étaient aperçus qu'ils n'étaient mutuellement pas du tout leur genre, en fait. Pour autant, elle n'avait retrouvé avec aucun ni aucune autre une telle intelligence érotique.

La thérapeute semblait examiner les ondes qui modulaient la physionomie de Chloé, au passage de ses pensées. Elle n'était pas impatiente. Forcément, pour soixante-dix balles de l'heure, n'importe qui supporterait de demeurer immobile et silencieux, les yeux légèrement plissés avec effets de chevelure et de bijoux sonores. Pourtant, la preuve paradoxale de sa compétence consistait sûrement dans l'espoir immense qui dilatait le cœur de Chloé, l'espoir que cette femme, malgré ses attributs folkloriques et la ringardise de son site – Maxime en avait frémi de consternation –, malgré son silence, *pouvait quelque chose pour elle.*

— Oui, en vrai, oui, je pense que je souffre un peu, eut-elle le temps d'avouer avant d'éclater en sanglots providentiels.

Ses larmes, en lui confirmant le bien-fondé de la consultation, la rassurèrent et lui permirent d'exprimer par saccades quelques-unes de ses difficultés existentielles. Non seulement elle ne trouvait pas le sens de sa vie mais, à presque trente ans, elle commençait à douter que la vie en eût un. Les mecs étaient des égoïstes et elle peinait à instaurer avec ses copines la fameuse *sororité* dont Maxime lui rebattait les oreilles. Oui, Maxime était un ami d'enfance, son âme-sœur, sans plus. Elle avait lu beaucoup de livres sur les sorcières mais se reconnaissait mal dans cette figure ésotérique et, de toute façon, la nature la déprimait un peu. Ses parents s'aimaient trop, depuis toujours, un couple de boomers satisfaits, elle aurait donné ses reins pour eux, quoique, boomer, ça ne voulait rien dire, ils n'étaient pas des boomers, non, ils profitaient de la vie, eux, de leur vie, de la retraite à taux plein.

Elle se tut, soulagée d'avoir fourni, dans le désordre requis, supposait-elle, par la cérémonie analytique, un honnête compendium de ses amertumes.

— Ils vous cachent quelque chose, déclara la thérapeute.

Chloé se redressa dans son voltaire.

— Qui ?

— Vos parents.

Elle s'y était attendue, aux parents. Elle s'était attendue à tout, en fait, et cette psy paraissait résolue à lui en donner pour son argent, se conformant aux *stéréotypes* dont Maxime décelait partout la sournoise influence. Pourtant, il se passait un truc. Cela tenait peut-être à la voix de cette femme, à la brièveté de son verbe. Une vérité menaçante perçait sous les fanfreluches. Chloé, comme tout le monde, croyait savoir reconnaître la vérité, à la vibration qu'elle produisait quelque part dans son ventre, aux échos qu'elle éveillait.

— Mes parents me cachent quelque chose.

Ce n'était pas une question. La thérapeute ne répondit pas.

Rien de bien révolutionnaire là-dedans, raisonna Chloé. De misérables secrets moisissent un peu partout. Ils festonnent les silences. Ils les infestent. Nous grandissons dans ces cloaques conjugaux dont le mystère n'est jamais aussi passionnant que le prétendent les milliers de livres et de feuilletons pour Ehpad qui font leurs choux gras des cachotteries d'alcôve. Chloé ne comprenait pas la fascination qu'exerçaient ces prétendues énigmes originelles. Bien sûr, elle ne boudait pas son plaisir quand étaient portées à la connaissance du public les dévergondages de quelque idole médiatique. Elle humait avec délice la poussière des statues basculées. Mais elle rechignait à mettre son asthénie chronique sur le compte d'un non-dit traumatisant. Trop facile. Adolescente, elle l'avait espérée, cette invisible plaie qui expliquerait sa nullité en maths, cette lésion de la psyché qui eût avantageusement justifié sa flemme et les heures passées sur le canapé, à regarder le télé-achat. Elle avait même fouillé dans les affaires de ses parents, compulsé les vieux albums-photo, déplié des billets doux remisés dans des chemises poudreuses. Elle n'avait trouvé que de niais aveux, de mièvres confidences enrubannées de périphrases et qui dataient de l'époque où son père faisait à Évreux son service militaire. À tout prendre, elle le préférait caustique. Au surplus, Chloé avait eu droit souvent au récit circonstancié de l'épopée nuptiale. Elle voulait bien admettre que les légendes trop bien fourbies devaient être tenues pour suspectes, mais, même avec la meilleure volonté du monde, il était difficile de soupçonner ses géniteurs. C'était au point qu'elle leur en avait voulu, à une époque, de leur absence d'aspérités. Ses copines, pour se donner de l'épaisseur, puisaient sans vergogne dans les silences d'une mère, dans la perversité manifeste d'un père. Mais ses parents à elle n'avaient même pas divorcé. Son paternel courait tous les dimanches au bois de Vincennes avec celui de Maxime. Sa mère lisait les livres de la rentrée littéraire.

Bon. Mais alors pourquoi l'affirmation de la thérapeute l'avait-elle à ce point bouleversée ?

Elle s'était remise à pleurer, mais différemment. À bas bruit, sans larmes. Vos parents vous cachent quelque chose. Son âme s'était instantanément spasmée. C'était peut-être l'emploi du présent de l'indicatif. Il suggérait une insistance du forfait. Un crime chronique. Une dissimulation active, toujours recommencée.

— Je me doute qu'ils ne font pas souvent l'amour, tenta-t-elle. Ma mère...

La thérapeute secoua la tête. Un instant dispersées, ses mèches reprirent leur place.

— Vous essayez de franchir un obstacle invisible, explicita la psy. C'est ce qui vous épuise.

Chloé rumina la métaphore.

— Un obstacle invisible mais bien réel ?

— Ils vous cachent quelque chose, confirma son interlocutrice. Je vous propose de nous revoir la semaine prochaine. Même heure.

Souffrait-elle vraiment ? Le lundi suivant, il lui sembla que non. Son espace de travail était franchement agréable. En six ans de carrière, elle avait connu deux autres postes. Le triste studio de Levallois, spécialisé dans les archives parlementaires, et une boîte de prod alternative à Pantin, qui débitait de l'animé pédagogique low-cost. Recrutée grâce au piston d'un pote de Maxime par une chaîne d'envergure dont le logo apparaissait souvent au générique de films sarcastiques et arty, elle appréciait la différence. Le latte bio, les parquets poncés, les moulures inspirantes. Oubliés les standards totalitaires des années 2010. Le harcèlement moral et les délires bureaucratiques se paraient d'atours moins voyants. On subissait un mépris feutré, intelligent. Les cadres dynamisaient leurs visuels en les truffant de capsules vidéo, façon Brut, et pratiquaient une insolence servile héritée des chaînes câblées.

Chloé, là non plus, n'était pas dupe. Peut-être tout son malheur – si malheur il y avait – provenait-il de sa difficulté à être dupe, à suspendre l'incrédulité. Maxime, lui, était un ingénu joyeux. Progressiste et libéral. Sincèrement convaincu des bienfaits de la Main Invisible. Je suis un imbécile heureux, souriait-il. Il avait raison.

Ce lundi-là, Chloé travaillait sans allant sur une scène charnelle poussive de la série estampillée *16+, sexe, nudité* qui l'occupait depuis près d'un mois. Elle était à la bourre. Un couple de trentenaires désabusés, après s'être tourné autour du pot pendant quatre épisodes dans divers restaurants barcelonais, venait enfin de s'accorder un consentement mutuel et se livrait en conséquence à un interminable apéritif bucco-génital dans les coussins design du garçon. Le souvenir de sa première séance avec la thérapeute s'offrait sans relâche à l'œil intérieur de Chloé, et elle avait sincèrement tenté d'en rire. *Ils vous cachent quelque chose*. Mais oui. Mais bien sûr. Cette femme, comme tout le monde, se gorgeait probablement de fictions tièdes, nordiques peut-être, dont le ressort flasque consistait précisément dans l'existence d'un *lourd secret*.

Et toi, toi, s'interrogeait-elle. Qu'est-ce que tu en penses ?

*Marco introduit sa tête entre les cuisses ouvertes de Claudia et lui mange le sexe*, écrivit-elle avant de couper le son de la vidéo et d'ôter son casque high-tech, les oreilles cuites par les feulements du tandem. Elle se demanda si le verbe *introduire* pouvait se construire avec la préposition *entre* ou s'il était obligatoirement suivi de *dans*. Les dictionnaires en ligne demeuraient évasifs. On pouvait éventuellement être introduit *auprès*, mais dans un contexte mondain sans rapport avec celui des ébats qui se poursuivaient en silence, dans les scintillements de l'écran. Elle se frotta les yeux. Un début de migraine empêtrait son vocabulaire. Voilà pourquoi elle était toujours en retard. Ce souci des mots. *Marco glisse sa tête entre les cuisses ouvertes de Claudi*a, corrigea-t-elle à contrecœur. Il ne la glissait pas, il l'introduisait. Elle n'était pas fière de mentir à des spectateurs en situation de handicap, mais la grammaire française n'avait pas assez anticipé les subtilités de la fiction télévisuelle.

Elle sursauta quand Corentin – son boss, mettons, mais pas tout à fait – lui posa la main sur l'épaule. Elle avait envisagé une aventure avec lui pour des raisons physiques, c'était un assez beau garçon mais son pif et son cul symétriquement excessifs avaient fini par devenir rédhibitoires. Quoique érotiques aussi. Il contemplait, fasciné, les lèvres de l'actrice luisant de sueur dans un éclairage mauve. C'était le seul inconvénient de cette boîte, l'espace était organisé pour permettre aux boss de se matérialiser facilement dans votre dos.

— Donc, je me demandais, dit-il, comme s'il reprenait le fil d'une conversation permanente avec Chloé, si on se voyait ce soir, finalement.

La jeune femme fronça les sourcils. Apparemment, elle n'avait pas su faire comprendre assez clairement à Corentin, qu'il avait basculé dans la colonne des Non. Elle désigna d'un mouvement de visage les amants qui se tortillaient.

— Je suis complètement sous l'eau, soupira-t-elle.

— Quel épisode ?

— Le cinq, grimaça-t-elle.

— Ah oui, merde.

Il s'éloigna sans insister. Si elle ne tenait pas les délais, il se ferait taper sur les doigts et cette perspective l'aidait à oublier celle d'un tête-à-tête avec Chloé. Corentin avait fait HEC. Dès qu'il fut parti, l'image de la thérapeute réapparut, se superposant harmonieusement à celle du couple. Les décos des deux appartements offraient d'ailleurs quelques similitudes.

*Ils vous cachent quelque chose.*

À bien y réfléchir, le ridicule du décor, les mèches, le kitsch, tout ce qui aurait dû ruiner l'autorité de la psychologue conférait une certaine vraisemblance à sa sentence. Voilà ce qui donnait la migraine à Chloé. Elle aurait préféré un monde logique, avec des causes et des effets. À son tour, Ludivine apparut dans son dos. Ludivine était sous-titreuse. Elles travaillaient souvent ensemble et s'accordaient généralement. Elles étaient amies, grosso modo, bien que cette amitié ne fût en rien comparable à celle qui unissait aux siens les parents de Maxime. Trente-cinq années de fréquentation loyale, de vacances communes, de cérémonies dithyrambiques – les événements heureux devant être célébrés, les malheureux aussi, dès qu'ils avaient pris fin. On voyait mal ce qui, dans ce contexte, aurait pu échapper à la vigilance de quiconque.

Il était peu probable, en tout cas, que son amitié – comment fallait-il dire ? – avec Ludivine dure trente-cinq ans. Qu'est-ce qui, d'ailleurs, de nos jours, durait trente-cinq ans ? Non que Chloé eût quoi que ce fût à lui reprocher, mais Ludivine semblait manquer de la consistance nécessaire aux sentiments solides. Elle professait une sorte de panthéisme confus, respectueux de tout, sans doctrine, mais nourri par les podcasts qu'elle écoutait en continu. Sa préférence allait aux choses insolites, et il se trouvait sur le Net quantité de récits, de témoignages, de reportages, de paroles libérées dont elle se sustentait pour en redistribuer généreusement la substance à la moindre pause-café.

— Il y a une fille, annonça-t-elle sans préambule à Chloé, qui communique avec Jim Morrison.

Comme Chloé, visiblement mal préparée à accueillir cette information, affichait une expression déconcertée, Ludivine indiqua sa propre oreille d'où pendait un fil qui la reliait à son IPhone. Elle écoutait ses podcasts au boulot, Corentin était OK tant qu'elle s'acquittait correctement du taf.

— Il s'adresse à elle la nuit, précisa Ludivine, et elle note. Il lui dit des poèmes, la plupart du temps. Le plus fou, c'est qu'elle ne parle pas un mot d'anglais. Elle transcrit en phonétique.

— J'imagine que Morrison avait encore beaucoup à dire, abonda Chloé.

— Il est mort tellement trop jeune.

Elles parlèrent un peu du club des 27. Brian Jones, Janis Joplin. Rimbaud ? Elles vérifièrent. Non, pas Rimbaud du tout. Ludivine ôta son écouteur.

— Corentin t'a parlé ? s'enquit-elle avec un mouvement latéral de pupille.

— Je l'ai boulé.

— Il est lourd, approuva Ludivine.

Chloé se demanda si elle devait lui révéler l'existence, dans sa biographie, d'un potentiel secret, non moins lourd. C'eût peut-être été l'occasion de tempérer l'unilatéralisme qui régissait, dans ses échanges avec Ludivine, le flux des révélations sensationnelles (Chloé n'avait à son actif, pour l'instant, que le projet aussitôt avorté de l'adoption d'un chaton). Mais non, celle-ci était trop importante. Elle en réserverait la primeur à Maxime, et pas plus tard que le soir même. Et pas autrement que les yeux dans les yeux. Aucun texto préparatoire, nul teasing. Ce serait abrupt, fracassant et on verrait bien. Ils *dînaient* ensemble tous les lundis soir. Chez elle et chez lui en alternance. Aujourd'hui ce serait chez lui, dix mètres carrés supplémentaires, sushis plus raffinés, Père-Lachaise, il gagnait bien, ayant hérité, sans doute en raison d'implacables mécanismes, des aptitudes scientifiques de leurs deux pères.

— Alors ? demanda soudain Ludivine en affectant une impatience de collégienne.

— Alors quoi ?

— Ta thérapie ?

C'était vrai. Chloé lui en avait parlé. Une erreur, sûrement.

— Pour l'instant, ça commence juste.

Ludivine parut très déçue. Elle peinait à dissimuler ses déceptions.

— Mais j'ai pleuré ! se rattrapa Chloé.

Le visage de Ludivine s'illumina. Elle posa une main compassionnelle sur l'avant-bras de Chloé, qu'elle secoua un peu pour signaler qu'on reprendrait cet échange plus tard. Chloé la regarda s'éloigner.

*Ludivine traverse l'open space. Elle distribue à droite et à gauche sourires et hochements de tête. Discrètement, elle glisse une main dans la poche de son jean où se trouve son téléphone, et relance le podcast.*

— Mais bien sûr, s'enfiévra Maxime. Mais évidemment !

Son enthousiasme chronique était réconfortant. Il avait, à ce jour, chamarré sans faillir tous les événements notables de la vie de Chloé depuis la perte de sa première dent, et l'on pouvait présumer sans grand risque que la dernière tomberait, si Maxime était encore de ce monde, dans une salve de hourrahs.

Juchée sur un haut tabouret dans la cuisine du jeune homme, les coudes posés de part et d'autre d'une Margarita maison – il s'y connaissait en cocktails – elle venait de lui annoncer, après avoir difficilement obtenu de lui le minimum de recueillement nécessaire, que ses parents, selon toute vraisemblance et depuis toujours, *lui cachaient quelque chose.*

La réaction de Maxime, qu'elle avait tâché d'anticiper, pourtant, la surprit. Maxime était son double, son comparse, son confident, son jumeau. Ils étaient nés le même mois de la même année dans la même petite ville normande – Vinteuil-sur-Iton – où leurs parents s'étaient rencontrés. Ils avaient, tous les six, migré à Paris vingt ans plus tôt. Elle était persuadée qu'aux yeux de Maxime comme aux siens, leurs six cœurs étaient transparents. Leurs six vies parallèles.

Et voici qu'au contraire, il acceptait comme une évidence l'hypothèse du secret. Elle le soupçonna aussitôt de désirer autant qu'elle une aspérité sur la surface unie de leurs destins, un accroc dans ce tissu de vérités indubitables. Avec le bénéfice secondaire – en cas de révélations trop sordides – de n'être pas directement concerné.

— Évidemment quoi ? relança-t-elle.

Car Maxime avait aussi l'exaspérante habitude de s'abîmer tout à trac dans ce qu'elle supposait être des réflexions et qui, de l'extérieur, ressemblait plus à de la catalepsie. Il pompait son cocktail à la paille, immobile, écarquillé, les pommettes déjà luisantes.

— Tu n'as jamais... toussa-t-il.

Elle patienta.

— ... soupçonné quelque chose ?

Soupçonné ? Bien sûr que si, elle avait soupçonné. Que leurs parents officiels n'étaient pas les vrais, qu'elle était la sœur de Maxime, que quelqu'un l'attendait quelque part...

Rien de sérieux.

— Précise ta pensée, intima-t-elle passant sur ses lèvres la pointe de sa langue.

— Ta mère, poursuivit Maxime. Les silences de ta mère.

Elle haussa les sourcils. Sa mère ne lui avait jamais paru briller par ses silences. Bien au contraire, sauf le respect qu'elle devait à l'autrice de ses jours. Si Maxime avait cette impression c'était peut-être qu'en sa présence, il était difficile d'en placer une. Même pour la mère de Chloé, aujourd'hui sexagénaire alerte et sportive, férue de séries, de réseaux et de romans bouleversants qui ne laissaient pas indemne. Elle ne présentait aucun des traits propres aux mères qui, précisément, peuplaient les romans en question, personnages tourmentés, marqués par une complexité ostensible et souvent percluses de silences toxiques. La mère de Chloé s'appelait Véronique, prénom qui lui allait bien. Elle avait exercé jusqu'à sa récente retraite des fonctions administratives, dans diverses entreprises, ne cherchant jamais à se pousser du col ni à s'élever jusqu'aux altitudes où les emmerdements volaient en escadrille, comme disait son mari. Elle s'était toujours fait ici ou là quantité de copines avec qui elle pratiquait la gymnastique ou le chant choral, et réservait ses rares penchants liturgiques à l'apéritif du vendredi soir. Il y avait, selon Chloé, peu de place dans sa vie pour le silence. Encore moins s'il était au pluriel.

— Je me suis toujours demandé, s'entêta Maxime, s'il n'y avait pas... quelque chose.

Il acheva sa Margarita puis s'empara du shaker où il parut chercher ce *quelque chose* avant d'y verser quelques mesures de Cointreau.

— Max, soupira Chloé, c'est sérieux. J'y ai pensé tout le week-end.

Il se tourna vers elle, offusqué. Son appartement était étonnamment impeccable. On se serait cru chez la grand-mère de quelqu'un.

— Mais je *suis* sérieux.

— Cette psy, plaida Chloé, au début je l'ai prise pour une illuminée, une espèce d'arnaqueuse, qui lit l'avenir dans les poils de chats. Et puis...

— Chloé, insista Maxime en ajoutant la téquila, je te dis que je suis sérieux. Cette psy a raison. Simplement, ça ne nous était jamais venu à l'esprit.

— Quoi ?

— Cette chose. Le secret.

Elle l'examina plus attentivement. Il portait une barbiche mode et des lunettes en bois. Une veste de jogging imitation banlieue sur un petit pull en cachemire et d'épaisses charentaises décorées pour la gauche du portrait de Bernard Blier et pour l'autre de celui de Lino Ventura. Il possédait une connaissance pointue des algorithmes et des data, avait déjà effectué trois stages d'œnologie. Il draguait sur Tinder et sur d'autres plateformes plus sélectes, des espaces pour cadres, il ne boudait pas Netflix, il supportait l'Olympique Lyonnais.

Chloé avait besoin de se le décrire ainsi, de temps en temps, pour se rappeler qu'aucun de ces attributs n'expliquait Maxime, le Maxime qu'elle aimait, dont elle avait si souvent examiné, tandis qu'il dormait, cette partie intime du visage, le frêle espace séparant du nez la lèvre supérieure et où poussaient quelques rares poils frisés. Toutes les étapes du développement de Maxime avaient laissé dans le cortex de Chloé une image indélébile. La physionomie interloquée qu'il arborait en CE1, pensait-elle, résumait son essence. Celle d'un être fragile et intelligent, inadapté, obsessionnel, éternel fœtus chassé par erreur de l'Eden amniotique. Quand il chuchotait ainsi le mot *secret*, il redevenait lui-même, le petit humain déçu d'arpenter un monde sans surprise où rien, jamais, n'advenait.

C'était à quoi tenait le pouvoir persuasif de la thérapeute, son aptitude à flatter chez ses patients le besoin que quelque chose se passe, se soit passé, que tout ne soit qu'apparence et le monde visible une caverne.

— Tu as des souvenirs de Vinteuil ? obliqua-t-elle.

Vinteuil. Leur enfance. Les dix premières années. Leur livre d'images, les colombages, les ruelles pavées, l'immense clocher gothique dominant la grand-place, les forêts noires et l'entreprise où travaillaient leurs parents, qui déversait régulièrement dans l'air humide ses fumées miasmatiques. Taux de lymphomes plus que suspect. Une association s'était créée pour exiger une enquête. Les enfants jouaient au bord de l'Iton, dans la tour grise, grimpaient aux arbres du parc. Beaucoup de pigeons, les illuminations de Noël, les grandes maisons à boiseries, des demeures de maître, de notables. Ils étaient des bourgeois, des gens importants, en ville. Leurs parents avaient tous été sollicités pour figurer sur des listes, à chaque scrutin municipal. Ils achetaient des illustrés à la maison de la presse. Quoi d'autre ? Les cours de piano, Maxime persécuté tous les ans à l'école. Chloé le défendait comme elle pouvait.

— Mais en dehors des souvenirs officiels ? l'interrompit-elle au bout d'un moment.

*Maxime se concentre. Perché sur son tabouret, il pose les pieds sur la barre, les coudes sur ses cuisses, le front dans ses mains, position qu'il affectionne. Ses cheveux s'ébouriffent, ses lunettes menacent de s'écraser au sol. Il a oublié qu'il en porte. Il cherche d'autres images, avec conviction. Il a l'habitude d'obéir à Chloé.*

— Une fois, dit-il, on devait être en CM1 ou quelque chose, je suis passé te chercher un soir. Il avait neigé. Il neigeait beaucoup, à Vinteuil.

Elle tendit l'oreille. Ce préambule ne lui évoquait aucune anecdote connue.

— Ta mère était là, poursuivit Maxime. Elle m'a ouvert la porte en s'essuyant les yeux. Je suis certain qu'elle avait pleuré.

Déçue, Chloé haussa les épaules.

— Ma mère faisait souvent des tartes à l'oignon, tu sais très bien.

— Arrête.

Il descendit de son tabouret, s'approcha d'elle et entoura ses épaules de son bras maigre. Son haleine sentait le sirop de sucre.

— Je te l'ai dit souvent, Chloé, que tu n'allais pas bien. C'est moi qui t'ai recommandé de faire une thérapie, tu te rappelles ?

Quand il lui expliquait les choses de cette voix d'instituteur d'autrefois, légèrement empâtée, mieux valait se contenter d'acquiescer en silence.

— Ce qui se passe, c'est que ta psy a tout de suite repéré quelque chose. Quelque chose que moi aussi, j'avais senti.

— Toi ? ne put s'empêcher de s'étonner Chloé.

Elle avait mis trop de goguenardise dans sa question. Il risquait de se vexer et de bouder des heures, le temps de regarder deux, voire trois épisodes de *Leftovers*. Elle n'en aurait pas le courage. Mais l'enjeu devait être important, car il ne fit pas de caprice.

— Je ne suis pas un professionnel, mais je te connais. Tu es dans une névrose d'échec.

Maxime appréciait la musique savante des théories freudiennes, qu'il connaissait surtout par Wikipédia. Elle soupira, lasse de subir ses diagnostics à l'emporte-pièce, désespérément bienveillants.

— Tu fais de l'audiodescription au lieu de réaliser tes propres films, tu n'as jamais pu garder un mec plus de quelques mois, énuméra-t-il.

— C'est bon. Refais-moi une Margarita.

— Tu bois trop, tu glandes trop.

Le plus désolant n'était pas qu'il s'autorise à dresser d'elle un portrait de sitcom démodé, mais qu'elle se fût si indiscutablement conformée à ce modèle par paresse d'inventer mieux. Recycler des répliques de séries, au cours des soirées, adopter le look du moment, courir avec une montre connectée, écouter des playlists, être de son temps, n'être que cela, n'avoir à revendiquer aucune identité, ne se prévaloir d'aucune *fierté*, n'appartenir à aucune communauté caractérisable, partager des images, ne pas savoir trop quoi penser des grands sujets, prier pour qu'advienne le plus tard possible le règne des toilettes sèches, voilà qui, à l'heure dernière, n'ajouterait rien à sa gloire.

Mais une névrose d'échec, non, vraiment. C'était trop.

Ou alors si ? Ou alors elle valait bien mieux que ce qu'elle était devenue ? Elle aurait pu avoir déjà un ou deux enfants, comme sa copine Rose, avoir passé un an en Australie comme Mélissa, sauté en parachute. Si seulement elle pouvait obtenir la preuve qu'elle était vraiment malheureuse. Maxime le croyait, c'était un début.

— Excuse-moi, se défendit-elle, mais tu peux parler.

Elle savait qu'elle touchait un point sensible. Maxime détestait qu'elle compare leurs existences, même s'il déployait une énergie considérable à feindre de n'avoir pas mieux réussi qu'elle. Il en avait tellement bavé dans les classes préparatoires scientifiques, il avait cubé maths-spé, intégré péniblement une école d'ingénieur où il pleurait le soir tant il crevait de solitude. Aujourd'hui, tout allait bien pour lui mais il s'était donné tant de mal pour ne pas décevoir son père. Il avait besoin qu'on lui fournisse en permanence, mais avec une élégante délicatesse, des marques d'admiration et de respect.

— Ça ne sert à rien d'être méchante, susurra-t-il. Je te le dis parce que je t'aime.

En temps normal, Chloé aurait poursuivi cet échange jusqu'à ce qu'elle s'écroule sur le canapé de Maxime, où il lui arrivait souvent de passer la nuit.

Mais elle choisit d'examiner sérieusement le postulat de la névrose d'échec, du secret, des larmes de sa mère. C'était plus excitant.

Surtout, cette perspective – comme les paroles de la thérapeute – lui procura un curieux bien-être, une forme de soulagement, un sentiment d'évidence. À quoi s'adjoignait autre chose. Une énergie ? Un élan qui avait trait au désir. Peut-être – mais il fallait examiner cette possibilité avec une extrême prudence – se sentait-elle soudain vivante.

Gérard était encore complètement à poil. Ça devenait lassant.

— Allez, Gérard, soupira Patricia en accrochant son manteau à la patère, habillez-vous. Je suis là.

— Je le sais bien que vous êtes là, maugréa-t-il.

Elle ne répondit pas. L'exhibitionnisme désespéré du bonhomme permettait au moins à Patricia de procéder à un rapide examen de son anatomie. Depuis treize ans qu'elle le connaissait, son état général ne s'était pas trop dégradé, malgré l'alcool, malgré la nourriture industrielle, malgré tout.

Et un peu grâce à elle.

— Il fait glacial, souligna-t-elle.

Elle avait déjà enfilé ses gants et son tablier. Elle s'accroupit pour fouiller dans le petit placard, sous l'évier.

— Je vous avais demandé de racheter de la Javel, Gérard, et du produit pour laver par terre.

Il soupira, frissonna, puis, découragé, finit par s'envelopper dans une vieille robe de chambre.

— Qu'est-ce qui ne vous plaît pas, chez moi, Patricia ? Vous savez que j'ai été mannequin, dans le temps.

Elle avait du mal à le croire, même s'il le lui répétait chaque fois. Mannequin pour les catalogues de la Redoute et des Trois Suisses, dans les années quatre-vingt. Ce n'était pas complètement invraisemblable, quoiqu'aucun témoignage ne corroborât ces allégations. Patricia n'avait pas tout à fait compris non plus comment Gérard s'était retrouvé à Vinteuil-sur-Iton. Les versions fournies par l'intéressé variaient souvent. Selon l'une d'elles, il aurait bénéficié d'un programme de protection des témoins après que toute sa famille avait été tuée par une organisation sur laquelle il était préférable que Patricia en sache le moins possible. Ce dont elle était certaine, c'est qu'on l'avait mis sous curatelle à cause de son penchant pour les spiritueux, qu'il consacrait le plus clair de son temps à salir ce qu'elle avait lavé, et qu'il était amoureux d'elle.

Elle s'attaqua à la crédence, devant laquelle il semblait avoir pratiqué un sacrifice rituel. Une substance d'un brun rougeâtre, qu'elle ne parvint pas à identifier, maculait le mur et la gazinière. Une pâte épaisse et poisseuse. De la graisse animale, peut-être, ou des entrailles de poisson. Elle décida d'aérer, malgré le froid. La poignée était dure, le bois gonflé. Elle inhala l'air humide en fermant les yeux. Gérard vivait dans un petit immeuble, tout près de la forêt. Au printemps, on voyait parfois des écureuils. Elle n'avait pas répondu à sa question.

— Je vous l'ai déjà dit, Gérard, j'aime vivre seule.

Il hocha la tête, contrarié.

— Mais si vous cherchiez quelqu'un ? Je pourrais faire l'affaire ?

Elle se remit à frotter les salissures, en essayant de ne pas rayer la surface en mélaminé. Du vomi, tout simplement ?

— Disons que votre manière de m'accueillir tout nu… J'ai un fond romantique, moi, Gérard.

Il se dérida enfin.

— Menteuse. Je connais les femmes, vous savez.

— Ah oui ?

Elle minauda, juste ce qu'il fallait pour l'inciter à se lancer dans l'un de ses longs récits autobiographiques, ponctué de drames et de coups de théâtre. Pendant ce temps, elle n'avait pas à faire la causette. Elle se rappela qu'il aimait le coq au vin surgelé. Ce devait être ça. Il mettait toujours les barquettes en aluminium au micro-ondes.

— En 68, c'étaient les filles qui jetaient leur soutif par-dessus les moulins. Vous vous souvenez ?

— Non, Gérard, je suis née en 72.

— En 72, c'était pire.

Fétichiste des chiffres, il se mit à raconter des épisodes de son année 72, obscurs mais dûment millésimés. Une séance d'auto-stop le 4 février, un concert en plein air le 6 juin. (Difficile de démêler s'il y avait participé en simple spectateur ou comme bassiste vacataire d'un groupe de rock tombé dans l'oubli. Elle ne demanda pas de précisions.) Il y avait beaucoup à faire, comme d'habitude. La vaisselle sale, le linge qui traînait, les cadavres de bouteilles. En 72, s'il fallait ajouter foi au récit de Gérard, il devait avoir une vingtaine d'années. C'était vraisemblable. Hormis son petit ventre et son teint d'alcoolique, il n'était pas si décati. La forme de muscles anciens se discernait ici ou là sous la peau, tels des vestiges ensevelis.

— On pourrait finir la route ensemble, non ? conclut-il.

Il s'était enfoncé dans un profond fauteuil tendu de velours déchiré, tandis qu'elle s'échinait sur le tuyau de l'aspirateur, bouché par quelque chose qu'elle redoutait de voir apparaître.

— J'espère avoir encore un peu de chemin à faire, objecta-t-elle.

Elle déboîta le tuyau. Une chaussette.

— Mais moi aussi, Patricia. Moi aussi. Je dis juste que ce chemin, on pourrait le parcourir à deux. Vous connaissez Palerme ?

Elle le laissa décrire Palerme pour nettoyer les cabinets d'où elle ressortit aussitôt, rouge de courroux.

— Gérard, vous pourriez au moins tirer la chasse de temps en temps.

— L'eau va bientôt manquer, Patricia. J'ai lu des choses sur la décroissance. On en parlait déjà dans les années 70.

Elle finit par s'absorber dans sa tâche et dans ses pensées. Après Gérard, elle devait se rendre chez Mme Deshayes, que ses enfants voulaient mettre à l'Ehpad. Mme Deshayes avait supplié Patricia de la tuer avant qu'ils ne l'emmènent.

— Vous m'étouffez sous un oreiller. Je vous promets de ne pas gigoter. Ou un coup de marteau, là. Même deux ou trois si vous voulez.

— Mme Deshayes, je vous adore, mais je ne vais pas aller en prison pour vous.

— J'y ai réfléchi. On peut faire passer ça pour un cambriolage qui aurait mal tourné. Il y a des Roms du côté d'Évreux.

Patricia avait travaillé trois ans à L'Ehpad de Vinteuil. C'était un bon souvenir. Elle aimait les vieilles personnes. Mais elle comprenait l'effroi de Mme Deshayes qui, pour son malheur, avait encore toute sa tête. L'Ehpad, supposait-elle, c'était un peu comme les concerts de rock en 1972 : supportable à condition de planer beaucoup.

Elle s'aperçut soudain qu'elle avait parlé toute seule et que Gérard l'écoutait. Ça lui arrivait de plus en plus, ces temps-ci. Yoyotait-elle déjà ? À cinquante ans ? Non, se rassura-t-elle, elle avait toujours été un peu folle. Ses parents le lui disaient déjà. Et son frère.

— Le mieux, ce serait un accident de chasse, professa Gérard.

— Pardon ?

— Mme Deshayes. Au cours d'une promenade en forêt. Paf, une décharge de chevrotine. Je peux m'en charger, j'ai ce qu'il faut.

— Arrêtez, Gérard, ça ne me fait pas rire.

Il lui jeta un coup d'œil surpris. Il n'avait manifestement pas eu l'intention d'être drôle. Mais il n'ajouta rien. Il redoutait qu'elle lui fasse la tête. Ce serait déjà long d'attendre jusqu'à mercredi qu'elle revienne.

Quand elle fut partie, le désespoir lui agrippa les entrailles. Il retira sa robe de chambre, s'effondra dans son fauteuil et se mit à pleurer. Moins sur lui que sur elle, en fait. Il avait tellement de peine pour Patricia. Elle avait tellement besoin d'être protégée.

Il faudrait qu'il dise à Bertrand, le gérant de la supérette, que sa Grappe Fleurie le rendait sentimental.

Sans soupçonner le moins du monde qu'elle était l'objet d'une telle affliction, Patricia s'installa au volant de sa Twingo rouge, fouilla dans son sac et en extirpa deux biscuits prétendument diététiques au soja et pépites de chocolat blanc. Elle savait grignoter sans faire de miettes. Un instant, elle ferma les yeux, la joue gonflée par le gâteau revigorant dont la pâte mollissait doucement. Elle démarra, quitta le petit parking de l'immeuble et emprunta la ruelle qui longeait l'Iton. Une belle journée d'automne, brumeuse et profonde comme son enfance. Elle aurait pu passer par la place de la Madeleine mais elle voulait s'arrêter au cimetière avant d'aller chez Mme Deshayes. Se ressourcer, disait-elle. (Elle ne le disait qu'à elle-même.)

Les trois tombes reluisaient. Elle redressa le pot de fleurs sur celle de sa mère, posa la main à plat sur celle de son père. Mais c'était à Sylvain qu'elle voulait parler. Elle s'assit sur sa pierre, à peine moins dure que, jadis, ses genoux.

Elle lui raconta des trucs sans importance, dans leur langage de l'époque. Une langue vivante, malgré les années, le sabir des eighties. Sylvain disait « rudement bien ». En parlant de disques, le plus souvent. Et de romans policiers. Patricia les avait tous lus. C'était son truc, cet univers d'hommes qui picolaient.

Ce qu'elle aimait bien, notamment, c'était la vengeance. Monte-Cristo. Elle avait tanné Sylvain pour qu'il lise le bouquin. Il était si entêté : « Je l'attaque bientôt, promis, mais c'est un sacré gros pavé. » Il avait toujours beaucoup à faire. Surtout après l'accident. L'éduquer, elle. La consoler. « Les garçons sont infréquentables. » Il n'aimait pas le mot mec. Il aimait le dessinateur Moebius, même si on ne comprenait rien à ce qu'il racontait dans ses albums.

— On n'a pas besoin de comprendre, affirmait Sylvain. Dans la vie non plus.

Pour Moebius, elle avait renoncé. Mais pour le reste, ça faisait trente ans qu'elle s'acharnait.

Si seulement Sylvain avait eu le temps de finir son histoire.

Jean-Charles, le père de Chloé raffolait de son époque. C'était l'un de ses nombreux points communs avec Maxime. Il aimait tout particulièrement les polémiques sur Internet, Twitter et ses échauffourées, les questions que Maxime qualifiait de *touchy*, le genre, l'islam, le climat. Jean-Charles et Maxime campaient en général aux extrémités les plus opposées de l'échiquier idéologique, moins par conviction que par goût de la joute. Jean-Charles, surtout, se lançait volontiers dans l'arène, et sa condition de jeune retraité lui laissait beaucoup de temps pour affûter ses banderilles.

— Je viens d'en lire une bien bonne ! annonça-t-il à Chloé quand il la vit arriver, par-delà l'écran de son ordinateur portable.

Pour mieux la regarder et par coquetterie, il plia ses demilunes avant de les fourrer dans la poche pectorale de sa chemisette. Il rabattit l'écran, puis se leva en repoussant sa chaise dont les pieds grincèrent un peu sur les dalles en grès cérame. Il aimait consulter les réseaux depuis sa cuisine, dont la vaste fenêtre donnait sur le bois de Vincennes.

Chloé lui accorda une bise contrariée. Elle aurait aimé que sa mère fût là aussi. Quelque chose de moins avouable la chagrinait. Cet appartement immense, cette résidence. Jamais elle ne pourrait s'offrir un tel cadre de vie. Elle hériterait à leur mort et cette idée la mettait en colère contre eux, ce qui était, se blâma-t-elle, puéril et injuste. Tu as un surmoi hypertrophié, diagnostiquait Maxime. Autre point irritant, Jean-Charles n'était jamais surpris de la voir débarquer à n'importe quelle heure, ni (encore moins ?) contrarié de ses absences périodiques. Les visites de Chloé constituaient une évidence, alors qu'elle résidait à quarante minutes de métro puant et que lui-même ne venait jamais la voir. Il ne s'intéressait pas davantage à son travail. Elle supposait qu'à un moment ou à un autre de son cursus, elle avait déçu son père, qu'il avait pris acte de cette déception, n'en concevait aucune aigreur mais, juste, se foutait complètement, désormais, de sa vie. Injuste et puéril. Mauvaise humeur. Ah, et puis, contrairement à Véronique, il n'était jamais curieux des *relations sentimentales* de sa fille. Dieu soit loué. Mais quand même.

— Maman n'est pas là ?

Il n'entendit pas la question. Ou plutôt, il l'entendit mais elle fut automatiquement évacuée par le puissant mécanisme mental qui avait permis à Jean-Charles, dès sa jeunesse, de séparer l'ivraie de l'essentiel, à quoi il avait toujours consacré l'entièreté de ses capacités. D'où sa réussite, son appartement, sa retraite. Tu considères ton père comme un égoïste ? résumait Maxime. Oui, mais c'était infiniment plus compliqué. Mais oui.

— Je viens de lire la tribune d'un linguiste dans *Le Monde*. (Il aimait *Le Monde*.) Un Suisse. Le type prétend, je cite, (il aimait citer) « qu'un langage qui utilise le masculin par défaut est exclusif ». Il critique « l'usage prétendument générique du masculin ».

Chloé prit une bière dans le frigo et ouvrit un tiroir en quête de l'ouvre-bouteille.

— Elle rentre quand ?

— Il propose une phrase, comme exemple. Je n'ai plus la citation exacte...

Jean-Charles tourna la tête vers son ordinateur mais renonça à le rouvrir.

— « Un chercheur doit être compris par ses lecteurs », ou quelque chose comme ça. Le linguiste affirme que le cerveau, en entendant ça, se représente automatiquement des chercheurs et des lecteurs *masculins.*

Il mima un éclat de rire.

— Parce que le cerveau n'a pas beaucoup de temps pour former une image. Alors il va au plus simple. Et c'est quoi, le plus simple ? L'image d'un mec. Forcément. À cause du patriarcat.

Malgré elle, Chloé s'intéressa un peu. Elle aussi avait visualisé des chercheurs hommes (chauves avec une couronne de cheveux hérissés) et des lecteurs hommes (à lunettes d'écaille). Mais elle refusa de répondre, pour éviter d'alimenter cette conversation. Elle avait ses huit heures d'audiodescription dans les pattes, huit heures auxquelles son père ne consacrerait jamais la moindre pensée. Huit heures évaporées.

— Et d'une, énuméra Jean-Charles : comment il sait, le linguiste, ce qui se passe dans le cerveau des gens ? Il a accès à nos boîtes crâniennes, le linguiste ? On en sera peut-être bientôt là mais pour l'instant la vidéo-surveillance a ses limites. Et de deux, en supposant qu'il ait raison, cette représentation « sexiste » est-elle due aux mots ou au fait que oui, les chercheurs sont encore majoritairement des hommes ?

Apercevant la bière dans la main de sa fille, il se dirigea vers le réfrigérateur.

— Le vrai combat des femmes, conclut-il, ce serait justement de renverser la vapeur, de décrocher des postes prestigieux dans la recherche, de s'intéresser aux articles scientifiques. Et après, automatiquement, les images mentales changeraient.

Chloé se demanda si ce discours ne visait pas perfidement ce que Jean-Charles considérait comme son manque d'ambition à elle. S'il n'exprimait pas, peut-être inconsciemment, sa désillusion à son égard ou, pire, son regret de n'avoir pas eu de fils.

— Je te fais remarquer, ajouta-t-il en décapsulant sa bière, que les féministes ne se bousculent pas pour qu'on dise « tueur ET tueuse en série » ou « nazi ET nazie ».

— Il me semble que les tueurs en série sont surtout des hommes, ne put s'empêcher de répondre Chloé.

— Catherine de Médicis, Lucrèce Borgia, rigola Jean-Charles.

L'agacement de Chloé monta d'un cran. Elle n'était pas venue pour ça. Elle n'était pas Maxime. Après des heures d'insomnie, elle avait résolu de poser directement la question à ses parents. Elle s'était imaginé la scène. Elle faisait irruption, posait son sac sur une chaise (ce détail adventice nuisait à la solennité de l'instant mais elle n'y pouvait rien, elle posait toujours son sac sur la même chaise et son imagination refusait de couper la séquence) puis s'adressant à ses deux parents : « Je sais que vous me cachez quelque chose. Depuis toujours. » (La scansion était importante. Le « depuis toujours » devait impérativement être bien séparé du reste par un point.)

*Le couple se fige devant l'évier de la cuisine. La lumière électrique leur donne un teint blafard. La main du père hésite, en un pitoyable réflexe de défense, à prendre ses demi-lunes dans la poche de sa chemise. « Mon dieu », murmure la mère.*

Sa mère n'avait encore jamais murmuré « mon dieu » de sa vie. Ce serait sûrement l'occasion. Mais sa mère n'était pas là. Depuis qu'elle ne travaillait plus, elle s'adonnait à quantité d'activités irréprochables, s'investissait dans les Restos du cœur, alphabétisait des migrants, jouait au poker avec des jeunes mecs trop marrants qui envoyaient des *dick pics* à leurs copines (sa mère avait découvert en même temps le mot et la chose).

Elle accepta de s'asseoir au salon avec Jean-Charles. Elle était trop crevée, de toute façon.

— Pendant que le linguiste dissèque nos cerveaux phallocrates, il y a des femmes afghanes qui manifestent contre les talibans. Là, je dis oui. Là, je dis bravo.

Comme elle ne réagissait pas, il ajouta que pendant les vingt années au cours desquelles ils avaient occupé l'Afghanistan, les Américains avaient jugé prioritaire de dépenser des millions de dollars pour enseigner aux Pachtounes la théorie du genre. Des millions de dollars. Chloé bâilla, curieuse de savoir si cette info était sourcée, mais gardant pour elle sa curiosité.

Il ne lui demanda pas si sa journée n'avait pas été trop rude. Il le faisait encore, quand elle était lycéenne.

Tandis qu'il méditait sur les Pachtounes en étouffant de petites éructations, les yeux dans le vague, elle acquit presque la conviction que le secret dont lui avait parlé sa thérapeute n'existait pas. Ne pouvait pas exister. Son père n'était pas un homme à secrets. Elle avait assidûment fouillé ses tiroirs, quand elle était ado, bien sûr, tâté les parois en quête de doubles fonds, de cachettes, de revues pornographiques. Rien. Rien dans son historique Internet. S'il était souvent en retard, c'était à cause de réunions ou de dîners de travail. Peu enclin aux intermittences du cœur, il avait toujours adoré sa femme. La véritable tragédie tenait probablement à ce que Chloé avait été élevée par des gens ordinaires, aimants. Elle n'était pas une femme afghane. Jean-Charles ne lui disait pas bravo. Il n'y avait pas de mystère.

La porte claqua. Véronique était rentrée. Véro et JC. Dans cet ordre. Un couple éperdument fidèle depuis plus de trente ans.

— J'ai vu ton sac sur la chaise, dans l'entrée ! dit sa mère en accourant pour l'embrasser. Ça me fait super plaisir !

Puis elle s'effondra sur les genoux de JC et lui piqua sa bière.

— Alors, demanda-t-elle à Chloé ? Pas trop morte ?

Bonne question. Sa mère la lui posait depuis toujours, semblant présupposer que chaque journée constituait un attentat contre l'élan vital, et que le grignotement perpétuel de la camarde pouvait au mieux être contenu.

— Pas trop.

— Ton boulot ?

Une fois de plus, Chloé se demanda si la question de sa mère était purement formelle. S'intéressait-elle vraiment à son boulot ? Probablement. Elle n'était jamais prise en défaut quand il s'agissait de citer, par exemple, le nom des collègues de Chloé. Elle connaissait Corentin et Ludivine et pouvait expliquer en quoi consistait l'audiodescription. Mais la précision de ses connaissances était suspecte. Ne s'agissait-il pas d'une indifférence mieux maquillée, plus rouée, plus intelligente que celle de Jean-Charles ? Plus féminine ? (Bravo ! applaudissait Maxime, consterné, dans un coin de sa tête.)

Brusquement, Chloé en fut certaine : si quelqu'un lui cachait quelque chose, c'était elle. Sa mère.

— Et toi ? demanda-t-elle, comme on lance une sonde, au hasard.

— Moi quoi ?

— Pas trop morte non plus ?

Véronique rit.

— Non, mais par contre, je te raconte pas la misère qu'on voit.

Chloé espéra qu'en effet, elle ne raconterait pas mais se sentit tenue de manifester une forme d'intérêt. Elle choisit de hocher lentement la tête, pour laisser entendre que la misère en question se passait de mots, qu'on était raccord sur la misère.

Elles avaient déjà souvent évoqué les gens qui jalonnaient les trottoirs dans leurs sacs de couchage. On pouvait peut-être parler un peu d'elle, maintenant.

— Je *ne* te raconte pas, corrigea Jean-Charles.

Chloé, qui avait hérité de ses maniaqueries grammaticales, se mordit la lèvre, contrariée d'être d'accord avec lui.

— Il y avait un pauvre homme..., poursuivit Véronique.

— Véro, Véro, Véro, chantonna Jean-Charles.

Il existait un pacte. On ne rapportait pas la détresse humaine à la maison. On se blindait. Autrefois, à Vinteuil, quand il inspectait les chaînes de production, il en avait croisé, des pauvres types. Il en avait appris, des horreurs sur eux. Oh, naturellement, ce n'étaient pas des immigrés. Non, des gars du cru. Des clampins de souche. Et du sordide, pas besoin d'arpenter les trottoirs pour en croiser. Ça se passait dans les familles, derrière les volets clos, tout le Zola qu'on voulait. Eh bien, Jean-Charles avait toujours épargné ces histoires aux siens. Alors, si on permettait, il aurait bien aimé profiter tranquillement de son privilège blanc, tant que c'était encore possible.

Véronique sourit. Chloé se demanda quelles autres histoires avaient été épargnées à la famille. Son père ne venait-il pas d'avouer qu'il pratiquait l'omerta lorsque ça l'arrangeait ? Et s'il se taisait sur la misère des autres, n'était-on pas fondé à en tirer certaines suppositions ? Si c'était lui, finalement, le coupable ?

— Des fois, improvisa-t-elle, je regrette Vinteuil.

— La France périphérique, approuva Jean-Charles.

Véronique s'étonna.

— Tu regrettes le temps de Vinteuil ou tu aimerais vivre à la campagne ?

Bonne question. Ni l'un ni l'autre, en fait.

— Un peu les deux.

Chloé regarda sa mère l'observer. Toutes deux lurent quelque chose d'indéchiffrable dans les yeux de l'autre.

— Je te comprends, dit Jean-Charles. C'est inhumain, de vivre à Paris.

Il désigna les murs en hochant la tête, pour étayer ses propos.

— Le prix du mètre carré, la surpopulation, enchaîna-t-il.

— On vend l'appartement et on rachète la longère de Vinteuil ? proposa Véronique avec une malice ratée.

Tous trois se turent, plongés dans leurs souvenirs. Des images fortes. L'humidité des murs, la branche du cerisier qui tapait au carreau les soirs venteux, terrorisant Chloé. Les histoires du soir. Quelques chats. L'insert rougeoyant. Il y avait une vieille grange qu'ils n'avaient eu ni le temps ni le courage de débarrasser. Elle contenait des vestiges agricoles métalliques inidentifiables.

Ils poussèrent trois soupirs.

— Eh oui, conclut Véronique.

— J'ai des photos, si vous voulez, tenta Jean-Charles.

Il avait des photos de tout, sur tous les supports possibles, dans des boîtes, dans des disques durs, sur des disquettes.

— Non, ça va, je suis crevée, dit Chloé.

Elle ajouta qu'elle allait rentrer.

— Tu ne manges pas avec nous ?

C'était Véronique qui avait posé la question. Chloé déclina l'invitation et se retint de fournir un prétexte. Il lui sembla qu'il n'était pas mauvais de semer un peu le doute. Quelque chose éclorait peut-être.

En récupérant son sac, avant de partir, elle vérifia dans le miroir que sa mère ne la quittait pas des yeux.

— Pourquoi ? demanda la thérapeute.

Chloé haussa les épaules. La semaine avait passé vite. Non, elle avait passé… ailleurs. Dans un autre secteur du multivers. C'était un des premiers effets surprenants de cette analyse – elle escomptait qu'il y en aurait d'autres, beaucoup d'autres – cette modification de la durée, de la nature des heures. D'abord parce que ce qu'elle avait toujours considéré comme la réalité, les actions, les paroles, la matérialité des êtres avait été mis à distance, tandis qu'elle-même avait évolué dans un milieu psychique infiniment plus fluide, où son passé avait repris la première place, où, par exemple, ce petit type de CM1 qui s'obstinait à vouloir lui palper la culotte, et qu'elle avait relégué dans les limbes, avait ressurgi, dans un luxe étonnant de détails, y compris ses tennis qu'elle admirait, sa coiffure kitsch et son patronyme complet, Arthur Trottin. Et puis, Vinteuil, le clocher gigantesque, les murs humides, le petit pont sur l'Iton, les sorties pédagogiques avec Mme Lhentis, l'institutrice sadique qui organisait tous les ans un échange avec la Roumanie, sa correspondante roumaine, une fille minuscule à la peau très brune et qui ne savait dire que « s'il vous plaît ».

— Parce que… grommela-t-elle (pourquoi répondait-elle en grommelant ?), mon père est beaucoup trop… simple.

La thérapeute se rencogna dans son fauteuil, laissant résonner l'adjectif.

Chloé fronça les sourcils. Qu'avait-elle voulu dire ? Et pourquoi les mots qu'elle prononçait lui apparaissaient-ils tout à la fois impropres et parfaitement justes ? Comme si quelqu'un de plus compétent qu'elle se chargeait de parler à sa place. Non, pas du tout. Ce n'était pas quelqu'un d'autre, c'était bien elle qui prenait la parole. Mais elle se trompait sur le véritable objet de son discours. Elle le comprit avec un temps de retard. Croyant évoquer son père, elle avait, en fait, voulu désigner le garçon qu'elle avait rencontré via Tinder, et avec qui elle avait bu un verre, le jeudi soir. Un garçon parfait, selon sa mère. Un consultant, très sexy, critique à l'égard du système (il employait beaucoup ce terme) et cependant bien payé, qui effectuait des missions ici ou là, dans des boîtes, de très grosses boîtes, et c'était kafkaïen, là-dedans. Mais lui faisait son propre pain, du pain cocotte, levure fraîche, tu mets n'importe quelle farine, bio de préférence, tu laisses pousser, tu cuis. Un délice. Elle avait fini par oser lui avouer qu'elle préférait qu'ils en restent là. Il lui avait fait la bise avant de s'enfoncer dans la nuit lumineuse de Répu.

La thérapeute paraissait suivre la scène sans efforts. Chloé n'était pas certaine de l'avoir racontée mais les parois de sa boîte crânienne étaient devenues transparentes. Comment avait-elle pu douter de la valeur de cette psy ? Une chamane, oui. Une magicienne.

— Quels souvenirs gardez-vous de votre enfance à Vinteuil ?

C'était déconcertant de l'entendre prononcer ce nom, dont les riches échos revêtaient, dans sa voix, une solennité neuve. Vinteuil, Vinteuil. C'était important, Vinteuil. Ça avait existé. C'était toujours là. Et Chloé était quelqu'un d'important. Était quelqu'un. Sa vie comptait, son passé ne s'était pas dilué dans le tourbillon parisien. Une brusque émotion lui mouilla les paupières. Il y avait des crapauds dans le jardin. Beaucoup de crapauds effrayants, à cause de la rivière toute proche. Ils sortaient le soir et elle n'était jamais parvenue à comprendre où ils se cachaient dans la journée. Une fois, Maxime en avait attrapé un (il avait eu ce courage répugnant de le saisir entre le pouce et l'index) et l'avait lancé chez le voisin, par-dessus le mur. Chloé revoyait l'envol du crapaud. L'envol, oui, c'était le mot. Parce que l'animal, en décollant, avait instinctivement écarté les pattes et – Chloé en était sûre – esquissé des mouvements d'oiseau. Elle n'avait jamais su ce qui s'était passé, à l'atterrissage.

— Mes parents avaient des amis. Un couple. Leur fils, Maxime, est presque comme mon frère.

Elle l'avait déjà dit mais (ou donc) la thérapeute hocha la tête. Que signifiait ce hochement ? Validait-elle l'existence de Maxime ou valait-il mieux parler d'autre chose ? Maxime était-il objectivement aussi important dans sa vie qu'elle l'avait toujours pensé ? Tout allait-il se reconfigurer au cours de cette analyse ? Fallait-il évoquer Arthur Trottin ? Si c'était lui, la clé ? S'il était finalement parvenu à ses fins, la culotte de Chloé. Un viol refoulé ? Un pelotage barbare, en CM1 – elle croyait se rappeler qu'il avait déménagé ensuite, aucune trace mnésique d'un Trottin en CM2 – flétrissure cruciale, secrète cicatrice ?

Non. Trottin avait renoncé, elle en était certaine. Il s'était mis à poursuivre de ses assiduités une autre fille. Camille. Trottin n'était pas la clé. Et Maxime ?

— Vos parents continuent-ils de fréquenter leurs amis ?

Fréquenter. La thérapeute évoluait dans un monde où l'on se fréquentait. Chloé adora. C'était comme si le monde reprenait des couleurs. De l'épaisseur. De la texture. Son passé allait enfin bénéficier d'une audiodescription en règle, et de vocables choisis.

— Oui, ils se fréquentent énormément. Surtout depuis qu'ils sont à la retraite. Mon père court deux fois par semaine avec Laurent, le père de Maxime. Ils sont très bien conservés.

Elle s'esclaffa. Bien conservés. Elle imagina Jean-Charles et Laurent dans un gros bocal de formol, flottant nus et reliés par un épais cordon ombilical. Était-il normal que sa cure suscite des visions dignes d'un mauvais trip de fin de soirée ? Fallait-il qu'elle aborde tout de suite le fait qu'elle ne voulait pas d'enfant ? Elle avait toujours mis ce refus sur le compte de la planète et de l'entropie, mais il y avait peut-être autre chose ? Un dégoût de l'enfance lié à ce fameux secret. Et pourquoi avait-elle parlé de son père pour illustrer l'amitié qui liait ses parents à ceux de Maxime ? Sa mère aussi *fréquentait* Cécile toutes les semaines. Elles œuvraient dans les mêmes associations. Oui mais voilà, c'était d'abord l'image de Jean-Charles et de Laurent trottinant (Trottin ?) dans le bois de Vincennes qui s'était imposée. Son père était-il vraiment si simple ? Était-elle la fille de Laurent ?

Elle examina cette possibilité sans grand entrain. À vrai dire, elle y avait déjà (souvent) pensé. Mais c'était impossible. Pour des histoires de groupes sanguins, d'abord – elle avait enquêté auprès de Maxime dès qu'on leur avait enseigné, au collège, les rudiments de l'hérédité – et surtout en raison de l'accablante ressemblance qu'elle présentait avec son père, ce léger prognathisme, charmant chez lui, décourageant chez elle, ces cils longs et fournis, ces pommettes facilement rubicondes, cette délicatesse des attaches, ce tic bizarre consistant, dans les moments d'intense réflexion, à se retourner les paupières et à les rouler sous ses doigts, manie dont elle avait découvert assez vite qu'elle était peu répandue et rebutait certains garçons sensibles.

— N'essayez pas de forcer les choses, conseilla la psy. Laissez venir. Vous n'êtes pas obligée de parler.

Oui, enfin quand même. Soixante-dix euros la séance. Il faudrait que ça débouche sur quelque chose de concret. Le plus vite possible. Se doutant que ce n'était pas une bonne idée, elle quêta tout de même la bénédiction de sa psy :

— Est-ce que vous pensez que je dois interroger mes parents ?

— À quel sujet ?

— Au sujet de ce qu'ils me cachent.

La thérapeute, à son tour, haussa les épaules. Un haussement gracieux, agrémenté d'un sourire bénin. Et donc ? L'implicite était sans doute que rien ne s'imposait, qu'il n'y avait pas à strictement parler de *méthode*. En tout cas, la suggestion ne paraissait pas complètement délirante.

— Tout à l'heure, vous aviez l'air de penser que c'était plutôt votre mère qui vous cachait quelque chose.

— Elle s'appelle Véronique.

— Sainte Véronique.

— Quoi, Sainte Véronique ?

— Celle qui essuie le front du Christ. Le visage de Jésus imprimé sur le tissu.

Les choses se compliquaient. C'était clair.

Chez Mme Deshayes, il n'y avait pas beaucoup de ménage à faire. La vieille dame consacrait son temps à lustrer les surfaces, les ébènes, les céramiques, l'argenterie. Sa chute malencontreuse d'un escabeau, au cours d'une expédition vers les sommets de la haute fenêtre du salon, pour en parfaire la transparence, avait constitué une erreur stratégique. Car sa famille n'attendait que ce faux pas pour la menacer de l'hospice. La fracture avait mal cicatrisé. De providentielles complications confortèrent les préventions des odieuses brus contre les délices de la solitude que Mme Deshayes savourait depuis le décès de son époux, vingt ans plus tôt. Oui, parce que dans l'affaire, c'étaient les belles-filles, le problème. Mme Deshayes avait deux fils, tous deux adorables mais mariés en dépit du bon sens. Avec des gorgones. De tristes harpies ingrates et qui convoitaient le patrimoine. Sur ce point, Patricia, en dépit de la stricte neutralité qu'elle s'efforçait sincèrement d'observer, ne pouvait qu'être d'accord avec Mme Deshayes. Quant aux fils, elle ne se prononçait pas, n'ayant jamais eu l'honneur de leur être présentée. Ils travaillaient beaucoup. C'étaient les belles-filles qui se pointaient à l'improviste. Des belles-filles oisives, très disponibles. Les pires.

Aussi bien, les pièces rapportées se méfiaient de Patricia, dont elles soupçonnaient à juste titre que leur belle-mère s'était engouée au point de faire preuve, à son égard, d'une générosité parfaitement irresponsable. L'ancêtre n'hésitait pas à arrondir au noir les émoluments de sa femme de ménage, glissant une petite liasse dans son sac ou y fourrant, malgré ses protestations, une tabatière en acajou qui, de toute façon, lui rappelait de mauvais souvenirs.

— Le tabac l'a tué, rappelait-elle. Débarrassez-moi de l'arme du crime.

Et donc le travail de Patricia chez Mme Deshayes consistait principalement à lui lire à haute voix – en mettant bien le ton, s'il vous plaît – d'épouvantables histoires de meurtres et surtout de vengeance. Elles s'accordaient parfaitement là-dessus. Tout forfait méritait châtiment, au centuple, œil pour dent, taïaut, Talion, pas de détails.

Elles n'étaient pas complètement indifférentes à la musicalité des phrases, à la vigueur des métaphores, à la qualité du vocabulaire, pourvu que les personnages souffrissent beaucoup. Leurs goûts communs les portaient vers d'épais thrillers, américains pour la plupart, mais les nordiques et, depuis peu, les africains tiraient honnêtement leur sanglante épingle du jeu de massacre.

Mme Deshayes ne s'était enhardie à solliciter Patricia, pour ces lectures à voix haute, que lorsque l'accélération de sa dégénérescence maculaire l'avait contrainte à renoncer même aux livres en gros caractères. Patricia s'y était prêtée avec ravissement, apportant ses propres ouvrages, pour le plaisir de recueillir, à leur sujet, l'opinion de la vieille dame. Celle-ci l'écoutait religieusement, perdue au fond d'un fauteuil beaucoup trop grand pour elle et qu'elle inclinait par le truchement d'une télécommande jusqu'à obtenir pour son dos l'angle idéal. Alors, elle fermait à demi les yeux et pénétrait en soupirant d'aise dans les bas-fonds de l'âme humaine.

Au début de leur histoire, elles avaient eu un peu honte de s'avouer qu'elles préféraient les romans noirs aux ouvrages seniors standards proposés par la bibliothèque, les sagas historiques sentimentales, les romans émouvants racontant l'errance d'une femme au mitan de sa vie qui rencontrait sur une plage rocheuse un homme traînant ses casseroles secrètes, la mâchoire saillant sous une barbe de trois jours.

— Vous savez, Patricia, dit-elle soudain, je me souviens très bien de vos parents.

Elle avait ce défaut – le seul, mais il était pénible – d'interrompre le cours du récit par des remarques hors de propos – le propos du livre, en tout cas – et qui révélaient que ses pensées suivaient leurs propres cours, malgré l'attention qu'elle portait au thriller ou, plus sûrement, grâce à elle. Les événements violents racontés dans le polar lui évoquaient des épisodes de son passé. Elle avait toujours vécu à Vinteuil, et y connaissait tout le monde, vivants et morts. Elle se rappelait Patricia enfant, et son grand frère. Mme Deshayes avait eu, disait-elle, le privilège de ne jamais devoir gagner sa vie. (Même si sa propre oisiveté lui paraissait différer radicalement de celle, parasitaire, de ses brus.)

Une fois ses gentils fils à l'école, elle pouvait, à loisir, ouvrir grand ses yeux et ses oreilles. À l'en croire, il s'en était passé de belles, dans la petite ville normande, et les fredaines continuaient probablement, même s'il lui était moins facile, aujourd'hui, d'en avoir connaissance.

— On avait dit qu'on ne parlerait pas d'eux, protesta Patricia.

En vain, elle le savait. Mme Deshayes adorait les drames de la vie, les fins brutales, injustes, insupportables. À cet égard, celle des parents de Patricia était exemplaire.

Elle tenta une diversion en remplissant à ras bord la tasse de Mme Deshayes. Les vertus diurétiques express du thé vert tarissaient parfois le flot des paroles. Mais la vieille dame se garda de porter la porcelaine à ses lèvres. Elle resta sur les parents de Patricia.

— Le plus terrible asséna la vieille dame, c'était la gentillesse de votre père.

— Je sais bien. On reprend la lecture ?

— Au départ, elle devait y aller seule, à Évreux. Il ne l'a accompagnée que parce qu'il la sentait inquiète à l'idée de prendre la voiture.

Patricia ferma les yeux et se mordit mentalement les doigts d'avoir un jour, dans un moment de faiblesse, raconté par le menu à Mme Deshayes les circonstances de la tragédie. Sa mère, en effet, avait une démarche administrative à accomplir à Évreux. Curieusement, la mémoire de Patricia refusait de conserver la nature exacte de cette démarche. Ses parents tenaient une quincaillerie, dans le centre de Vinteuil et sa mère s'occupait de ce que son père appelait la paperasserie – L'administration nous, tue, en voici la preuve ! avait commenté Mme Deshayes. – raison pour laquelle, à coup sûr, il lui avait fallu se rendre à la préfecture. C'était le 12 octobre 1987. Un lundi, jour de fermeture hebdomadaire de la quincaillerie. La mère de Patricia avait, sur le tard et plutôt péniblement, décroché son permis de conduire, encouragée par son mari qui regardait ce document comme un sauf-conduit pour la liberté. On avait fêté dignement l'événement à la maison, Patricia s'en souvenait. Mais sa mère avait peur de conduire, surtout pour aller à Évreux. Une route tortueuse et souvent luisante d'humidité, voire de verglas, des arbres, énormément d'arbres.

— S'il avait pris le volant, soupirait Mme Deshayes.

— Il *voulait* qu'elle conduise !

Mme Deshayes se taisait en remuant la tête, pour indiquer qu'elle n'en pensait pas moins. On avait retrouvé la voiture encastrée dans le tronc d'un hêtre immense, juste à la sortie de Vinteuil, au bout d'une ligne droite. Il était difficile d'imaginer comment l'accident avait pu se produire. Des traces désespérées de freinage, mais la route n'était pas particulièrement glissante. La mère de Patricia, subodora un gendarme navré, avait perdu le contrôle du véhicule. Le véhicule en question, une Renault 11 acquise deux ans plus tôt, Patricia le revoyait distinctement, s'en rappelait l'odeur, sentait sous ses doigts la raideur du tissu qui revêtait les sièges. Un impeccable habitacle, lumineux, des trajets (pour où ? Où allaient-ils alors ?) sur la banquette arrière, assise à côté du grand frère qui lui parlait trop peu parce qu'il préférait écouter son walkman. Au moment de l'accident, il venait de faire sa rentrée à l'université de Mont-Saint-Aignan. La fac de lettres, choix qui avait laissé leurs parents dubitatifs et plutôt fiers. Patricia entamait brillamment sa classe de seconde. Un temps prodigieusement lointain, plus inaccessible qu'Alpha du Centaure.

— Il est tout de même étrange que la gendarmerie n'ait pas mené d'investigations plus approfondies, répétait Mme Deshayes dès qu'elle en avait l'occasion. (C'est-à-dire à peu près n'importe quand.)

— C'était un accident, répondait Patricia. On n'enquête pas pour une voiture qui se prend un arbre. Ma mère conduisait très mal.

— Il y a des poids lourds énormes qui circulent, rappelait Mme Deshayes, tout en représentant, à l'aide de ses deux bras maigres, l'énormité des véhicules.

Elle n'en disait pas plus. Patricia, pour lui faire plaisir, acquiesçait. À ce stade du récit – moment que Patricia redoutait le plus – Mme Deshayes gardait le silence. Mais il n'était pas difficile de deviner à quoi elle pensait. À la suite, bien sûr, autrement plus tragique, parce que les Dieux, pendant six années, s'étaient reposés. Oui, reposés. Ou avaient repris leur souffle avant d'asséner à cette malheureuse famille un coup de grâce carabiné. Six années au cours desquelles le grand frère avait agi en héros. Renonçant sans barguigner une seconde à ses ambitions littéraires – Quelles étaient-elles exactement ? Pour autant que Patricia s'en souvienne, il ne s'était finalement jamais mis au *Comte de Monte-Cristo*– il avait repris, à dix-huit ans la quincaillerie.

Pour ne pas remuer trop énergiquement le fer dans la plaie, Mme Deshayes réservait au chœur de ses vieilles amies – dont beaucoup, hélas, n'étaient plus, et c'était embêtant, pour communier dans la déploration – le récit de ces temps héroïques. Le jeune homme qu'indisposait le commerce avait consacré ses jours et une partie de ses nuits à la petite boutique familiale dont il connaissait tout de même certains secrets pour avoir aidé ses parents, souvent, pendant les vacances. Il avait découvert que les affaires n'allaient pas fort mais, loin de se décourager, s'était lancé dans la vente, dans la prospective, dans l'innovation, pour subvenir aux besoins de sa petite sœur. Il y avait eu, au début, ce grand élan de solidarité de la part des Vintoliens, tout le monde allait lui acheter des pinces, des vis, y compris M. Deshayes, pourtant rétif au bricolage. Ça n'avait pas suffi à maintenir vraiment l'affaire à flot.

Bien sûr, il y avait eu aussi – Mme Deshayes ne jugeait pas mais le silence sous lequel elle ensevelissait ces temps ne manquait pas d'éloquence – *l'adolescence difficile* de Patricia qui, loin de suivre l'exemple vertueux de son frère, avait complètement laissé tomber les études pour se commettre avec des garçons sans aveu, les plus illustres vauriens du lycée technique, des Maghrébins de Dreux, des adultes dévoyés, elle avait consommé quantité de substance, s'était hideusement teint les cheveux, fardé les paupières. Et pourtant, tout cela n'était rien, non, et Mme Deshayes persistait dans l'idée que le Sort, à ce moment, retenait ses coups. Parce qu'après tout, nul besoin d'être grand psychologue pour percer les mystères de la petite Patricia. Un tel deuil, dans l'adolescence, expliquait parfaitement cette dérive. Et quant au grand frère, comment lui reprocher de n'avoir pas su y mettre un frein ? Il avait fait tout ce qu'il avait pu, menant lui-même une vie d'ascète, derrière son comptoir, jusqu'au bout de la nuit. Il ne lui avait rien reproché quand il était allé la chercher à la gendarmerie parce qu'elle avait volé du rouge à lèvres.

Mme Deshayes passait aussi sous silence, eh bien, le vice du grand frère, non moins inexplicable que les écarts de la sœur. Un vice hélas très ordinaire, tristement banal, un péché populaire, sociologique, encouragé par les quatre débits de boissons qui, à Vinteuil, prospéraient bien mieux que la quincaillerie.

C'était pitié de voir ce garçon si séduisant, si grand, si jeune, si héroïque déchoir à bas bruit, afficher sans honte les stigmates de ses beuveries solitaires. Car, à sa décharge, peut-être, il ne se joignait pas aux ivrognes bruyants qui déshonoraient les rues dès le vendredi soir. Il consommait en tête-à-tête avec lui-même, au fond du bar ou chez lui. Les témoignages s'accordaient sur le fait qu'il cachait une flasque sous son comptoir. Mme Deshayes, dont le mari collectionnait en son temps les spiritueux de prestige, qu'il savourait en connaisseur, et bien qu'elle-même n'aimât que la Suze, jugeait que l'alcool, comme toutes choses de ce monde, possédait deux visages, le populaire et l'aristocratique.

Quoiqu'il en fût, ses mauvaises habitudes n'avaient pas terni la beauté de Sylvain. Privilège du jeune âge, sa soûlographie lui conférait un charme romanesque, des yeux caves et luisants, des joues creusées, un rien d'égarement et de soudains silences qui, aux yeux bien disposés des Vintoliennes, passaient pour métaphysiques.

Mais ce n'était pas le pire. Loin s'en fallait.

Non, le pire, le plus beau, était à venir. Le second accident.

Le *même* hêtre. Six ans après, presque jour pour jour – en fait, à deux mois près, mais tout de même, on ne pouvait qu'être saisi par la presque coïncidence.

Sa voiture semblablement aplatie contre le tronc.

Une différence notable : il n'était pas mort sur le coup. On l'avait emmené à l'hôpital où Patricia, prévenue était accourue aussitôt.

Mais – et ce raffinement de cruauté céleste électrisait l'échine de Mme Deshayes – alors même qu'on nourrissait un peu d'espoir, alors que sa sœur était à son chevet, il était subitement tombé dans le coma et l'on n'avait pu le sauver.

— Quand même, insistait la vieille dame, vous êtes sûre qu'il n'a pas eu le temps de vous dire quelque chose ?

— Non, mentait invariablement Patricia. Rien. Rien du tout. On reprend la lecture ?

Laurent n'avait rien perdu de son charme, ni Cécile de son éclat. Ils se tenaient tous les deux sur le seuil, à peine ridés, guère grossis, persistant dans leur être. Véronique les contempla une seconde de trop.

— On peut entrer ? s'enquit Cécile avec une timidité feinte.

À son habitude, Laurent ne disait rien mais il souriait. Véronique songeait souvent à ce sourire, dans les moments difficiles. Elle avait toujours été friande de sourires. Jean-Charles souriait moins. Moins bien. Le haussement de ses commissures avait quelque chose de forcé, d'un peu canin, même si les chiens non plus ne sourient pas. Quoique davantage que les chats.

— Elle est dans ses pensées, indiqua Cécile à Jean-Charles qui venait d'apparaître, derrière sa femme.

Il portait un survêtement éclatant, d'un bleu tendre, soyeux comme une peau d'alien. Légèrement chaussé, il sautillait sur le parquet, travaillé d'impatiences, exécutant des mouvements de cou à visée relaxante. Jean-Charles révérait son corps, en parlait beaucoup, sans fausse pudeur, racontait son ménisque, ses raideurs articulaires, détaillait ses cures de vitamine. Laurent, à l'évidence, était moins passionné que lui par les splendeurs de la morphologie et ses joggings au bois de Vincennes, préconisés par Jean-Charles pour prévenir la déchéance physique illustraient moins, chez lui, l'obsession prophylactique que le sens de l'amitié. Quand je cours seul, avouait Jean-Charles, je m'emmerde. Alors Laurent l'accompagnait.

— Tu comptes les empêcher d'entrer ? se renseigna Jean-Charles auprès de son épouse campée sur le seuil, mains aux hanches.

Véronique s'écarta.

— Désolée...

Elle remarqua que Cécile, juste avant de l'embrasser, lui lançait un regard perplexe. Elle sut qu'elle aurait droit à des questions, dès que les garçons seraient sortis.

— Motivé ? tonitrua Jean-Charles en assénant, sans cesser de sautiller, une tape au biceps de Laurent.

— À mort.

L'âge commençait à peine à les voûter un peu. Il vous venait, en les voyant, des comparaisons forestières, un grand arbre s'inclinant, des choses comme ça. Mais pas question de prendre racine. Pas plus tard que tout de suite, ils allaient dégringoler les trois étages et s'engouffrer tels des trentenaires dans les allées du bois.

— Et toi, ma Sicile ?

C'était le surnom qu'il donnait à Cécile, parce qu'elle avait toujours eu un petit air latin, une fierté de veuve noire, des yeux renversants. Ne sachant pas trop sur quoi portait la question, elle fit une réponse vague.

— Ça va.

S'étant ainsi débarrassé des politesses, il entraîna son vieux frère vers la porte qu'ils franchirent à la queue leu leu. Dans le silence qui suivit leur départ, Véronique se fit d'abord la remarque que Laurent aurait pu se dispenser d'entrer, si c'était pour ressortir aussi vite, et ensuite qu'elle se faisait souvent des remarques sans intérêt.

Mais pas toujours. Par exemple, l'autre jour, elle avait observé que sa fille n'allait pas bien. Encore moins bien que d'habitude, disons. Elle avait pressenti que Chloé cherchait à lui dire quelque chose mais qu'elle s'en était abstenue, peut-être à cause du bavardage continuel de son père. Par la suite, au cours de la conversation, Vinteuil était revenu au moins trois fois. C'était étonnant. Chloé ne parlait jamais de Vinteuil. Du passé, en général. Quand Véronique cherchait à évoquer avec elle des épisodes de son enfance, Chloé paraissait s'ennuyer.

Depuis, Véronique y avait repensé, avec une certaine inquiétude. Chloé l'avait toujours inquiétée. C'était une enfant compliquée, à la différence de Maxime. Une enfant nerveuse. Vers l'âge de cinq ans, elle refusait d'aller se coucher par peur de mourir pendant la nuit. Véronique avait passé de longues soirées dans la chambre de sa fille, à tenter de la rassurer. Elle se souvenait de leurs interminables discussions sur la putréfaction et de ses propres difficultés à trouver des raisons valables de vivre puisque tout était joué d'avance.

— L'amour ? hasardait Véronique.

— Je trouverai jamais d'amoureux.

La suite avait donné raison à Chloé. Des lendemains sans aventures. Cela ne tracassait pas beaucoup Véronique, que hantait surtout la perspective d'un désastre. Lequel ? Elle n'en savait rien encore, mais le pire était certain. Depuis que son père, joyeux colosse maoïste, souffrait de démence sénile, elle savait comment se passent les catastrophes. Jean-Charles était en âge de mourir, malgré ses pitreries de retraité sportif et son implication – toute théorique – dans les convulsions du siècle. Elle s'était souvent répété que le bonheur avait un prix. Trente-cinq ans de bonheur. La facture serait salée, comme un torrent de larmes.

— Tu as une petite mine, observa Cécile en ôtant son trench.

Que se passerait-il quand Cécile ne serait plus là pour se soucier d'elle ? Véronique espérait partir la première du quatuor, mourir tranquille, dans les bras fermes de Jean-Charles, si possible.

— Je te fais un thé ? proposa-t-elle.

Elles avaient du temps, avant de se rendre au centre social où elles donnaient des cours de français à des femmes syriennes. C'était dans le XX^e^, pas très loin de chez Maxime, qui n'y avait jamais mis les pieds.

Peu après, une buée parfumée tapissa les verres de leurs lunettes. Penchées sur leurs tasses, et à la faveur de ce flou, elles évoquèrent Vinteuil.

— Ce qu'on pouvait être beaux, remarqua Véronique en feuilletant l'album de photos qu'elle n'avait pas tardé à produire.

— Bordel de merde, oui, renchérit Cécile.

Elle nourrissait, peut-être par coquetterie, une propension épisodique au juron qui n'avait jamais laissé de décontenancer sa vieille amie. C'était un sujet que celle-ci n'osait guère aborder avec Cécile, laquelle, en d'autres occurrences, affectait une politesse exquise. Il fallait peut-être y voir une façon de contester, dans la quiétude intime de leur amitié, quelque sourde injonction sociale. Histoire de dire qu'elles ne s'en laisseraient pas remontrer, toutes femmes qu'elles fussent, toutes assistantes de direction, toutes mères de famille. Nom de dieu.

Il était troublant de constater à quel point les images fixées sur le papier brillant paraissaient plus défraîchies que leurs propres souvenirs, moins exactes et, en dépit des allégations de Cécile, finalement moches. Véronique fit la moue.

— Ben alors, s'inquiéta Cécile, qu'est-ce qu'il y a ?

— Il y a... Il y a... Il y a trente ans.

Elles sourirent.

Oui, il y avait trente ans. Les voitures, les coiffures. Comment avait-on pu accepter de vivre dans cette époque de mauvais goût ? Les années quatre-vingt-dix formaient un trou noir historique, une suspension de l'histoire, l'ère de rien. À bien y repenser, il s'était passé deux ou trois trucs en Serbie, en Tchétchénie, en Algérie, mais ces noms sonnaient comme de lointaines déflagrations dans la bande-son d'une époque dominée par des rires idiots, à la télé. Elles repensèrent à Naguy jeune, et aussi à ce type moustachu, sur M6. Pas moyen de retrouver son nom. Et cette émission féministe impertinente, c'était quoi, déjà ? *Frou-frou*. Et l'animatrice ? Véronique chercha sur son portable : Christine Bravo. Toujours pétée de rire.

— Tu m'as vraiment l'air un peu déprimée, insista Cécile.

Véronique se demanda si elle l'était. Probablement pas. Mais à certains moments, elle se sentait rattrapée par le néant. Comme si sa vie consistait à édifier frénétiquement des remparts contre l'abîme, si cette image avait un sens. Elle ne la communiqua pas à Cécile, préférant bifurquer sur Chloé, dont elle tenta de résumer la dernière visite.

— Je me demande si elle n'a pas entamé une analyse.

Cécile savait que c'était le cas. Maxime l'avait affranchie en lui faisant jurer de garder le secret. Surtout ne pas en parler aux parents, c'était « la base ».

— Oui, dit Cécile. Elle voit quelqu'un. Quelqu'une.

Véronique hocha la tête, les yeux perdus dans la contemplation d'une photo de sa fille à six ans. Dents en moins, chouchou, justaucorps de danseuse (hideux, comme taillé dans une bâche en plastique violet), le cœur étreint par une angoisse lointaine mais puissante.

— Je n'en sais pas plus, jura Cécile.

Véronique lui fut reconnaissante de l'avoir informée. Elle savait que les premiers temps de l'anamnèse produisaient toujours des effets déconcertants et donnaient envie d'en découdre avec ses géniteurs. Elle-même avait entamé deux ou trois thérapies, au fil des ans, qui ne l'avaient menée à rien. À rien d'autre qu'elle-même.

— On allait au cinéma, tu te rappelles ?

La voix de Cécile n'avait pas changé, en trente ans. Fermant les yeux, Véronique revit son amie assise à côté d'elle dans les sièges rouges de la salle de ciné municipale où, tous les lundis soir, on projetait des films d'art et essai. Les mecs restaient à la maison pour garder les mômes. C'étaient de bons moments.

— Il y avait ce truc de Rohmer avec Luchini.

Elles consultèrent Internet.

— *L'arbre, le maire et la médiathèque*.

Elles pleurèrent de rire, tellement ç'avait été chiant.

— Mais on avait prétendu le contraire, se souvint Cécile.

Véronique acquiesça. Le rire s'était coincé dans sa gorge, sans qu'elle sache pourquoi. Que lui restait-il de tous les films qu'elle avait vus ? De tous les livres ? Un terrible sentiment de vanité l'accabla. Elle avait toujours consommé de la culture en toute bonne foi, persuadée de s'enrichir, d'affiner son regard, comme elle avait voyagé, dans une optique résolument humaniste, dans l'idée de s'ouvrir à l'Autre. Au monde. Nous ne sommes pas des touristes, répétait Jean-Charles, nous sommes des visiteurs du monde. Il se vantait souvent de maîtriser quelques rudiments de swahili.

C'était ça. Ils maîtrisaient quelques rudiments d'un peu tout.

Peut-être était-elle légèrement déprimée, en effet.

La thérapeute ne disait rien, ne bougeait pas. Mais son regard semblait, en se posant sur les choses, valider leur prétention à la matérialité. C'était du moins l'impression qu'on avait. Elle possédait le pouvoir d'authentifier le réel. Indéniablement impressionnant. Le métro passa. Les vitres vibrèrent.

— Je vous écoute, finit-elle par annoncer, d'une voix où ne perçait aucune impatience.

Maxime se tortilla un peu. Son courage l'abandonnait. L'idée qui lui était venue, quelques jours plutôt, de prendre rendez-vous avec la fameuse psy, pour la tester, lui avait paru, comme la plupart de ses idées, géniale. En l'occurrence, il accomplissait un devoir d'amitié. Chloé, c'était net, accrochait avec cette thérapeute. Elle n'était plus tout à fait elle-même, et cela ne manquait pas de le tracasser. Bien sûr, au départ, il l'avait encouragée à consulter mais, on n'allait pas se mentir, c'était surtout dans l'espoir d'avoir la paix. De n'être plus le seul destinataire de ses plaintes. Chloé avait du mal avec la vie, Maxime ne le lui reprochait pas. Cependant, le flot de questions dont elle l'accablait continuellement finissait par lui porter sur les nerfs. La thérapeute avait constitué, au début, un heureux dérivatif. Mais en observant la sourde métamorphose dont son amie paraissait être devenue l'objet, il s'était inquiété. Et si elle était tombée sur une manipulatrice ? L'époque regorgeait de gourous. Il voulut en avoir le cœur net.

La facilité avec laquelle il obtint un rendez-vous ne dissipa guère ses soupçons. Pas plus que la décoration du cabinet – le mot semblait bien excessif –, les parfums flétris qu'exhalaient les coussins – Maxime y devinait des cohues d'acariens – ou la coiffure discutable de la dame.

Son hypothèse de travail était qu'elle diagnostiquait chez tous ses patients – le terme convenait mal – un obscur et puissant secret, enfoui dans l'enfance. Peut-être même usait-elle avec chacun de la même formule, celle que Chloé répétait à tout bout de champ depuis quelques semaines : *ils vous cachent quelque chose.* Maxime avait des copains formés dans les grandes écoles de commerce et qui, de ce fait, connaissaient parfaitement les arcanes de l'arnaque. Il savait la puissance des slogans. Le business plan de la psy était aussi simple qu'efficace. Les clients repartaient nantis d'un lourd mystère qui les rendait uniques, fascinants à leurs propres yeux, passionnants, légitimes et surtout *actifs*. Au lieu de siroter leur spleen, ils se retroussaient les manches, investiguaient, s'investissaient, passaient au crible leur passé trop lisse. L'astuce ultime résidait dans l'existence presque inévitable d'un lièvre à lever. Certains avaient peut-être même la chance de débusquer au fond d'un placard familier, le plus beau des cadavres. Jackpot.

Qui plus est, les séances n'étaient pas gratuites. Maxime ne jugeait pas, bien au contraire. Il voulait juste s'assurer que l'on avait affaire à une embrouille honnête.

Pour donner le change, il devisa sur sa personne, tâche dont il s'était toujours acquitté de bonne grâce. Le seul souci était qu'il n'avait aucun problème. Après quelques vocalises, il parvint à moduler un lamento potable. Il avait, en venant, parcouru sur les réseaux quelques billets d'humeur, dégorgements atrabilaires d'hydres à la dérive, tracassées par l'apocalypse. Il en restitua l'esprit, s'inspirant aussi des obsessions de Chloé, transposées dans sa propre histoire. Le tout sonnait à ses oreilles comme l'expression d'une angoisse crédible, affres standard, trentaine, épaississement des tissus, gueules de bois massif, fin des euphories, finitude.

La thérapeute paraissait sceptique, ce qui manquait de fair-play.

— Vous avez toujours vécu à Paris ? demanda-t-elle soudain, au beau milieu d'un silence.

Il paniqua illico. S'il évoquait Vinteuil et la Normandie, elle risquait de faire le lien avec Chloé. Peut-être même l'avait-elle déjà démasqué. Il songea – espéra ? – que Chloé l'avait abondamment décrit, lui, Maxime, puisqu'il constituait nécessairement un – le – personnage central dans le petit théâtre intime de son amie. Il s'avoua qu'il présentait quelques signes particuliers, pas tous flatteurs, son front bombé, son crâne précocement affecté par un début d'alopécie aux tempes, une érubescence incontrôlable dont il souffrait d'ailleurs présentement, (il se savait rouge), et une tendance à la sudation, dans les moments comme celui-ci.

— Bretagne, déglutit-il. J'ai vécu quelques années en Bretagne.

Il se mit à flotter dans un espace mental opaque où ne se formèrent aucune image crédible de la Bretagne. Misérable invention que cette Bretagne, mécaniquement suscitée par un réflexe puéril d'association digne des premières années de maternelle. Il ignorait tout de la Bretagne, ou plutôt, le peu qu'il en savait lui faisait horreur, eau glaciale, algues vertes et crabes agressifs, épandage de lisier dans les champs ravagés par le remembrement, musiciens moulinant sans fin sur des instruments archaïques leurs discordantes mélodies, accent plouc. Il avait un collègue breton, il ne pouvait pas le blairer, un collègue positionné, dans l'organigramme, très légèrement plus haut que lui.

— Qu'est-ce qui vous irrite tant, chez ce collègue ? demanda la psychologue.

Ah, très bien. Il avait donc parlé tout haut. Comment était-ce possible ? Et depuis quand ? Il rougit de plus belle, affolé.

— Je ne sais pas. Son arrogance ?

L'inflexion interrogative de sa phrase le ramena aux temps douloureux où il mendiait l'approbation des maîtres, temps qu'il croyait avoir laissé loin derrière lui. Chloé, assise à ses côtés en classe, lui soufflait les réponses. Mais ce n'étaient pas les réponses qui intéressaient Maxime. Il voulait être approuvé, reconnu par les instituteurs, par les professeurs. Le grand clocher de la place de la Madeleine le terrifiait. Une fois, en CM1, il y avait eu cette sortie scolaire, la visite de la tour, des centaines de marches à gravir, le vertige. Et, de là-haut, tandis que Chloé lui tenait la main, il avait trouvé le courage de jeter un œil par-dessus la rambarde, il avait vu le toit de leur maison, la ville minuscule et la forêt qui commençait très vite, la route d'Évreux. Il se secoua.

— Pourquoi vous me demandez si j'ai vécu ailleurs qu'à Paris ? C'est important ?

Évidemment que c'était important. Elle voulait le confondre. Mais il voyait clair dans son petit jeu. Si elle l'avait grillé, il aimait autant le savoir tout de suite. Et il n'aurait pas peur de lui révéler son plan. Oui, il était venu la jauger, l'évaluer. Tout le monde devait rendre des comptes, à un moment. C'était trop facile ce cabinet, trop facile d'exercer son emprise sur des gens fragiles qui ne demandaient que ça. Il n'avait pas peur de son regard, de tout ce qu'il soupçonnait dans son regard.

— Mon père me regardait toujours avec un air triste, comme si je le décevais, lâcha-t-il soudain.

Alors ça, c'était la meilleure. Non seulement il n'avait pas prémédité cet aveu mais il ne s'était jamais formulé les choses avec une telle clarté. Il y repensa. Laurent affichait souvent, lorsqu'il posait les yeux sur lui, cette expression désabusée suggérant que son fils unique, en dépit des succès qu'il accumulait, ne faisait au fil du temps qu'approfondir chez lui un indicible tourment.

Il s'efforça de se détendre, appuya sa nuque contre le dossier du divan, ferma les yeux. Il fallait reconnaître à cette psy un certain talent. Un certain pouvoir. Ou alors, justement, ce qui venait de lui arriver illustrait à merveille la théorie selon laquelle il existait, de toute façon, toujours un secret. C'était la preuve par l'absurde de la manipulation que constituait par essence l'entreprise analytique. Coupez n'importe qui du monde, asseyez-le face à vous, écoutez-le, il finira toujours par se mettre à table. Et puis, franchement, le père, quelle tarte à la crème ! Le regard du père, la déception, le reproche ! Ce n'était que le ridicule résidu de tous les bouquins que Maxime n'avait jamais lus. Rien de plus. Il devait reprendre la main.

Mais des images, maintenant, affluaient. Des images de Vinteuil. Leurs quatre parents, toujours fourrés ensemble, assis autour d'une table, en bras de chemise. Les hivers humides, l'asthme de Maxime, l'irritation de Laurent, dans la salle d'attente du médecin, Laurent qui avait dû prendre sa matinée pour s'occuper de son fils.

— Il y avait toujours une drôle d'odeur dans l'air, dit-il.

— Une drôle d'odeur ?

— Oui, nos parents travaillaient dans une boîte qui fabriquait des solvants.

— Excusez-moi, pourquoi dites-vous *nos* parents ?

— Mes parents. Ils se sont rencontrés dans cette boîte, c'est pour ça.

— Vous parliez d'une odeur.

— Oui. L'usine rejetait des produits dans l'atmosphère. Des produits malodorants. J'avais de l'asthme.

— Vous pensez que cet asthme était en rapport avec les produits en question ?

— C'est vraisemblable. Mes parents ont fini par obtenir un poste à Paris. Nous avons déménagé.

Elle se tut. Il se tortilla derechef. Elle regarda sa montre.

— Bien, décréta-t-elle. Nous poursuivrons la prochaine fois.

La prochaine fois ! Il s'efforça de produire un sourire pour le réprimer avec une ostentation ironique. Mais en fait, il avait un peu envie de pleurer. Le résultat de cet imbroglio émotionnel fut déconcertant et laid, à en juger par la légère surprise de la psy. Il se leva, chercha son blouson.

— Je me demandais… osa-t-il.

— Oui ?

— Vous… Parfois je soupçonne que mes parents, comment dire, ne m'ont pas tout dit. Qu'ils… Qu'ils me cachent quelque chose.

Il lui lança un regard timide. Elle secouait la tête.

— Je n'en ai pas du tout l'impression, répondit-elle.

Jean-Charles et Laurent couraient, à grandes foulées méthodiques, par les allées du bois de Vincennes. À son habitude, Jean-Charles ouvrait la voie et pilotait la conversation. Son second souffle trouvé, il exposait ses vues sur le monde, attendant de Laurent une contradiction légère mais suffisamment robuste pour donner corps à sa dialectique. Il en était au préambule, qui consistait comme toujours en une suite de formules exclamatives traduisant une exaltation qui, chez lui, avait toujours bizarrement confiné à la rage.

— Les seniors ! hurlait-il sous la futaie, les seniors de la guerre !

Trottinement, expirations, puis la vue de ses propres jambes délicatement moulées dans leur lycra enclenchant en lui quelque mécanisme poétique :

— Fini les costards cadavres !

Il se retourna brièvement pour vérifier que son vieil ami, son frère, son public, goûtait le calembour. Laurent exécuta un courtois remuement des mâchoires, qui était sa façon de valider les blagues de Jean-Charles. Tandis que celui-ci se lançait dans une récusation serrée des idéologies pseudo-progressistes, Laurent se prit à rêvasser.

Vinteuil lui revint. Les souvenirs faisaient froid dans le sang. Sa mémoire capricieuse lui restitua sans préavis celui de la *maison d'amis*, vocable dont Cécile affublait un grotesque édicule tapi derrière un saule, au fond du jardin. La maison d'amis avait constitué un argument fort pour l'agence immobilière, à l'époque où ils avaient signé l'acte de vente. Deux coups de pinceaux, avait dit le type, un peu d'électricité et vous disposerez de deux chambres supplémentaires. On peut faire venir l'eau très facilement, ça veut dire kitchenette et douche d'appoint. Vos invités seront autonomes.

Inexplicablement, cette autonomie des invités avait ravi Cécile. Un rêve communautaire transmis, peut-être, par sa famille soixante-huitarde. Manière de mini-village, leur maison se transformerait, le dimanche et les vacances, en joyeux phalanstère. Ces perspectives euphoriques avaient été quelque peu racornies par la réalité. Les deux coups de pinceaux promis s'étaient mués, après mûr examen, en un ravalement complet incluant l'abattage et la reconstruction de cloisons, l'isolation complète, la lutte contre une menace de mérule. Il avait fallu couler une dalle de béton, changer des chevrons, restaurer la toiture. Les ans avaient passé, et rien n'était fini. Laurent n'avait ni le temps ni les compétences requises. Certes, il s'était trouvé, au fil des années, des collègues bricoleurs, des copains dévoués, pour les aider dans cette tâche harassante qui dévorait leurs week-ends.

Mais les avis des uns contrecarraient ceux des autres, ralentissant les travaux. Les questions n'étaient jamais purement techniques. S'y greffaient des considérations touchant à l'écologie, à la politique, à la philosophie. Une belle-sœur de Cécile professait qu'il fallait respecter les flux d'ondes. Elle fit venir un copain sourcier qui découvrit des courants profonds, se croisant précisément sous les fondations de la maison d'amis. On envisagea de creuser un puits intérieur. Plusieurs apôtres de la ouate de cellulose préconisèrent de retirer la laine de verre, cancérigène, et de floquer directement dans la soupente, ce qui fit ricaner le beau-père de quelqu'un, venu jeter un coup d'œil, contempteur des théories post-modernes qui ne feraient qu'attirer les champignons. Un couple faillit se brouiller pour une histoire de thermostat d'ambiance.

Pour autant, l'enthousiasme de Cécile ne s'était jamais démenti. En dépit du spectacle déprimant qu'offrait encore le bâtiment, encombré de sacs de ciment, d'outils éparpillés, de plaques entreposées, elle attendait toujours l'heure glorieuse de l'inauguration. Elle-même, qui n'y connaissait rien, s'était un temps épanouie dans le bricolage, avant de laisser tomber.

— Tu médites, camarade ? s'enquit Jean-Charles, après que Laurent n'eut pas répondu à deux ou trois sollicitations phatiques mais insistantes.

— Je pense à la Normandie, avoua Laurent.

Cette franchise eut le mérite, en contrariant Jean-Charles, de le faire taire un court instant.

— Mais qu'est-ce que vous avez tous avec ça ? haleta-t-il.

Laurent, qui n'avait pas bien compris la question, n'y répondit pas.

— L'autre soir, explicita Jean-Charles, Chloé...

Il raconta. Laurent fut très attentif.

Une petite bruine satura peu à peu l'air. Le textile technique, frêle membrane doublement imbibée par l'eau du ciel et la transpiration, colla désagréablement. Ils ressemblèrent à deux vieilles grenouilles obstinées.

— On n'était pas responsables, s'agaça tout à coup Jean-Charles qui, terrassé par l'énervement, s'assit lourdement sur une souche.

Laurent chercha des yeux une surface pas trop humide puis préféra rester debout.

— Responsables de quoi ?

Son ami avait la manie de perdre sa verve aux abords des sujets cruciaux. Laurent l'observa qui remuait la main, fourrageant dans tout ce passé.

— Tu sais bien ! Les odeurs, les fumées...

Curieusement, cette question n'avait pas même effleuré Laurent, qui songeait à tout autre chose. Mais maintenant qu'elle se trouvait sur le tapis, il n'était guère possible de l'éviter. Il fut surpris, cependant, de constater qu'elle taraudait tant Jean-Charles.

— Bien sûr que si, contra-t-il avec bienveillance, bien sûr que c'était notre faute. On était aux commandes.

Jean-Charles leva un index précis.

— Pas tout à fait. Il y avait Paris.

Oui, Paris, naturellement, c'est-à-dire le siège, qui s'était toujours opposé aux ruineux projets de sécurisation du site, à toute modification des process, qui avait opposé aux pétitions le plus classique des chantages à l'emploi, subornant ses cadres à coups de primes et d'avancement. Aucun scandale n'avait éclaté, pas d'émissions choc à la télé. C'est finalement la mondialisation heureuse qui avait eu raison de l'usine, laquelle rouillait depuis vingt ans dans les faubourgs lugubres de la ville. Laurent avait vu – mais à quelle occasion ? Impossible de s'en souvenir – des photos sur Google Earth.

Ils haletèrent doucement sous la pluie plus drue, une petite flaque se formant autour de leurs chaussures.

— Chloé t'a parlé de Vinteuil ? obliqua Laurent. C'est drôle, Maxime aussi.

Ils échangèrent un regard fuyant.

— Qu'est-ce qu'ils nous font ? grommela Jean-Charles.

— Les jeunes se préoccupent de l'avenir de la planète, déplora Laurent, fataliste.

Jean-Charles posa ses paumes sur ses genoux spongieux.

— Tu crois vraiment que c'est ça ?

La conjecture paraissait le soulager, mais Laurent ne lui demanda pas pourquoi.

— Je pense, confirma-t-il, peu convaincu.

Hochant la tête, Jean-Charles embraya sur la duplicité de cette génération moralisatrice qui les accusait, eux, leurs aînés, de tous les maux, sans pour autant renoncer à leur petit confort, à l'aviation civile, à l'électronique et tutti quanti. C'était facile. Il sauta sur ses pieds et s'élança, revigoré, sur le sentier fangeux.

Laurent put à loisir s'évader dans ses propres souffrances. Il revoyait les yeux bruns de Cécile, ce regard qu'elle posait sur lui quand l'enfant les réveillait au milieu de la nuit, ce regard d'angoisse et de colère. Contre qui ? Contre lui, forcément. Le vent soufflait toujours dans ses souvenirs, il faisait froid dans leur maison mal isolée, si seulement il s'était *investi* davantage, s'il avait été plus bricoleur. Maxime toussait à s'en décrocher la plèvre. Encore une bronchite. À l'époque, le docteur se déplaçait à n'importe quelle heure. Comment s'appelait-il, déjà ? Un brave type qui, curieusement, fumait beaucoup. Laurent se rappelait le parfum de tabac froid, son manteau râpé, son sourire et sa trousse en cuir. Laurent se sentait éperdu de reconnaissance pour cet homme, pour son dévouement, pour son stéthoscope. Au contact froid du métal sur son torse creux, Maxime cessait de pleurer. Le docteur fronçait les sourcils mais ce n'était pas toujours mauvais signe. Parfois si. Il avait fallu hospitaliser plusieurs fois le petit, pneumopathie, oxygène. Le C.H.U. Charles Nicolle de Mont-Saint-Aignan, à côté de Rouen. Le long trajet en voiture, et Cécile, assise à l'arrière, qui consolait Maxime. C'est elle, surtout, qui prenait des jours pour veiller sur leur fils. La rancœur de Cécile à son égard, Laurent ne se l'expliquait que trop. Il avait l'embarras du choix. Il était si vulnérable à l'époque. Non, pas seulement à l'époque. Il était prêt à tout pour qu'elle ne le quitte jamais. Il en avait eu la preuve.

Mais un miracle s'était produit. C'est ainsi qu'il se racontait les choses. Un miracle. Le déménagement, Paris, et une autre vie, fastueuse, urbaine, des voyages, et le sourire de Cécile. Un jour ou l'autre, les enfants finissaient par sortir de l'enfance, et tout allait mieux.

— Saloperie de pluie ! finit par gueuler Jean-Charles. On rentre !

Ils firent demi-tour.

*Ludivine s'approche de la table où Chloé est assise en compagnie de Maxime. Ils prennent un verre à la terrasse du Perchoir, un bar idéalement situé dans le X^e^, avec vue sur la rosace de la gare de l'Est. C'est Maxime qui a réservé. Son invitation était comminatoire. Il prétendait avoir des choses à dire. Chloé a fini par accepter mais son visage affiche une expression fatiguée, presque boudeuse. On devine que quelque chose la travaille ou l'inquiète. Peut-être aussi a-t-elle passé une mauvaise journée, ses cheveux sont ternes. Brouhaha de conversations, bruits de rue, avertisseurs. Il semble ne pas faire très chaud. Maxime porte une veste déconcertante et déstructurée, imitée de la « varsity jacket » des champions sportifs universitaires américains. C'est un vêtement verdâtre, orné d'en E et d'un F majuscules ainsi que d'un long message en anglais, probablement politique.*

— Coucou ! claironna Ludivine.

Chloé faillit renverser son *Sitcom*, un cocktail recommandé par Maxime (Bourbon, citron jaune, sirop de miel romarin et limonade bio, pas trop mal).

— Qu'est-ce que tu fais là ? balbutia-t-elle avec une grossièreté qui l'interloqua elle-même.

Mais Ludivine se marra de bon cœur. Ludivine était *vraiment* une fille cool et Chloé s'en rendait chaque jour mieux compte. Mais bon, qu'est-ce qu'elle faisait là ?

— Tu ne me présentes pas ? éluda la sous-titreuse en posant trois doigts pas gênés sur l'épaule de Maxime, avant d'ajouter qu'elle adorait sa veste.

— Maxime, sourit-il.

— Ah ! s'exclama Ludivine. Maxime !

Elle orna sa physionomie d'un sourire de groupie pâmée et elle n'était peut-être pas si cool, finalement.

— Je lui ai beaucoup parlé de toi, exagéra Chloé. Et elle, donc, c'est Ludivine. On bosse ensemble.

Maxime n'eut pas la force de simuler à son tour l'émerveillement. Il consommait, quant à lui, un mélange de pisco, de liqueur de fleur de Sureau, de sirop d'amandes torréfiées et de jus de pamplemousse, qui semblait engourdir ses capacités d'improvisation sociale. Chloé fut consternée de le voir proposer à Ludivine une place à leur petite table. Celle-ci accepta de bon cœur, ôta son foulard tout en évoquant un vague cours de yoga censé, apparemment, justifier sa présence inopinée dans le secteur. Chloé se souvint soudain que Maxime l'avait appelée pendant la pause-déj, que Ludivine était présente et avait dû, mine de rien, capter quelques infos. Il lui revint aussi que sa collègue s'était déjà une fois ou deux incrustée dans des soirées auxquelles Chloé l'avait machinalement informée qu'elle était invitée. Un instant, elle soupçonna chez Ludivine quelque intention retorse, mais celle-ci lui adressa un sourire si candide et si enfantin, si reconnaissant de l'accepter dans le petit cercle qu'elle formait avec Maxime, que Chloé entrevit une autre explication, beaucoup plus extraordinaire. Ludivine l'admirait, cherchait sa compagnie, l'espionnait un peu, par fanatisme. Aussitôt, quantité de détails se présentèrent à sa mémoire, des faits qu'elle pensait n'avoir pas remarqués, d'autres pauvres sourires comme celui-ci, de menues attentions, des cafés, des mouchoirs, des bonbons à la menthe. Elle se figea, tétanisée par l'évidence qu'elle *n'y voyait rien.* Autour d'elle. Dans sa vie. Elle ne s'intéressait pas aux gens, ne savait pas quand on l'aimait.

Une monstrueuse indifférence au monde. Aux autres. Aussitôt submergée par le remords et la tendresse, elle sourit à son tour, de toutes ses forces. Il ne lui était même pas venu à l'idée d'inviter franchement Ludivine à l'accompagner au Perchoir. En dépit des signaux que la jeune femme lui avait forcément adressés depuis qu'elles bossaient ensemble, elle n'avait jamais fait preuve à son égard de la moindre attention, n'avait jamais manifesté pour elle le plus petit intérêt.

— Ça va ? s'inquiéta Maxime.

Chloé sentit que son sourire avait tourné. Un coup d'œil dans la vitrine lui confirma qu'elle affichait un triste rictus. Elle plongea dans son verre et rinça son amertume au Bourbon.

— Je t'offre le même ! annonça-t-elle ensuite à Ludivine, d'une voix trop forte. *Sitcom* ! C'est pour nous, non ?

Dans le flou de ses paupières clignées – l'émotion la rendait miraude – elle entrevit un nouveau sourire sur le visage de sa collègue. Un sourire de reconnaissance affolée qui lui prouva qu'elle ne s'était pas trompée. Tandis que s'engageait entre Maxime et Ludivine une conversation à laquelle elle fut d'abord incapable de prendre part, quelques idées lui vinrent, qu'elle jugea plutôt claires. D'abord, sa thérapie fonctionnait. En deux séances, elle s'était ouverte au monde. Elle était désormais capable de *voir* les gens. De les regarder autrement que comme des figurants, dans sa vie, des éléments de son décor. C'était gigantesque. Symétriquement, cela confirmait aussi qu'elle avait forcément occulté des éléments cruciaux. Que le secret, le fameux secret existait. Il était tout à fait loisible d'extrapoler : cette déplorable cécité, cette inaptitude à percevoir ce qui se passait vraiment autour d'elle, ne relevait-elle pas d'un mécanisme de défense ? Oui mais contre quoi ? Que ne voulait-elle pas savoir ? Pas voir ? Son traumatisme – il ne fallait plus barguigner, maintenant – l'avait-il conduite à pratiquer une forclusion systématique, un déni du réel, pour ne pas trop souffrir ? Son inconscient l'anesthésiait pour lui épargner les douleurs de la vie, la privant du même coup de ses joies.

Quand elle sortit d'elle-même, ce fut pour entendre cette phrase étonnante, prononcée par Maxime :

— Alors, ni une ni deux, j'ai pris rendez-vous et je suis allé voir comment était cette psy. Pour me rendre compte.

Ludivine opinait abondamment du chef. On lui avait apporté un Sitcom qu'elle pompait en cadence à l'aide d'une longue paille en bambou naturel. Chloé prit conscience que Maxime venait de tout lui révéler. Tout, c'est-à-dire la thérapeute, le lourd secret, leurs parents. Perdue dans ses pensées, elle croyait n'avoir pas entendu mais si, en fait, si. Et donc, voilà qu'il ajoutait tout naturellement ce scoop hallucinant : il était allé la voir. *Sa* psy. Il l'avait testée. Sans lui demander son avis.

— Attends, se lança-t-elle timidement. Attends, tu peux répéter, s'il te plaît ?

Il répéta. Maxime n'avait jamais eu honte de grand-chose, désinhibé comme tous les garçons, *éduqué* à l'être, reconnaissait-il même avec la bonne foi de son âge – encore que, Chloé n'arrivait pas à retrouver les moments précis où Cécile et Laurent s'étaient livrés à cette éducation, mais il ne s'agissait pas uniquement d'eux, c'était la société, le système, les millénaires – il montrait son cul sur pas mal de photos (soirées, vacances, team building) et se mêlait sans vergogne des affaires des autres quand il le jugeait opportun, celles de Chloé, en l'espèce. Celles de Chloé souvent. Cette fois, il pouvait alléguer leur amitié quasi organique – il le fit – et choisir les angles flatteurs sous lesquels présenter son action. Il trouva même le moyen de révéler à Ludivine les honoraires de la psy, et qu'il n'avait pas hésité une seconde à en être de sa poche. Parce que, précisément, il ne tirerait aucun bénéfice personnel de cette séance altruiste.

Ludivine, elle, jugeait l'initiative de Maxime très appropriée, tout à fait géniale, même. D'ailleurs, elle se tourna, enthousiaste, vers Chloé qui lui servit une moue molle.

En fait, raisonna-t-elle un peu plus tard, elle n'avait pas envie de s'indigner. Se représentant les étapes fatigantes d'une brouille avec Maxime, assortie de son inévitable réconciliation, le tout assaisonné d'arguties et d'excuses, elle résolut de passer outre. Mieux : d'avancer. Ne venait-elle pas, après tout, de doubler le nombre de ses meilleurs amis ? Peut-être finirait-elle, au sortir de tout ça, par tomber amoureuse de Ludivine ? C'était un dénouement très potable.

Mais pour le moment, le mieux était de faire feu de tout bois, et d'en tirer des marrons.

— Donc, tu penses que ma psy est fiable ? résuma-t-elle.

Maxime le lui confirma, d'un pouce levé.

Ludivine secoua ses cheveux, pour signaler qu'elle avait quelque chose d'important à dire, mais devait d'abord finir sa gorgée. Quand ce fut fait, elle asséna :

— Il *faut* que tu leur poses la question.

Maxime approuva, d'un nouveau coup de pouce, comme si, épuisé par l'alcool, il avait simplifié son système de communication, à la façon d'un réseau social. Chloé se concentra sur Ludivine. Oui, c'était décidé, c'était officiel, elle allait tenir compte d'elle, dorénavant. De son avis. Lui parler vraiment.

— À mes parents ?

— Oui. Tu leur dis que tu *sais* qu'ils te cachent quelque chose. Tu exiges d'être informée. C'est ton droit. C'est ta vie.

Elle se précipita dans le récit d'un podcast plus que troublant, le témoignage d'une fille qui avait refoulé un souvenir monstrueux. Enfant, elle avait assisté à l'assassinat de sa baby-sitter. On l'avait retrouvée caressant la tête de la jeune fille égorgée. Elle seule connaissait le visage du meurtrier, qui ne l'avait épargnée que parce qu'elle était trop petite pour témoigner. La police avait tout essayé pour lui soutirer des indices, mais rien, rien. Ses parents, constatant qu'elle semblait s'être parfaitement remise du drame, qu'elle paraissait même l'avoir oublié, avaient choisi de ne rien lui raconter. Mais un jour...

— D'accord, dit Chloé. Je vais le faire.

Ludivine et Maxime se figèrent.

— Je vais le faire, confirma Chloé.

*Les bruits de la rue semblent s'intensifier. Le visage réjoui des passants forme un contraste avec celui des trois protagonistes, grave et tendu. Au bout d'un long moment, Maxime se penche vers Chloé et murmure.*

*Maxime : Tu veux que je vienne avec toi ?*

*Mais Chloé secoue négativement la tête, se lève puis s'éloigne sans un mot.*

Demeurés seuls, les deux jeunes gens peinèrent à dissiper l'embarras qui s'était installé.

— Du coup, dit Ludivine au bout d'un moment, je vais payer ma consommation.

— Non, répondit Maxime, laisse. C'est pour moi.

Gérard n'était pas mécontent de lui. Il avait soutiré, à force de ruses et d'histoires pas possibles, deux litres d'un jaja potable à Bertrand de la supérette. Il aimait bien l'appeler Bertrand de la supérette, ça faisait aristocratique. Pour les comptes, on s'arrangerait plus tard. Bertrand avait toujours des trucs à dessoucher ou des machins à lasurer. Sinon, on était jeudi, mitan de la semaine, temps sans perspective, ligne de partage des jours où Patricia ne venait pas chez lui. Le jaja aiderait.

Il fit quelques pas sur le trottoir humide, savourant le poids des bouteilles enfournées dans un sac rose offert par Patricia. (Ça s'appelle un tote-bag, Gérard, avait-elle expliqué, ça fait fureur à Paris.) Gérard ne détestait pas faire fureur, même s'il imaginait mal comment et pourquoi ce fragile accessoire orné d'un slogan sot (*Parfume ta vie !*) était en mesure de déchaîner les foules.

Le verre tintait contre le verre, au rythme lent des foulées. En passant, il leva les yeux vers le sommet de la tour de la Madeleine, où planaient des oiseaux noirs, comme dans les films.

Ensuite, il repéra la vieille qui longeait la boucherie, de l'autre côté de la rue. Il la connaissait de vue, comme il connaissait la plupart des silhouettes de Vinteuil, celles, du moins, qui cabotaient au long des jours vides. La dame progressait à pas douloureux, agrippée à sa canne, comme dans les films. Pourtant, ce n'était pas du cinéma, cette claudication de chat shooté par une bagnole, cette façon de lancer le bassin pour entrer dans la danse macabre. Elle avait dû se casser pas mal d'os, la pauvre petite, son squelette ferait pitié.

Il se demanda ce qui incitait les humains à s'acharner ainsi, à pousser leur carcasse dans ses derniers retranchements. Mais il se l'était déjà souvent demandé sans obtenir de réponse. Il en avait peut-être une, en ce qui concernait sa personne. C'était Patricia. L'amour, à son âge, même aussi peu réciproque, même sans cette once minimale d'espérance qui, chez Gérard, avait préludé jusqu'alors à toutes ses déconfitures, ça justifiait qu'on se remuât un peu. Quand elle entrait chez lui, elle faisait un truc extrêmement professionnel, tout à fait séduisant. Elle pointait, avec son téléphone, en scannant un code-barres affiché dans l'entrée. Ça produisait un petit trille d'oiseau, tilouit, on se serait cru dans la nature. Et puis, justement, l'air frais qu'elle apportait, sa voix joyeuse, décidée. Gérard, lui, ce qui l'avait le plus affecté, au cours de sa vie, c'était la désolation. Ce moment où les gens comprennent qu'ils ont perdu la partie, et alors leur tête s'alourdit, leurs traits se creusent. Ça n'était pas une question d'âge. La défaite, on est toujours assez vieux pour.

Mais Patricia, en dépit de tout, continuait à se battre. Non, se battre, ça ne voulait rien dire, c'était du vocabulaire de téléviseur. Elle continuait, point. Lui aussi, mais il n'avait pas sa force. Lui, il lui fallait du pinard et de l'amour. C'était beaucoup demander. La petite vieille vacilla sur l'autre rive de la rue.

Gérard, que ses méditations sur Patricia entraînaient toujours très loin, mit une seconde à percevoir ce vacillement, une autre à en démêler les implications.

L'ancêtre allait se casser la gueule s'il perdait une troisième seconde.

Il se rua sur la chaussée, indifférent au fracas caractéristique de ses deux bouteilles se brisant sur l'asphalte. Les deux, oui, son cerveau tenait les comptes, même dans l'urgence. N'importe, il avait bien fait de se délester du tote-bag qui l'eût ralenti. Gérard, même s'il avait de beaux restes, ne possédait plus la vigueur qui l'animait en 1969, quand il avait coiffé sur le poteau ce grand escogriffe noueux, Antoine Mercier, aux championnats d'athlétisme de Mortagne. La finale du cent mètres. C'était le 13 avril, un beau dimanche. La distance à parcourir pour sauver la vieille dame était moindre, certes, mais il n'était pas sûr d'arriver à temps. Elle exécutait maintenant des pas incertains évoquant un mambo ralenti. Elle n'avait pas lâché sa canne mais celle-ci lui était d'un maigre secours. Quelque chose avait lâché, une articulation, un genou, un os dont sa propriétaire n'avait pas jusqu'alors mesuré l'importance. À la différence des enfants qui rétablissent instinctivement leur équilibre, à la différence des chats, des feuilles mortes, de tout ce qui tombe avec aisance et grâce, la pauvre aïeule était sur le point de s'exploser au sol aussi violemment que le jaja de Gérard. Non. Il pressa le pas, résolu.

Avec un petit cri surpris, elle lui tomba dans les bras. Quoiqu'elle fût légère, ses deux coudes pointus coupèrent le souffle à son sauveur en se fichant dans son sternum. Ils haletèrent en valsant, tels des amants enlacés à l'envers.

— Ramenez-moi chez moi, s'il vous plaît, le pria-t-elle.

Il ravala sans regret les phrases entre lesquelles il était en train d'hésiter, dont la plus aboutie était : « Et alors, ma petite dame ? »

À la place, il lui demanda où elle habitait, elle le lui indiqua, il lui attrapa le bras mais, au moment de procéder, il avisa le tote-bag abandonné sur le trottoir d'en face.

— Vous permettez ? C'est un cadeau, j'y tiens beaucoup.

Ils traversèrent ensemble, avec des précautions de patineurs novices. Il parvint, sans lâcher sa protégée, à ramasser le sac puis, d'une main, en passant, à le vider de ses débris dans une grande poubelle grise. Ensuite, il fourra l'accessoire dans l'immense poche de son imper, qui recélait déjà son mouchoir et trois jolies châtaignes.

La petite dame jetait alentour des regards inquiets, paraissant craindre d'être filée. Elle se servait de Gérard comme d'une seconde canne, imprimant à leur duo un rythme sautillant mais soutenu. Lorsqu'ils arrivèrent à la jolie bâtisse sise à l'angle de l'avenue du Maréchal Joffre et de la rue des Frères Lumière, Gérard pressentit qu'on était peut-être dans un bon jour.

— Entrez, intima-t-elle.

Il entra.

Et remarqua tout de suite, dans le vestibule, le panonceau qu'ornait un code-barres.

— Vous connaissez Patricia ! s'enthousiasma-t-il.

La dame, après s'être soigneusement débarrassée de son manteau qu'elle suspendit avec peine à une jolie patère en col de cygne, s'achemina vers un fauteuil de cuir qui évoquait celui d'une Formule 1. Elle attrapa une télécommande, inclina correctement le siège et s'y enfonça, avec un petit soupir. Gérard retira son imper.

— Vous êtes Gérard, affirma la vieille. Asseyez-vous, s'il vous plaît.

Il prit place sur une bergère.

— Patricia vous a parlé de moi ?

Elle pressa un bouton de la télécommande et le repose-tête de son fauteuil produisit un bourdonnement, tandis que le crâne de la dame se mettait à vibrer, brouillant ses traits.

— Il y a un appareil de massage des vertèbres intégré dans le repose-tête. Vraiment fabuleux. Mes fils me font souvent des cadeaux. Vous aimez la Suze ?

Il grimaça.

— Écoutez, prenez ce qui vous fait plaisir dans l'armoire à liqueur. J'ai un peu de tout. Vous seriez adorable de me servir une Suze. Ça m'aide à me remettre. Les verres sont là-bas.

Une armoire à liqueur ! L'équivalent pour Gérard d'un sapin de Noël permanent garni de cadeaux. Il y avait beaucoup de tout, en fait, whisky de prestige – Ben Nevis et Dictador 1977 –, vodkas de luxe, vermouth, vin cuit.

— C'est mon mari qui aimait l'alcool. J'en rachète de temps en temps. Prenez deux bouteilles pour remplacer celles que vous avez cassées pour moi.

En lui servant sa Suze, Gérard se dit que Patricia lui avait probablement parlé de lui, en effet. Puis il se souvint brutalement : il se trouvait chez la mamie que ses belles-filles voulaient flanquer à l'asile ! Celle qui rêvait d'un oreiller de plumes et pour laquelle il avait préconisé la chevrotine.

— Il peut arriver que Patricia raconte quelques petites choses, confirma d'ailleurs son hôtesse. Mais jamais rien d'intime ou d'indiscret.

Le coup d'œil gêné qu'elle ne put s'empêcher de lui lancer, et auquel il répondit par un regard embarrassé, leur confirma à tous deux qu'ils se connaissaient mutuellement bien mieux qu'ils n'oseraient se l'avouer, avant d'être suffisamment désinhibés par l'éthanol. Mme Deshayes – il se rappela son nom – avait clairement la tête de quelqu'un qui *sait* qu'elle se trouve en face d'un homme capable d'accueillir nu son aide à domicile. Il fit descendre quelques gorgées du pur malte qu'il s'était servi et jugea préférable de ne parler que de Patricia elle-même.

— Elle a vécu des choses tellement... lança-t-il.

Mme Deshayes opina.

— Je m'appelle Lucette, l'informa-t-elle.

— Gérard.

— Vous savez, Gérard, je ne crois pas tellement au hasard.

À son tour, il acquiesça. Surtout par politesse, car il n'était pas très au clair avec le hasard.

— Ces trois morts, développa Lucette. Le père, la mère, le frère.

Elle avait levé un doigt pour chacun des morts. Le père, matérialisé par un pouce déformé, se tenait à l'écart de l'épouse-index et du fils-majeur. L'annulaire, orné de sa bague nuptiale, devint automatiquement Patricia elle-même. Elle paraissait attendre son tour. Sa part de drame. Gérard se demanda qui était l'auriculaire, et comment la conversation l'avait conduit à se poser une question pareille. Puis il fit préciser sa pensée à Lucette.

— Eh bien, je ne sais pas. L'accident de voiture, le hêtre. C'est le même mode opératoire, non ?

— Mode opératoire ?

— La même signature.

Gérard cligna des yeux. La petite dame était frappadingue, mais ça ne le dérangeait pas. Il réfléchit longuement puis demanda :

— C'était quelle marque ?

— Quoi donc ?

— La voiture du frère ?

Lucette sembla penser qu'il avait une idée derrière la tête. Peut-être même une théorie, un scénario. Que la connaissance du modèle de l'automobile accidentée permettrait, par de complexes cheminements, de lever certains coins du voile. Mais en fait, non, c'était juste que Gérard aimait beaucoup les bagnoles. Au demeurant, Lucette put lui fournir la réponse et n'en fut pas peu fière. Il s'agissait d'une Peugeot 205 rouge d'occasion, que lui avait vendue – par gentillesse – le buraliste de l'époque, M. Gunod. Comme ce nom n'évoquait rien à Gérard, Lucette enchaîna.

— En tout cas, ces deux... accidents, mettons, ont détruit la vie de Patricia. Je l'ai connue gamine. Elle avait tout pour elle. Elle serait allée loin.

— Elle a toujours tout pour elle, fit observer Gérard.

— C'est beau, l'amour, soupira Lucette.

Il ne la contredit pas, après tout. C'était agréable d'entendre quelqu'un d'autre que lui lui parler de son amour pour Patricia. Surtout en sirotant des douceurs énergisantes. Lucette, observa-t-il, était plutôt directe pour une bourgeoise inconnue. Mais cela ne l'étonnait pas tellement. Le grand âge simplifie les rapports de classe. Le grand âge et la terreur d'être déportée à l'Ehpad. Et puis bon, Gérard, toute modestie mise à part, devait bien s'avouer qu'il inspirait confiance.

— C'est vraiment beau, chez vous, Lucette.

— Vous trouvez ?

Le compliment paraissait la toucher. Sa petite tête s'orna d'un joli sourire rose épuisé, tandis qu'il passait sa pogne sur les étagères en merisier, où ne subsistait pas une trace de poussière, se penchait sur les photos encadrées, adressait un clin d'œil complice au mari défunt, santé, admirait une potiche subtropicale. Le regard de Lucette suivait le sien.

— On faisait des voyages, expliqua-t-elle.

— C'est beau, l'amour.

Elle émit un trille hilare.

— Vous êtes drôle, Gérard.

Ça, par contre, c'était sûrement la première fois qu'on le lui disait. Il avala deux gorgées.

— Comment vous vous sentez ? s'enquit-il, désignant d'un coup de menton le piètre état général de Lucette.

— Pas encore morte.

Nouveau trille. Il accepta de sourire mais, aussitôt, fit les gros yeux.

— Lucette, il ne faut pas rigoler avec ça.

— Avec quoi ?

— Vous avez failli tomber. Ça veut peut-être dire entorse, ou fémur, qui sait ?

Elle brandit sa main pour l'interrompre.

— Ne parlez pas de fémur. Plusieurs de mes amies se sont cassé le col du fémur. On ne les a jamais revues.

Saisie d'épouvante, elle roula des yeux.

— OK, concéda Gérard. Mais vous savez que quand on sauve quelqu'un, on en devient responsable.

— Oh, murmura-t-elle, c'est merveilleux.

— Ça signifie que s'il vous arrive quelque chose à partir de maintenant, Lucette, ce sera ma faute.

Elle approuva, ravie.

— D'accord, Gérard.

Ils réfléchirent.

— Je reviendrai vous voir, pour vérifier que vous allez bien.

Cette proposition convenait parfaitement à Lucette qui, redressant son siège, désigna un gros appareil téléphonique posé sur le buffet luisant.

— Je vais enregistrer votre numéro sur le téléphone. C'est un téléphone pour vieux, offert par mes fils. Je vais vous affecter une touche. Apportez-le-moi, s'il vous plaît.

Gérard s'exécuta, épaté par l'autorité naturelle que la vieille dame semblait recouvrer, à mesurer qu'elle se remettait de sa chute. Il dicta les chiffres de son numéro et elle pianotait à mesure, pressant les boutons orthopédiques.

— Voilà, vous êtes en troisième position. Juste après mes enfants.

— Je suis flatté, Lucette.

Ils trinquèrent, burent et se sourirent à travers leurs verres.

— Je suis un incisif heureux, résuma Jean-Charles, au terme d'un long monologue portant sur l'enthousiaste recension qu'il avait lue, au petit déjeuner, d'un brûlot misandre.

Il s'aperçut alors que Chloé n'avait rien mangé et qu'au surplus, elle paraissait vaguement malade. Véronique scrutait sa fille depuis un bon moment et Jean-Charles en conclut qu'elles n'avaient, ni l'une ni l'autre, apprécié l'esprit de sa diatribe. Ravalant son dépit – modérément amer, il en avait goûté de pires – il s'enquit de ce qui n'allait pas.

— C'est ton boulot ? supposa-t-il.

Il le lui avait bien dit, à Chloé, qu'elle finirait par se lasser du bas de l'échelle. Passer sa vie à s'occuper de niaiseries télévisées ! Lui, du moins, avait fait fructifier son talent. N'avait-il pas, notamment, au cours de sa carrière normande, et malgré les réticences de Laurent, incité l'entreprise à renoncer à la chloration du méthane au profit du perchloréthylène ? Et ce n'était qu'un exemple.

— Non, répondit Chloé. C'est à cause de vous.

Jean-Charles fut surpris par l'intensité de la terreur qui l'envahit. Une terreur plus puissante que l'indignation mécaniquement suscitée chez lui par la moindre critique à son endroit. Heureusement, Chloé avait dit *vous*. Il se sentit un peu réconforté par la chaude présence de Véronique à ses côtés, au poteau d'exécution.

Comme le silence se prolongeait, il regarda sa femme qui, elle, fixait leur fille. Véronique avait adopté une pose étrange, menton dans les paumes mais cou tendu vers l'arrière, comme si elle cherchait à éloigner au maximum sa tête de Chloé. Il s'aperçut que lui-même tirait douloureusement sur son index gauche en vue, semblait-il, de se l'arracher. Il comprit qu'il avait toujours redouté ce moment épouvantable où le fruit de leurs entrailles aurait des reproches à leur faire. C'était, semblait-il, inévitable voire salutaire. Mais il détestait *Festen*, seul film que, traîné par Véronique, il avait consenti à voir au ciné-club de Vinteuil. Il s'était toujours arc-bouté par avance à la perspective d'une grande scène tragique au cours de laquelle seraient déballés d'hypothétiques griefs. Il se savait coupable, comme tout le monde, repensait en suant, dans ses rares insomnies, à la claque qu'il avait décochée à sa gamine, un sombre soir où elle avait massacré ses exercices de maths, en CM2. Il était fatigué, une délégation du personnel leur en avait fait voir de toutes les couleurs, il s'était excusé maintes fois.

Véronique, en revanche, était irréprochable. Elle incarnait avec une exaspérante modestie les vertus de la maternité moderne, patience épuisante, complicité, rigueur. Elle ployait avec grâce sous la charge mentale. Jean-Charles ne l'avait jamais vue s'agacer, jamais entendue hausser le ton. Véronique professait tacitement, dans ses gestes, dans ses sourires, un attachement farouche à la vie, une gratitude éperdue envers chacun des miracles dont la somme avait produit Chloé. Et elle avait, en outre, trouvé le moyen de rester à sa place, de ne jamais exercer le moindre chantage sur sa fille, de ne rien réclamer d'elle, allant jusqu'à se montrer, de temps à autre, subtilement égoïste pour permettre à Chloé de lui en vouloir, de ne pas se sentir redevable.

Apparemment, Chloé attendait, pour poursuivre, une preuve de vie de la part de ses parents. Il se dévoua :

— À cause de nous ?

Chloé attrapa, entre deux ongles, une miette de pain au petit épeautre et la micronisa.

— J'ai commencé une psy, annonça-t-elle.

Catastrophé, Jean-Charles se gratta la joue. Véronique espéra produire des marques crédibles d'étonnement mesuré.

— Et donc c'est nous les coupables ? s'indigna Jean-Charles.

Chloé sourit.

— Les coupables de quoi ?

— De... de ta vie !

— Jean-Charles, s'il te plaît, murmura Véronique en posant une main dure sur l'avant-bras de son mari.

À la différence de Jean-Charles, à qui elle n'avait bien évidemment pas transmis les informations fournies par Cécile, Véronique avait eu le temps de réfléchir et de se préparer à la crise. Mais ses réflexions n'avaient pas beaucoup progressé. En fait, elles s'étaient muées en un remâchage de doutes, en soupçons confus contre elle-même, contre un manque éventuel de vigilance. À quel moment avait-elle failli ? Apparemment, elle allait l'apprendre. Il fallait juste que Jean-Charles se taise, sous peine de bloquer Chloé, de retarder les révélations ignobles. À tout prendre, autant y passer tout de suite. Mais ses inquiétudes furent vite dissipées par l'angoisse : Chloé ne réagissait pas aux provocations de son père. Elle était concentrée, rentrée en elle-même, cherchant ses mots, ou ses idées, broyant les atomes d'épeautre.

— Vous me cachez quelque chose, dit-elle enfin.

Ils attendirent un complément d'explications qui ne vint pas. Sans doute étaient-ils censés réagir à cette affirmation, dans sa brutale nudité. La tactique avait peut-être été mise au point par la psy qui avait ensuite fourni à Chloé un petit vade-mecum du *langage corporel*, lui avait appris à décrypter leur sudation, leurs froncements, leurs asphyxies. Elle les dévisageait, confirmant les pires soupçons. Jean-Charles, à nouveau, se dévoua. Véronique se sentit infiniment rassurée par l'idiotie de sa question.

— Ah bon ? Et qu'est-ce qu'on te cache ?

Chloé acquiesça imperceptiblement.

— J'attends que vous me le disiez.

Véronique ferma les yeux et agita les mains pour dissiper le nuage de malentendus qui commençait à se former. Puis elle fit signe qu'elle rembobinait la conversation, l'asseyait sur des bases plus saines. Enfin, elle s'éclaircit la gorge et demanda :

— C'est ta psy qui t'a dit ça ?

Chloé sourit.

— Comment tu sais que c'est *une* psy ?

Mince, oui. C'est Cécile qui le lui avait dit.

— C'est Cécile qui me l'a dit.

— Hein ? s'étrangla Jean-Charles, tu étais au courant ?

— Il semble que Maxime ne soit pas un confident très fiable, persifla Véronique, sans sourire.

— Et tu comptais me le dire quand ? insista Jean-Charles, ulcéré par la trahison de son épouse.

— C'est justement de *ça* que je parle, triomphait Chloé. De secrets. De choses qu'on ne dit pas. Apparemment, maman, tu es douée pour ça.

Véronique ouvrit la bouche. Les choses se liguaient contre elle. Elle seule, tout à coup. C'était le comble !

— Je n'ai rien dit à ton père parce que j'estime que l'analyse est une démarche personnelle. C'était à toi de nous l'annoncer si tu le souhaitais. Ce n'est pas ma faute si Maxime en a parlé à sa mère et si Cécile m'en a parlé.

Chapeau, songea Jean-Charles. Elle les avait bien remis à leur place. Il produisit un mmh approbatif. Chloé, à son tour, agitait la main, comme sa mère, mouvement curieusement mimétique et qui semblait signifier, cette fois, que tout cela n'avait aucune importance, qu'elle ne comptait pas polémiquer. On ne la distrairait pas de sa mission, même si Maxime et Cécile avaient agi comme une paire de minables.

— J'ai acquis la *certitude* que je souffre à cause d'un secret. Je ne veux pas entrer dans des détails intimes. Je veux juste savoir ce que vous me cachez. Depuis toutes ces années.

Gêné par la tournure mélodramatique de cette réplique trop préparée, Jean-Charles mit un peu de temps à en mesurer la portée. Un secret ! Il devint homard.

— Chloé, nom de Dieu ! Tu es complètement manipulée ! C'est un truc à la mode, les gros secrets de famille ! Un vieux machin éculé ! Tout le monde, aujourd'hui, se pose en victime ! Les... les Noirs, les homos, les femmes ! Tout le monde y va de sa petite révélation ! Tu suis un peu Internet ?

Véronique voulut, à nouveau, l'apaiser d'une caresse mais il s'était déjà levé et tournait en rond.

— Putain, c'est trop dégueulasse ! Pour ta mère, surtout ! Moi, encore, je m'en fous ! Je veux bien reconnaître que je n'ai pas été assez présent et toutes les conneries, mais ta mère, bordel ! Ta mère !

Chez Jean-Charles, les jurons n'obéissaient pas aux mêmes lois que chez Cécile. Ils ornaient son lyrisme pour en conjurer le ridicule.

— Chloé, tu es l'exemple de l'enfant choyée, adorée. De l'enfant reine ! C'est ça le truc, Chloé, tu es une enfant reine. On t'a tout évité, toutes les peines, toutes les peurs, tous les désagréments. Elle est là, notre erreur, sûrement. On en a trop fait pour toi. Beaucoup trop !

Il se souvint d'une phrase qu'il avait lue : on ne se remet jamais d'une enfance heureuse. Mais comme il en avait oublié l'auteur et détestait ne pas citer ses sources, il s'abstint de la produire, maudissant son inaptitude à mémoriser les patronymes. Chloé ne paraissait nullement ébranlée par la colère de son père. Elle se leva.

— Je ne vous demande pas de me parler ce soir. Ni demain. Vous pouvez... en discuter entre vous. Mais j'ai besoin de savoir. Pour avancer.

Son ton s'était fait conciliant. Sans les quitter des yeux, elle recula vers l'entrée, dans l'évidente intention de récupérer ses affaires et de les planter là.

— Attends, Chloé, gémit Véronique, tu ne peux pas partir comme ça. Rassieds-toi.

Chloé hésita un instant, ce qui redonna des forces à sa mère. En vain, car elle pressentait que chaque mot serait a priori une erreur, le moindre geste une preuve à charge. La mise en demeure était un cauchemar. Le soupçon vous faisait toujours une gueule de coupable. Elle le savait, mais cette connaissance lui était inutile.

Chloé lui tourna le dos et s'éloigna.

— Jean-Charles, s'il te plaît, dis quelque chose !

Il eut un geste d'impuissance.

En se refermant, la porte d'entrée produisit un courant d'air qui déplaça quelques miettes sur la table.

Le cimetière avait peu d'allure. Quatre pauvres cyprès, et six ifs malheureux.

— C'est ici, dit Lucette.

Ils s'approchèrent prudemment des trois tombes étroites. C'était toujours l'impression que les sépultures procuraient à Gérard. L'exiguïté. Peut-être se fût-il moins soucié de son avenir posthume s'il avait pu se le figurer spacieux. Quelque vaste caveau, aéré, lumineux, voire collectif. Mais pas la fosse commune. Pas les catacombes, pas de concession à loyer modéré.

— Vous êtes songeur, observa Lucette.

— C'est la mort, avoua Gérard.

Faux. Absolument faux. Gérard n'avait justement aucun problème avec la mort. Mais il paraissait toujours suspect d'être à l'aise dans ce domaine et il feignait prudemment de partager les terreurs communes. En fait, son père lui avait inculqué quelques précieux rudiments sur la question du trépas. Ancien militaire de carrière, chasseur passionné, il professait que philosopher, c'est apprendre à tuer, et que la mort en elle-même, n'était rien d'autre que *l'extinction des yeux*. C'était sa formule. Gérard la trouvait jolie. Selon son paternel, occire était une question d'habitude. Si l'on considérait l'humanité depuis ses origines – démarche qu'il invitait souvent son fils à mener, pour prendre du recul – on constatait vite que la tuerie était la norme. Toutes les civilisations perpétraient des massacres, les animaux s'entretuaient, et ainsi de suite. Il en avait fallu, des millénaires, pour établir de fragiles îlots de civilisation et de démocratie sans crime. Et encore. Au moindre soubresaut de l'Histoire, les barbares déboulaient. Pour parfaire cette philosophie, son père avait emmené très tôt Gérard à la chasse. Ensemble, ils avaient raffiné l'art d'éteindre les yeux, mouché la morgue du cerf, calmé le lapin, descendu l'oiseau. Le difficile, c'était de les choper, pas de les tuer. Et, affirmait le vieux, c'est exactement pareil avec un humain. Les globes oculaires se révulsent, comme ça. Un soubresaut et c'est fini. Un jeu d'enfant. Beaucoup d'enfants y jouent, d'ailleurs.

Non, ce qui faisait songer Gérard, ce n'étaient pas les cadavres, c'étaient leurs dates dans la pierre.

Ils lurent, sur le marbre, le nom de famille de Patricia. Bertin. Tout le monde connaissait plus ou moins quelqu'un qui s'appelait ainsi. Ils lurent les trois prénoms, François, Danièle, Sylvain. Et les six dates. Cinq, en fait. Les parents étant décédés le même jour, le 12 octobre 1987. Sylvain les avait rejoints le 12 décembre 1993.

— Pile six ans après, souligna Lucette.

— Presque, nuança Gérard qui, en matière de chronologie, prisait l'exactitude.

Que faisait-il, le 12 octobre 1987 ? Il avait trente-sept ans. L'avantage d'être né en 1950, les calculs étaient simples. À trente-sept ans, Corinne l'avait déjà quitté. Il taquinait la téquila. Mais ça pouvait se comprendre, il avait émigré dans le nord, à l'époque, et le soleil normand lui manquait. Il se pensait déjà vieux, en ce temps, ne croyait déjà plus à rien. Il n'espérait plus changer la vie, encore moins prendre la route. Aujourd'hui, il était nostalgique de ses anciennes désillusions.

La route, elle l'avait mené de Bernay à Avesnes-le-Comte, dans le Pas-de-Calais. Il y avait eu des détours et des étapes.

Marseille. Pondichéry. Pas grand-chose, au fond. Il avait rencontré Corinne sur un dancefloor belge. Par amour, il l'avait suivie et s'était retrouvé à bosser dans la logistique. Même l'épisode du mannequinat pour les catalogues de vente par correspondance n'était pas tout à fait fictif. Une opportunité sans lendemain, six photos en tout. Des tricots de peau. Le 12 octobre 1987, il avait déjà entamé son retour vers le pays d'Ouche et intensifié sa fréquentation des estaminets. La descente aux amphores, comme disait un prof de latin reconverti, avec qui il avait bossé aux abattoirs de Conches. À y repenser, c'était sûrement l'équarrissage qui l'avait réconcilié avec le sang, dont il avait un peu perdu le goût dans ses années hippies. Avec le temps, ses activités avaient cessé d'être avouables, puis descriptibles. Il avait trempé dans des trafics, accumulé les sursis. Quand ses parents étaient morts du pancréas, il avait bu leur pécule. Une assistante sociale sympa, Marijo, l'avait aidé pour les allocations et installé dans cet appartement de Vinteuil dont, un merveilleux jour, Patricia avait fini par franchir la porte.

Le prof de latin des abattoirs, maintenant qu'il y repensait, était devenu routier. Il s'arrêtait parfois boire un verre au Pot d'étain, à Vinteuil. Gérard aimait bien s'entretenir avec lui du bon vieux temps mais il sentait que ce n'était pas réciproque.

— Elle leur rend visite tous les jours, dit Lucette.

— Je sais, confirma Gérard.

— Ah oui ?

Lucette se froissait toujours un peu que ne lui soit pas réservée la primeur des nouvelles. Elle-même n'avait eu que récemment connaissance – par sa coiffeuse à domicile, une mine d'or – des pèlerinages quotidiens de Patricia.

— Oui, avoua Gérard. J'ai été détective privé, à une époque.

— Quelle époque ?

— Une autre époque.

La mauvaise humeur de Lucette s'estompa. Contrairement à celle de ses amies qui s'attardaient sur terre, elle n'était guère sujette à l'acariâtreté chronique, qu'elle regardait d'ailleurs avec effroi comme l'ultime étape du déclin.

— Vous aimez bien raconter des calembredaines, hein, Gérard ?

Elle lui asséna un petit coup de son coude pointu.

— Aïe.

— Ça fait vicieux de suivre les filles. Vous me suiviez aussi, l'autre jour, quand vous m'avez cueillie sur le trottoir ?

La formule les fit rire. Le sauvetage de Lucette, qu'ils s'étaient déjà mutuellement raconté plusieurs fois, était en passe d'accéder au statut de haut fait. Dès le lendemain, Gérard avait sonné à la porte de la belle maison, avenue Joffre, pour s'enquérir de la santé de sa rescapée. Il lui avait représenté le danger qu'on courait à vivre seule quand on tenait si mal sur ses pattes, elle lui avait montré son déambulateur, ils avaient causé de ces choses et d'autres autour de quelques petits verres. Lucette avait demandé à Gérard s'il lui rendait visite pour boire son alcool, il avait protesté, s'était levé en titubant, rassis, et elle l'avait prié de lui lire quelques pages. Il avait dit oui. Il lisait bien, d'une voix grave où perçait l'émotion. Leur amitié s'était développée très vite, sans les scrupules dont s'embarrasse la jeunesse. Il est des âges où affecter l'indifférence devient un luxe. Combien leur restait-il de bon temps ?

C'est Gérard qui avait proposé la promenade au cimetière.

— Ça me rend malade de la voir triste comme ça, reconnut Gérard. Je me demande tout le temps ce que je pourrais faire pour elle.

Rien que d'y repenser, une larme lui dévala la joue. Lucette, absorbée par le marbre, ne la remarqua pas.

— Elle aurait vraiment pu faire autre chose de sa vie, insista-t-elle. J'ai connu son institutrice et plusieurs de ses professeurs. Mme Ossonce, qui vient tout juste de mourir.

Elle sourit à cette coïncidence.

— Eh bien tout le monde me disait que Patricia était exceptionnelle. Après la mort de ses parents, elle est vraiment partie à la dérive.

Elle se remémora cette dérive, dont les détails sordides eurent pour effet de lui faire remuer sèchement la tête, à la façon d'une poule. Invitant Gérard à se pencher vers elle pour mieux entendre, elle lui déversa dans l'oreille cette révélation stupéfiante :

— Elle s'est mise à écouter du hard-rock.

Ils frissonnèrent, effrayés par les extrémités où peuvent se porter les âmes en souffrance.

— L'accident de Sylvain a été le coup de grâce.

Gérard réfléchit à la formule. Elle impliquait que Patricia était morte. Ou que quelque chose en elle était mort. Il n'y croyait pas vraiment. Lucette était trop tragique. Mais il reconnaissait que l'élan vital de Patricia se trouvait bridé par le deuil et, même s'il ne croyait plus guère à l'épanouissement de l'être, il lui apparaissait tout de même que ces trois coups du sort avaient empêché Patricia d'éclore. Une femme de sa trempe aurait dû avoir des enfants heureux, une vie loin de Vinteuil.

D'un autre côté, si le destin lui avait été favorable, elle n'aurait jamais croisé la route de Gérard.

— Vous songez toujours ?

— Je songeais à vous, Lucette.

— Menteur.

Elle rit à nouveau, quand il joua l'effarouché. Son mari aussi la faisait rire.

— S'il vous arrive quoi que ce soit, ordonna Gérard, vous m'appelez. Aussitôt.

Ils avaient analysé ensemble la défaillance de Lucette sur le trottoir, émis de nouvelles suppositions, neurologiques. Il voulait encore appeler le docteur mais elle l'en avait encore dissuadé. Les héritiers n'attendaient que ça, une chute. Il ne devait rien dire à personne.

— Je viendrai vous ramasser, promit-il, chevaleresque.

— Il y a déjà une infirmière qui m'aide pour ma douche, le prévint Lucette.

— Dommage.

Ils quittèrent la nécropole.

Plus tard, dans son appartement désert, Gérard trouva la vie moins drôle. Pourquoi salissait-il ? Pourquoi rétablissait-il le désordre quand Patricia s'en allait ? Pourquoi se foutait-il à poil ? L'alcool, comme les rêves, avait cette vertu de révéler en vous l'étranger, l'hirsute, l'enfant. Cet être répugnant qu'il exhibait était-il son vrai moi ou son double grotesque ? Et pourquoi devait-il toujours lui céder le pas en présence de celle qu'il aimait ? Lampant dévotement à même le goulot le Bourbon de Lucette, il trifouilla dans un tiroir pour en extraire un trousseau de clés. Puis, tandis qu'il contrôlait encore plus ou moins son assiette, il descendit à la cave.

Chaque résident disposait au sous-sol d'un espace privatif où il reléguait, le plus souvent, les débris encombrants de son passé. Celui de Gérard offrait avec l'appartement un contraste absolu. Pas un micron de poussière, pas une tache. Des caisses et des cantines méthodiquement alignées, dans l'éclairage chirurgical d'un puissant néon. Au milieu, un fauteuil où il prit place.

La nudité du ciment l'apaisa vite, la crudité de la lumière, le tranchant des arêtes. Un laboratoire où rien ne s'élaborait.

Le lieu idéal, se dit-il, pour être inhumé.

— Alors ? demanda Jean-Charles.

Véronique venait de traverser le salon en chaussettes, le téléphone pendant comme un membre mort au bout de son bras.

Ce qui n'était pas bon signe.

— Elle dit qu'elle veut prendre un peu de distance.

— Quoi ?

— Si tu t'énerves, on ne va pas pouvoir discuter.

Jean-Charles jeta un coup d'œil sceptique à ses propres genoux, qui lui parurent énormes et incongrus. Il était enfoncé dans le sofa jaune qu'il avait toujours détesté parce qu'on y était, selon lui, assis plus bas que son cul.

— Je ne m'énerve pas encore.

Véronique s'assit en tailleur à côté de lui. Cette position extraordinairement séduisante, qu'elle prenait avec la même souplesse que vingt, trente, mon dieu, trente-cinq ans plus tôt donna envie à Jean-Charles de lui ôter ses chaussettes. Il se retint.

— Enfin, reprit-il, c'est fou ! C'est du chantage ! Quelle distance ?

Véronique ne possédait pas la réponse à cette question. Elle secoua la tête. Jean-Charles aurait préféré qu'elle parle. Il était mal à l'aise avec le silence. Il choisit de résumer la situation, pour la millième fois, en détachant les syllabes.

— Véro, écoute, notre fille est manipulée. Elle est une victime. Nous sommes des victimes.

Il donnait l'impression de réciter une leçon de conjugaison. Elle l'interrompit, en haussant le téléphone jusqu'à leur visage.

— Et si elle avait raison ?

Jean-Charles observa les boutons de l'appareil, qui portaient des lettres et des chiffres, évoquant un jeu de société pour vieux.

— Qui ça ? La guide spirituelle ?

— La thérapeute, oui. Si on cachait *vraiment* quelque chose ?

Il se pinça le haut du nez tant serait rude la tâche de démêler la pelote d'absurdités énoncées en si peu de mots par sa pauvre femme.

— Véronique (il renonçait à l'apocope, car c'était trop grave), on ne peut pas cacher quelque chose malgré soi.

— Tu en es sûr ?

— Sans le savoir, je veux dire.

— J'ai bien compris, et je te demande si tu en es sûr.

Il en demeura bouche bée. Le contrôle de la conversation lui avait rarement autant échappé. À l'évidence, Véronique avait déjà réfléchi beaucoup plus que lui, mais à sa façon subtile, déroutante, elliptique, imprévisible. Lui avait besoin pour arpenter les chemins de la connaissance, des gros sabots de la logique. Lâchant son nez, il interposa ses mains entre sa femme et lui.

— Attends, attends, attends...

— Je vois deux options, synthétisa-t-elle. La première est affreuse mais peut-être plus rassurante que l'autre.

— La première ?

— La première serait que *toi,* tu *nous* caches quelque chose.

Il sentit se tendre les parois de ses artères, ce qui, pour un migraineux occasionnel, n'augurait rien d'indolore. Véronique avançait dans sa démonstration :

— On peut taper dans le classique : l'adultère.

Il découvrit ses incisives supérieures.

— Si tu m'as trompée, la petite l'aura senti. Les enfants sont…

— … des éponges.

— Donc là, trauma. Toi tu oublies, c'était une aventure, peut-être un coup d'un soir, mais Chloé…

Tous ces mots, qui n'avaient encore jamais franchi l'enclos des lèvres de Véronique exerçaient sur Jean-Charles un charme puissant. Une érection malséante le déconcentra.

— Attends ! cria-t-il un peu trop fort. Tu me soupçonnes…

— C'est l'option numéro un.

— Et pourquoi on n'envisage pas que toi…

— Parce que je *sais* que je ne t'ai jamais trompé. Et que j'ai besoin d'avancer. Donc réponds-moi sincèrement et on passe à l'option deux. Attention, je ne parle pas de fantasmer sur tes collègues de travail ou de se donner du plaisir en matant des images suggestives, ça, on l'a tous fait. Je parle de *coucher*, Jean-Charles.

— On l'a tous fait ? Tu as…

— Bien sûr. Alors ?

— Jamais ! hurla-t-il. Jamais de la vie !

Ils étaient dressés l'un contre l'autre dans le sofa, comme deux goélands se disputant un poisson crevé. C'est l'image qui traversa l'esprit de Jean-Charles.

— Bien, finit par décider Véronique. L'option deux est plus glauque, comme je te le disais. Tu vas encore sortir de tes gonds mais (elle fit le geste) je dois mettre les choses à plat.

— J'écoute.

— Sais-tu combien d'enfants sont victimes de comportements incestuels ?

— Incestueux, corrigea-t-il avant de prendre conscience de ce qu'il venait d'entendre.

— Non. Incestuels. Je me suis renseignée. L'incestuel, c'est une espèce d'ambiguïté sans qu'il y ait forcément passage à l'acte. Des regards, des mots, des caresses qui se veulent innocentes entre un père et une fille.

À ce moment, Jean-Charles quitta son corps et se mit à flotter dans la pièce, à une hauteur d'environ un mètre, un mètre cinquante. Il fut balloté au gré d'impalpables courants ascensionnels, frôla le plafond (il sentit la caresse granuleuse de la paroi sur son occiput) puis redescendit, rasa le sol, les nœuds du parquet. Se forma même en lui la certitude qu'il était en train de vivre sa mort, que c'était délicieux, et qu'on ne pouvait produire meilleure preuve de sa bonne foi qu'un trépas si instantané.

— Il se peut même que tu n'en aies pas eu conscience. Que tu aies cru rester dans les limites de ton rôle de père.

Il revit les années. Les couches. Il se levait beaucoup la nuit pour changer Chloé. Ça les amusait tous les deux. Enfin, c'est ce qu'il imaginait, en répondant par des risettes aux sourires du bébé. Mais le médecin leur avait expliqué qu'il ne s'agissait aucunement de sourires. C'étaient des grimaces de douleur dues à des régurgitations. Les deux premières années, il lui avait donné le bain, aussi. Il adorait lui verser sur le crâne le contenu d'un petit arrosoir en plastique vert. La gamine riait aux éclats. Où était cet arrosoir aujourd'hui ? Jadis, il allait pisser nu la nuit. Mais il ne lui semblait pas avoir croisé Chloé. Il ne lui semblait pas être sorti de ses limites. Jamais, à vrai dire. Dans aucun domaine. Il adorait les limites et il savait que Véronique aussi. Il savait qu'elle ne croyait pas aux questions qu'elle lui posait. C'était du flan, du bluff. D'ailleurs, et voilà, elle avait quitté son masque de vieille institutrice peau de vache et pleurait à chaudes larmes. Il la prit dans ses bras.

— Je suis désolée, hoqueta-t-elle.

Il lui caressa les cheveux. Il savait qu'elle n'aimait pas ça mais elle l'avait mérité.

— Sur quels collègues tu as fantasmé ? demanda-t-il.

— Stéphane Béjond. Alexandre Joncourt. Et Mme Perrucheau, quand elle m'engueulait.

Elle pleura encore un peu puis se dégagea, secoua ses cheveux, essuya ses yeux.

— Putain, Jean-Charles ! On n'a rien à se reprocher ! Rien !

— Stéphane Béjond, franchement, tu te rappelles les gros yeux qu'il avait ?

— On a une putain de vie normale, Jean-Charles !

Ils se turent, examinant, consternés, la normalité de leur vie. C'était indubitable. Il y avait eu des Noëls, des anniversaires, des vacances, guère de décès. Il y avait eu des cours de danse, des examens, beaucoup de succès. Des soirs fêtés, des printemps savoureux, des hivers de riches, à la neige, des loisirs bourgeois, ils étaient bourgeois, modérés, probablement ridicules, sûrement rances, mais pas incestuels, pas dévoyés, leurs orgasmes étaient bien construits, leur dissension la plus profonde portait sur l'homéopathie.

— On est complètement ordinaires, conclut Véronique, déconfite.

Jean-Charles acquiesça.

— Chloé ne va pas être contente.

D'autres séances avaient eu lieu, avec la thérapeute, et Chloé ne parvenait pas à reconstituer précisément la chronologie des dernières semaines ni à comprendre ce qui l'avait conduite à accepter de se faire hypnotiser par Ludivine. Concernant la thérapeute, c'était elle, Chloé, qui avait demandé que leurs rendez-vous deviennent bihebdomadaires. Maxime y avait vu un signe très positif, « une accélération du processus », mais Chloé ne pouvait s'empêcher d'établir des comparaisons entre l'impérieuse nécessité qu'elle éprouvait de retrouver l'atmosphère ouatée du cabinet d'Alésia et certains états de détresse traversés à l'adolescence, quand elle se cherchait dans les livres et se perdait partout ailleurs.

Pour Ludivine, c'était plus compliqué. Sa présence dans la vie de Chloé avait gagné en consistance, par un processus évoquant la capillarité. Il y avait eu des thés, des toiles, des terrasses, avec ou sans Maxime. À la faveur de méditations moelleuses confinant à la rêvasserie semi-consciente, Chloé s'était interrogée sur la nature profonde – ou exacte ? – de sa libido. Désirait-elle Ludivine ? Brièvement, une cathédrale de joie s'édifia dans son âme, l'espoir phénoménal, faramineux d'être délivrée de sa dépendance hétérosexuelle. Elle avait lu des livres sur le sujet et acceptait avec la meilleure grâce du monde l'éventualité d'un refoulement carabiné, produit par son éducation – son conditionnement – et qui lui eût assigné un rôle de composition d'autant plus épuisant qu'elle n'aurait pas eu conscience de jouer la comédie. C'était pire que le *Truman*

*Show*, et expliquerait commodément la profondeur de ses souffrances. Elle s'efforça de fantasmer sur Ludivine, l'imagina en prof d'anglais sexy – normalement, quand elle cherchait une jouissance rapide, c'était radical – mais non, rien. La cathédrale s'effondra. Elle nourrit ensuite – ou concomitamment, comme disait Jean-Charles que cet adverbe enchantait – l'espérance d'une véritable et puissante amitié avec Ludivine, une complicité simple, sans cul, sans couacs, sans questions, un foisonnement de SMS, des rigolades à s'en compisser, du céleri croqué à l'apéro, du sucre cassé sur les mecs.

Cela n'advint pas davantage. Ludivine, sans doute en raison de ses propres névroses, contractées dans l'ombre glaciale d'un père puritain, était un peu chiante. Mais Chloé, reconnaissant volontiers qu'elle souffrait du même travers, peinait à lui en vouloir. Elles se virent donc et Ludivine raconta un soir qu'elle avait acquis, à l'aide de tutos super bien faits, les rudiments de l'hypnose. Sa découverte de l'ASMR, outre qu'elle avait partiellement réglé ses insomnies, lui avait permis de mesurer à quel point elle était *réceptive*. Elle s'était ensuite entraînée, – ça paraissait con mais pas du tout, tu vas voir – sur un lapin. Un lapin domestique qui, chez des amis de ses parents (peu importe) s'était évadé de sa cage. La bête courait dans l'appartement, semant partout ses crottes. Ludivine s'était approchée calmement, l'avait fixée au fond des yeux en psalmodiant des phrases – qui lui étaient opportunément passées par la tête – et l'animal s'était immobilisé peu à peu. On avait vu distinctement se détendre ses oreilles. Elle avait pu alors le prendre tendrement dans ses bras pour le réincarcérer sans douleur. C'était, peu ou prou, ce qu'elle proposait à Chloé qui n'avait pas osé dire non.

Elle se trouvait donc dans le salon de Ludivine, un trente mètres carrés sombre mais bien situé, au-dessus d'une onglerie calme, il pouvait être neuf heures du soir. Sur les instances de sa collègue, elle tâchait de se représenter une prairie où elle avait vécu des moments heureux. Chloé n'était pas trop fan de prairies, à cause des tiques. L'un de ces sournois parasites s'était, quelques années plus tôt, implanté dans son cuir chevelu au cours d'un pique-nique en amoureux avec un François – ou était-ce Jonathan ? – et elle guettait depuis l'apparition des symptômes de la maladie de Lyme. Aussi, sans le dire à Ludivine, préféra-t-elle se représenter une plage. Elle avait eu de bons moments, sur les grèves normandes, à l'époque où Maxime s'amusait à l'inhumer dans le sable. Voyant un sourire enfantin s'esquisser sur les lèvres de sa patiente, Ludivine l'invita à se figurer un ascenseur qui s'enfoncerait dans les profondeurs de cette prairie-plage, pour la conduire par paliers jusqu'à ses souvenirs claquemurés dans les ténèbres de son inconscient. Chloé n'arrivait pas bien à voir cet ascenseur souterrain, hésitant à demander des précisions techniques, volume de la cabine, présence de boutons sur lesquels appuyer. Elle se savait trop rationnelle, trop tatillonne, encore un héritage de Jean-Charles, mais elle ne comprenait pas la cohérence de la métaphore, si c'en était une : à quoi bon inciter les gens à se détendre si c'était pour les précipiter, l'instant suivant, dans une exploration spéléologique de leur enfer privé ?

À mesure que la voix soyeuse de Ludivine – on ne pouvait qu'être sensible à la fraîcheur de sa phonation – la tirait par la manche en direction des bas-fonds, Chloé sentit sourdre et se répandre en elle une exaspération de moins en moins légère. La question – chez elle térébrante – de savoir ce qu'elle foutait là parasita le dispositif. Elle se mit à simuler. C'est sur ces entrefaites que sonna son téléphone. D'un même élan, elle se redressa et présenta ses excuses à son hypnotiseuse.

— Désolée, j'ai oublié de le couper.

— Ne réponds pas, c'est important !

— Je suis obligée, c'est mon père.

Pourquoi donc avait-elle sorti cette énormité ? Son exaspération se structura en un essaim d'Érinyes, qui fondit sur Jean-Charles.

— Oui, quoi ? Je suis occupée.

— Bonsoir ma chérie.

La voix de son père sonnait creux. Elle y perçut un enjouement de mauvais aloi et reconnut aussitôt cette exécrable bonne humeur qu'il affichait involontairement quand il était parfaitement en phase avec Véronique, quand ils faisaient bloc. Ils avaient dû causer, tomber d'accord, juger qu'en fin de compte, il n'y avait pas de problème et que la joie valait la peine. Cet inépuisable optimisme donnait envie de leur mordre la langue. Ludivine esquissa de petits gestes en direction du canapé, auxquels Chloé répondit par un remuement agacé des phalanges.

— Avec ta mère (tiens donc), on a recausé, tu sais...

— Non, je ne sais pas.

— De... de ton histoire de secret.

— Et ?

— Écoute, ma chérie, on a vraiment cherché. On a tout ratissé, des fois qu'on serait passés à côté de quelque chose, dans ton enfance. Un truc qui aurait pu te choquer sans qu'on s'en aperçoive.

— Et ?

— Nada. On n'a même pas essayé de te faire croire à la petite souris. Tu te rappelles ? Je te payais rubis sur l'ongle chaque dent tombée. Idem pour le Père Noël. Et quand mon père est mort, je t'ai réveillée pour te l'annoncer.

— Tu en as profité pour me dire que le Paradis n'existait probablement pas.

— Et que, dans le cas contraire, il y avait peu de chances qu'on l'y accepte.

Jean-Charles rit, de son rire creux. Elle comprit qu'il la croyait reconquise. Il s'était toujours vanté de se la mettre dans la poche.

— Écoute papa, tu sais quoi ? Je ne vais plus venir.

— Comment ça ?

— Très simplement. Tant que vous n'aurez pas quelque chose d'intéressant à me dire.

Elle raccrocha.

— Tu as bien fait, opina Ludivine.

Peut-être ses pouvoirs de magnétiseuse n'étaient-ils pas totalement fictifs – ou alors c'était le Spritz – car Chloé, un peu plus tard, se mit à évoquer, sans préambule, la sexualité de ses parents, qu'elle jugea lamentable.

— Je devais tendre l'oreille pour les entendre baiser, tellement ils ne faisaient pas de bruit.

C'était consternant, Ludivine en convint.

— Pendant toute une période, ils le faisaient le vendredi soir. Tu te rends compte ?

Ludivine ne savait pas exactement si c'était du jour choisi pour les rapports qu'il fallait s'ébahir, ou de leur caractère hebdomadaire. Peut-être y avait-il derrière une référence religieuse qui lui échappait. Ludivine n'avait jamais été très passionnée par les coutumes. Elle préféra rebondir sur la misère sexuelle des vieux.

— Ma mère non plus n'a jamais connu le...

Elle chercha ses gestes, pour suggérer une ébullition sensorielle.

— C'est minable, conclut Chloé en vidant son verre.

Elle n'avait jamais raccroché si nettement au nez de son père, lui semblait-il, ce qui la rendit mélancolique. Elle l'imaginait parfaitement, le téléphone à la main, ce smartphone dernier cri qui lui procurait tant de plaisir, et qu'il passait son temps à *personnaliser*, fier de contourner les protocoles impavides imposés par les constructeurs. Car Jean-Charles et ses potes, les anciens de la boîte, étaient les rois du micmac et emmerdaient le système. Les jeunes savaient scroller, ça oui, au point d'en avoir des durillons au pouce. Mais eux, les dinosaures goguenards, ils pénétraient dans l'interface, parfaitement, arpentaient les arborescences, déjouaient les algorithmes, ouvraient les portes dérobées du pays des merveilles. Pas encore morts, non, les sépulcres blanchis. Mais ils n'avaient pas de pare-feu contre la colère de leurs filles.

Elle se promit de les faire souffrir le plus longtemps possible. Ils ne la prenaient pas au sérieux. Ils ne prenaient rien au sérieux. Elle le comprit tout à coup. Cette génération avait cru faire du monde son terrain de jeu. Et on en était là. On avait l'air malin.

— Tu reveux du Spritz ? demanda Ludivine.

Maxime examinait, sur son écran colossal, une vaste étendue verte quadrillée de segments vibratiles et ponctuée de signaux palpitants. Caressant d'un doigt distrait son pavé tactile, il parcourait ce monde sans horizon, cliquant parfois pour faire apparaître un nuage de chiffres, aussitôt dispersé. À d'autres moments, c'étaient tous ses doigts qui s'élançaient sur le clavier, s'y déployaient, mitraillant, et une grêle de lettres s'abattait. Il se pencha vers les données, acquiesça, reprit de l'altitude avant de plonger dans un tableur scintillant.

— Qu'est-ce que tu fous ? s'enquit Théo, son binôme qui revenait de l'espace détente, son mug rincé à la main.

— J'attends le report des Italiens et comme j'avais deux minutes, je matais un truc envoyé par mon beau-père.

Il regretta d'avoir dit beau-père. Théo allait poser des questions. Théo était maniaque.

— Tu as un beau-père, toi ?

D'une grimace, Maxime gomma le beau-père.

— Le père de ma meilleure amie.

Il en avait toujours été ainsi, depuis les origines. L'étrange configuration familiale. Même familiale était impropre. Le sextuor, disait Cécile. Hypnotisé, il bascula dans Vinteuil, comme souvent. Si l'informatique lui était une sorte de biotope, c'était peut-être parce que son cerveau fonctionnait comme elle, par écrans superposés, images sous d'autres images, tâches en arrière-plan, jamais finies, attendant sans impatience d'être reprises. Derrière Paris, dans une succession infinie de plans superposés, il y avait Vinteuil diffracté, creusé d'ombres et jetant ses éclats, encombrant sa mémoire de travail.

Une fois, pour épater Chloé, il avait joué à Tarzan. Ça se passait chez elle, chez ses parents à elle, parce qu'il n'existait pas entre les deux maisons, entre les six vies, de solution de continuité. On se déposait le gosse, la gamine, on débarquait à l'improviste chez les uns, chez les autres, une bouteille dans chaque main, on s'affalait autour de la table, on reprenait le cours des conversations. Et pourtant, il existait des différences fatigantes pour un petit garçon, des silences difficiles à comprendre. Cette fois-là, cependant, était bien conservée dans un fichier spécifique. La fois de Tarzan. Il était grimpé dans un grand pommier, un arbre effrayant qui sentait le pourri, avec des trous poisseux dans le tronc, où grouillaient des guêpes en été.

Il avait pris de la ficelle à rôti, dans le tiroir de la cuisine. Tout était à disposition, le contenu des tiroirs, les outils dans l'appentis, les vieilles boîtes dans la cave, et quantité de choses sans nom, encombrant la maison d'amis.

Il avait attaché la ficelle à une grosse branche. Double nœud, triple nœud. Chloé le regardait depuis le sol, levant vers lui son visage attentif et intrigué. Son visage intelligent. Même avec des dents en moins, elle régnait sur le monde. C'était Jean-Charles – il l'appelait déjà JC, avant de connaître les lettres, et se souvenait de sa surprise quand il avait découvert que la chronologie de l'histoire occidentale s'ordonnait autour de JC – qui lui avait montré, leur avait montré, un horrible épisode de Tarzan, du temps de son enfance à lui. Si Tarzan voletait gracieusement d'un arbre à l'autre, Maxime se souvenait aussi qu'on attachait des Noirs à deux palmiers croisés, pliés, avant de couper les cordes, écartelant ainsi les malheureux suppliciés. C'est un peu raciste, reconnaissait JC. L'époque était comme ça. En tout cas,

Maxime avait voulu imiter Tarzan. Il avait enroulé la ficelle à rôti autour des doigts serrés de ses deux mains, un tour, deux tours, dix tours, puis il s'était jeté dans le vide en poussant le fameux cri tyrolien de Weissmuller. Il n'avait jamais atteint la branche visée. Après quelques frétillements désespérés, il s'était retrouvé suspendu comme un boudin, la ficelle s'enfonçant dans la peau de ses doigts dont il était certain qu'ils allaient être tranchés, d'une seconde à l'autre. Sur l'un des écrans de son ordinateur interne, Maxime *voyait* le bouquet de doigts sectionnés, les moignons, et lui qui s'écrasait lourdement dans l'herbe épaisse.

Il avait hurlé à s'en péter les cordes vocales. La douleur à la gorge s'était gravée, elle aussi, dans ses disques durs. Chloé avait tardé à réagir, fascinée par toute cette souffrance. Et c'était JC qui avait accouru. Immense à l'époque, d'une puissance inimaginable. Il avait entendu son appel au secours, il l'avait pris dans ses bras, soulageant aussitôt sa douleur, il avait tranché le fil grâce au couteau qui traînait toujours au fond de sa poche. Où était son vrai père, alors ? Que faisait Laurent ? Maxime se le représentait moins facilement.

— Eh, oh ? le réveilla Théo en claquant des doigts.

— Donc oui. Le père de ma besta m'a envoyé ce truc.

— C'est quoi ?

— Le bois de Vincennes. Il a élaboré le circuit parfait pour le running. Ils vont courir tous les jours avec mon père. Il a paramétré le truc : horaires, parcours, durée. Il y a des variables : fréquentation, pourcentage des pentes, lignes droites, courbes, humidité du sol. Là c'est l'hygrométrie, la météo, le compteur de calories, les vacances scolaires. Le but, c'est d'être parfaitement peinard.

— Cool, admira Théo.

Ce qu'il y avait d'incroyable, c'était que Corinne l'appelle après toutes ces années. Non, ce qu'il y avait d'incroyable, c'était qu'elle lui téléphone alors que justement, il venait de rêver d'elle. Mais non, ce qu'il y avait d'incroyable, c'était que Corinne l'appelle alors qu'elle était morte, et que la mort l'ait si peu vieillie. Enfin si, tout de même, sa voix avait changé. Il fallait le reconnaître. Gérard détestait la mauvaise foi, surtout dans l'amour. De quoi était-elle morte, déjà, cette pauvre Corinne ? De bien des facteurs. Elle n'avait pas été très sage avec la bouteille, ni avec les garçons. C'était une époque où l'on était moins sage. Elle avait attendu de l'avoir quitté pour tirer sa révérence. Et ça, c'était d'une grande distinction. Pourtant, là, au téléphone, elle manquait justement d'élégance. Quelque chose dans son phrasé d'inhabituellement baveux, comme si elle suçotait les mots qui jaillissaient à profusion du combiné de Gérard.

Il existait, se dit-il, maintenant qu'il était mieux réveillé, une explication plus simple. À l'autre bout du fil, ce n'était pas Corinne mais Lucette. Et comme on était au milieu de la nuit, elle avait dû retirer son dentier.

— Calmez-vous, Lucette, je ne comprends pas bien ce que vous dites.

Il se recroquevilla sous l'averse de phrases.

— D'accord. Ne bougez pas, j'arrive tout de suite.

Mais ce fut dur. Oh, oui, ce fut considérable de reprendre assez figure humaine pour pouvoir paraître décemment devant Lucette. Pas question de jouer les naturistes avec elle. Elle ne comprendrait pas. Lucette, au demeurant, n'y voyait plus grand-chose, la pauvrette, mais quand même. Où avait-il encore foutu son froc ? L'appartement semblait avoir subi un tir nourri de roquettes. Il devait remettre sa vie en ordre. Peut-être serait-il judicieux, dorénavant, de ne commencer à boire qu'une fois couché, le soir ? Cela lui éviterait de reprendre connaissance au milieu du salon, la télécommande incrustée dans la joue.

Pourtant, aiguillonné par l'angoisse qui perçait dans la voix de Lucette, il réussit presque à s'habiller, même s'il avait un peu simplifié l'étiquette : pas de caleçon sous le jean, pieds nus enfoncés dans ses lourdes chaussures de chantier, blouson enfilé à même la peau, fermeture éclair précipitamment remontée, au risque d'arracher de larges touffes de sa toison pectorale. Il prit un bain de minuit dans le bon air des rues vides et gagna sans trop de peine l'avenue du Maréchal Joffre. Un battant, ce maréchal, à ce qu'il en savait. Un type de sa trempe. Arrivé sur le théâtre des opérations, il se souvint que Lucette lui avait fourni au téléphone des indications utiles et dut se presser le cortex pour en recueillir la substance. Une clé de la porte de service se trouvait dans la gueule du lion qui ornait le pilastre gauche, au pied de l'escalier menant à la porte principale. Il glissa une main prudente entre les crocs de pierre et y trouva la clé. Rien ne bougeait dans la maison.

— Lucette ?

Des sons peu articulés lui parvinrent du salon où il pénétra sans tarder. Sous la suspension de cristal qui jetait sur le parquet de blêmes éclats, il trouva la vieille dame baignant dans son sang.

— Bon dieu, Lucette ! Qu'est-ce qui vous est arrivé ?

Hésitant à agir par peur de causer, par ignorance, des lésions encore plus irréversibles, il se mit à tourner lentement autour du corps. Il ne put s'empêcher d'être frappé par les ressemblances qu'offrait la position de Lucette avec la sienne, quand elle l'avait tiré du sommeil quelques instants plus tôt. Même avachissement découragé des membres, mêmes bras en croix, main droite serrant un téléphone semblable, mêmes orteils en vrac, joue semblablement aplatie contre le sol, provoquant, il ne l'imaginait que trop, le torticolis dont il souffrait en cet instant. Fallait-il imaginer que son amie, cédant à son exemple aux sirènes de l'armoire à liqueur, fût carrément pétée à la Suze ? Il chassa cette théorie trop complaisante et qui n'expliquait pas le sang répandu. Lucette leva vers lui un œil endolori.

— Aidez-moi à me relever.

— Attendez. J'appelle une ambulance.

— Non !

Elle avait crié si fort qu'il se figea, tandis qu'elle tentait péniblement de prendre appui sur le sol pour se hisser vers la verticale. Il se précipita, la saisit aux aisselles et parvint à l'asseoir tant bien que mal dans son fauteuil. Elle y parut plus minuscule encore, pareille à un bébé dans son siège auto. Ses pieds grouillaient de grosses veines bleues.

— Oh, bon sang, soupira-t-elle.

C'est alors qu'il découvrit les hématomes sur son visage, l'arcade sourcilière fendue, les yeux pochés. Le sang coulait à flots de son nez.

— Lucette, il faut absolument prévenir...

Elle l'interrompit, d'un index épuisé.

— Allez me chercher des glaçons dans le freezer. Et passez-moi un mouchoir, il faut que j'évacue les caillots pour arrêter le saignement.

Il fouilla dans la poche de son pantalon et y trouva le carré de tissu douteux où il expectorait plus confortablement que dans du Kleenex. Après une brève hésitation, il le lui tendit.

— Merci, dit-elle avant de se moucher vigoureusement, projetant alentour de grosses gouttes écarlates.

— J'ai glissé en allant aux toilettes, expliqua-t-elle un peu plus tard.

Elle suçait un glaçon dont le volume, ajouté à l'absence de dentier, compliquait encore sa prononciation des labiales. Mais ça allait, Gérard décodait. Lucette tint à lui faire savoir que les dégâts étaient impressionnants, mais sans gravité.

— Et comment vous savez que vous n'avez pas un traumatisme crânien ?

— J'ai l'air de n'avoir pas toute ma tête ?

Il hocha négativement la sienne et demanda s'il pouvait se servir un petit remontant, ce qu'elle lui accorda.

— J'ai un système électronique pour appeler les secours, lui apprit-elle. Mais si j'actionne le bazar, deux jours après, mes brus me foutent à l'hospice.

Il en convint. Il aimait bien l'entendre dire foutent sans ses dents.

— Ça fait deux fois que vous me sauvez la vie, Gérard.

— N'exagérons rien.

— Si, si. Vous êtes un brave type.

Il fit descendre le compliment avec une gorgée de vodka.

— D'habitude, expliqua-t-elle, je prends mon temps, je m'appuie bien sur le déambulateur, mais il y a des fois, on oublie qu'on n'est plus une jeune fille. Ça ne vous arrive jamais ?

— Trop souvent, hélas. Vous voulez que je vous trouve de l'aspirine ?

— Vous êtes fou ? À mon âge, toute cette chimie me tuerait net. Servez-moi plutôt la même chose que vous.

Ils burent en silence, hochant la tête pour approuver tout ce qu'ils ne disaient pas mais ne pensaient pas moins. Gérard se sentait étonnamment détendu dans ce salon bourgeois orné de meubles et d'objets dont il ignorait le nom mais dont il appréciait les volumes. Peut-être au fond, était-il fait pour le luxe. Un luxe insolent. Il observa la tache de sang qui brunissait sous le lustre et se dit qu'il faudrait passer la serpillière, mais c'était bien au-dessus de ses forces.

— Quand est-ce que Patricia vient chez vous ? se renseigna-t-il.

— Tout à l'heure.

— Ah, c'est parfait.

L'alcool affermissait sa conviction provisoire que le monde n'était pas si mal. La perspective de voir arriver Patricia, dans ce décor nouveau, l'émoustillait. Il imagina ses belles mains pressant la serpillière, le ruissellement de l'eau rouge entre ses doigts.

— Je peux vous demander de m'apporter ma prothèse, Gérard ?

Il fronça les sourcils et ne comprit que lorsqu'elle lui indiqua sa mâchoire.

— Sur ma table de nuit, précisa-t-elle.

Correctement dentée, Lucette reprit presque forme humaine. L'aube, bleuissant les fenêtres, irisa ses ecchymoses.

— C'est indiscret de vous demander comment vous en êtes arrivé là, Gérard ?

Il voulut se faire préciser ce qu'elle entendait par là, mais préféra y renoncer. La question était aussi cruelle que pertinente. Aux yeux de Lucette, et dans la mesure où il ne résidait à Vinteuil que depuis une quinzaine d'années, il était un étranger. Un chancre, qui plus est, friand d'alcool et d'allocations. Elle n'avait pas tort. Il fit valoir tout de même qu'il avait pris naissance dans la région, que, quelque part, il était normand. Elle en prit acte. Pour le reste, sa déchéance, il n'avait pas d'explication. Il n'avait pas tout à fait réussi à vivre, en somme.

— Ce n'est pas évident, reconnut Lucette.

— Tout le monde n'est pas doué pour ça, plaida Gérard.

— Patricia l'était.

Ils se regardèrent.

— Vous croyez que c'est fichu, pour elle ? Elle est encore tellement jeune !

Lucette, désabusée, lui fit la liste de tous les salauds qui l'avaient rendue malheureuse. C'était une très longue liste. Elle s'interrompit quand elle entendit s'ouvrir la porte d'entrée, et gazouiller le téléphone de Patricia qui badgeait.

Véronique reconnaissait les symptômes : les yeux de Jean-Charles luisaient au point que les Led de la cuisine rendaient ses sclérotiques presque phosphorescentes. Ses cheveux ternis par les ans avaient pris un étrange volume. Telle la patte d'un chaton joueur caché sous un meuble, la pointe de sa langue surgissait soudain aux commissures de ses lèvres repulpées.

Aucun doute possible, Jean-Charles était heureux.

Ce qui contraria Véronique. Elle rentrait épuisée d'une maraude à Saint-Denis, avec les bénévoles de la Croix-Rouge. Elle s'était aventurée, secondée par Cécile, sur les trottoirs émaillés de misérables, avait doucement secoué des corps endormis, des corps d'hommes, de femmes, d'enfants, craignant à chaque fois de tomber sur un macchabée. C'était arrivé à Simone, une copine qui avait plus de bouteille qu'elles et qui leur servait, à la pause, des récits saisissants. Incapable de maîtriser son stress, Véronique rentrait toujours sur les rotules, furieuse contre l'univers, lequel s'incarnait dans la personne de Jean-Charles. Il l'attendait sourire aux lèvres et lui servait un verre de chardonnay, qui favorisait l'extinction des rancœurs.

Elle tolérait ce sourire, mais le bonheur qu'il affichait ce soir, non, c'était trop. Outre la misère du monde, elle avait ruminé toute la journée leur problème avec Chloé, en passant par des phases. Parfois, une immense pitié, douce et humide, l'envahissait. Et la présence des SDF se révélait utile pour justifier aux yeux des autres qu'elle s'essuyât fugacement les yeux. Elle songeait à l'injustice qu'elle avait faite à sa fille, en refusant d'avoir d'autres enfants. Chloé avait traversé des affres dont Véronique ne pouvait mesurer l'intensité. La solitude de la fillette, au sein même de sa propre famille, avait été immense. Véronique, flanquée par ses parents de deux sœurs imbuvables, était toute prête à le reconnaître. Et l'existence de Maxime constituait une excuse trop commode. Avec Cécile, qui ne désirait pas davantage étoffer sa descendance, elles avaient élaboré, au cours des longues heures passées à pousser péniblement leurs landaus sur les pavés inégaux de Vinteuil, des théories compliquées sur l'obsolète notion de fratrie, sur le lien autrement plus raffiné qui unissait leurs rejetons, jumeaux sans l'embarras du sang, bébés libres et modernes.

Bourrelée de remords, elle s'abandonnait à la contrition, se remémorant les soirs anxieux de sa fille, les nuits interminables, les cafardeux dimanches. Voilà comment s'était creusée cette béance où Chloé sombrait aujourd'hui. Par l'égoïsme de sa mère. Car Jean-Charles, lui, avait souvent manifesté son désir de se reproduire à nouveau. S'il avait insisté un peu ! S'il ne s'était pas laissé persuader si facilement par les ratiocinations de Véronique et de Cécile ! Il n'était pas moins coupable qu'elles. Son indolence était la forme la plus sournoise de la complicité.

Elle condescendit toutefois à tremper ses lèvres dans le verre qu'il lui tendit et à prendre place, comme il l'y invitait, à la table de la cuisine.

— J'ai la solution, annonça-t-il. Mais il faut que tu acceptes de m'écouter sans m'interrompre.

Elle acquiesça d'un battement de cils. Trop crevée, de toute façon, pour former des phrases. Il toussota dans son poing, comme il en avait l'habitude, supposa-t-elle, à l'époque où il animait des réunions.

— Très bien. Je crois que nous sommes d'accord sur le fait que nous n'avons *rien* caché à Chloé. Rien, que dalle, pas ça.

Il agrémenta ce préambule d'un petit coup de pouce sur l'une de ses dents de devant sans se laisser décontenancer par le coup d'œil approbateur que sa femme ne lui lança pas.

— Mais, poursuivit-il, très motivé, j'y ai réfléchi, aussi absurde, aussi délirant que ça puisse paraître, notre fille a *besoin* d'un secret dans sa vie. Dans son passé. D'un *lourd secret.*

C'était un peu pénible, cette insistance pédagogique sur les mots-clés mais, au fond, assez utile après une journée passée dans les bas-fonds, très loin du langage.

— C'est comme ça, Véro. C'est l'époque. J'y ai beaucoup réfléchi (cette formule constituait souvent l'argument massue, chez Jean-Charles), tout le monde, aujourd'hui, a besoin de se définir comme une victime. Nous sommes à l'ère du dolorisme. Il y a beaucoup d'articles passionnants sur la question (deuxième argument massue). Chloé n'a pas, comme on dit aujourd'hui, *d'identité.* Elle n'appartient à aucune communauté. Elle n'est pas noire, elle n'est pas homo, encore moins trans (pourquoi encore moins ?), elle n'a pas subi d'agression, elle est affligée de parents aimants et dévoués. C'est pire que tout, de nos jours.

Véronique ferma les yeux et savoura une autre gorgée. Le vin était excellent.

— C'est maintenant, annonça Jean-Charles, que j'ai vraiment besoin de toute ton attention.

Elle devina qu'il la fixait mais resta cachée derrière le rideau de ses paupières closes. Il inspira et poursuivit.

— J'ai lu un livre incroyable. Ça s'appelle : *Comment parler des choses qui n'ont pas eu lieu.* L'auteur est un critique littéraire paradoxal, un psychanalyste. Fabuleux. C'est Laurent qui me l'a fait connaître. Tu sais, c'est lui qui démontre que Madame

Bovary ne s'est pas suicidée mais a été assassinée. Il relit tout le bouquin, il apporte des preuves. C'est hallucinant !

Elle commençait à perdre pied mais ce n'était pas si désagréable. Elle rouvrit les yeux et lui accorda un petit sourire, parce qu'elle sentait qu'il en avait besoin.

— Je te la fais courte, dit-il en feuilletant l'ouvrage du psychanalyste, qui venait d'apparaître dans sa main. La grande histoire est cousue de légendes. Chateaubriand, par exemple, contrairement à ce qu'il prétend dans ses *Mémoires,* n'a jamais rencontré Georges Washington. Welles n'a jamais terrorisé l'Amérique en adaptant *La guerre des mondes* pour la radio. Et pourtant, tout le monde le croit. Parce que tout le monde a *besoin* d'y croire.

— Je commence à être un peu crevée, Jean-Charles.

— Ce que dit l'auteur, Jean Gauvain, c'est que ça n'a aucune importance, que les gens croient que c'est vrai. Parce que ces légendes ont une fonction dans notre psychisme ! Elles nous aident à vivre ! Elles donnent un sens au monde ! Tu vois où je veux en venir ?

Elle entrevoyait, oui, mais préféra ne pas répondre. Il se contraignit à ménager une courte pause malgré l'envie qui le dévorait d'annoncer tout de suite la grande nouvelle, qui ne tarda pas :

— Alors voilà. J'ai trouvé une légende pour Chloé. Une légende qui va l'aider à supporter sa vie.

C'était bien ce qu'elle avait craint.

— J'ai repensé à ces histoires d'incestueux et d'incestuel mais bon. J'ai laissé tomber.

Elle lui en sut gré.

— J'ai envisagé que l'abus sexuel ait pu être commis par un proche de la famille. Laurent, par exemple. Tu te rappelles, ça lui est arrivé une ou deux fois de garder Chloé.

Laurent, le beau Laurent, le grand Laurent, cet homme silencieux, toujours délicieusement triste. Il baisse les yeux, ne comprend pas ce qui lui a pris, il jouait avec Chloé à je te tiens par la barbichette, quelque chose a dérapé, sa main, mais c'est fini à jamais, il n'est pas comme ça. On ne doit rien dire à tes parents, on va oublier. D'ailleurs, elle n'a pas l'air si choquée, ça va, il n'y a quand même pas eu viol, est-ce qu'on ne peut pas s'autoriser, de temps à autre, de petits gestes d'affection ?

— Jean-Charles… gémit Véronique.

— Non mais j'ai laissé tomber aussi. Trop moche. Trop classique.

Elle voulut lui dire de se taire mais la fatigue la submergea. Elle eut tout juste la force de poser ses coudes sur la table et son menton dans ses mains, ses longs doigts protégeant un peu ses oreilles du récit dans lequel Jean-Charles venait de se lancer, avec l'exaltation singulière d'un Bossuet en chaussons.

Ce qu'il fallait, affirmait-il, c'était du drame, oui, mais rien de sale, rien de sexuel, et surtout qu'aux yeux de Chloé, ses parents sortent grandis de l'aventure. Qu'elle comprenne pourquoi ils avaient jugé préférable de la lui taire. Alors voilà, il avait repensé à un épisode qui remontait à l'époque où Chloé avait à peu près un an. Ils étaient en voiture et roulaient vers Rouen lorsqu'ils avaient aperçu un auto-stoppeur sur le bord de la route. Sans consulter Véronique, Jean-Charles avait mis son clignotant et commencé à ralentir pour embarquer le voyageur. Mais Véronique avait eu peur et interdit à son mari de s'arrêter. Jean-Charles était embêté, parce que le gars avait l'air tellement content, et, entre parenthèses, à l'époque, Véronique se souciait moins des indigents, fin de la parenthèse. Mais bon, il avait obéi, ils étaient repartis et Jean-Charles se souvenait avec une pointe de culpabilité de l'expression désolée de l'auto-stoppeur qui rapetissait dans le rétroviseur. Ils s'étaient disputés, Véronique faisant valoir qu'il aurait été complètement inconscient d'asseoir ce vagabond à côté de leur bébé, Jean-Charles rétorquant qu'il s'agissait d'un étudiant fauché et qu'elle s'était bien embourgeoisée, la petite Véro. Chloé, dans son siège-auto, les lorgnait de ses yeux ronds.

Bon, mais s'ils avaient embarqué l'individu ? Si le bonhomme, assis sur le siège arrière avait sorti un couteau et l'avait promené sur la gorge de leur petite fille ?

Jean-Charles, maintenant, parlait beaucoup trop fort. Comme si c'était lui qui avait bu, éventualité au demeurant vraisemblable.

L'auto-stoppeur les menace. S'ils ne s'arrêtent pas au prochain distributeur de billets, s'ils ne lui versent pas une somme astronomique, ou même mieux, tiens, s'ils ne lui remettent pas immédiatement leurs cartes bleues avec les codes, il égorgera la gamine. Sans hésiter une seconde. Et, pour prouver qu'il ne plaisante pas, il entaille le doigt de la petite. Ce n'est qu'une estafilade, mais le sang coule, Véronique hurle, Chloé éclate en sanglots.

Jean-Charles, ravi, savoura un bref instant la consternation de son épouse, avant d'attaquer l'épisode suivant.

Ils avaient obéi, bien sûr, versé la rançon. Et l'individu avait disparu à jamais de leur vie. Mais pendant des mois, ils n'avaient pas dormi, redoutant de voir réapparaître le malfrat. Car il connaissait leur nom, l'avait lu sur les cartes bleues. Cette terreur latente, dont ils n'avaient bien sûr jamais exposé la cause à Chloé, suffisait largement à expliquer l'angoisse qui, bien des années plus tard, devait s'emparer d'elle. Mais eux avaient cru bien faire en lui taisant cette horrible affaire. À quoi bon lui faire peur, alors qu'elle semblait n'avoir conservé aucun souvenir de l'agression ? Eux-mêmes, les années passant, avaient fini par oublier. N'en avaient jamais reparlé.

Confronté à l'expression indéchiffrable de Véronique (non, en réalité très déchiffrable), Jean-Charles crut bon d'ajouter :

— J'ai pensé à un dénouement *feel-good*, au cas où Chloé serait effrayée par l'idée que ce psychopathe traîne encore dans la nature : quelques mois après le hold-up, il nous envoie une longue lettre accompagnée de la photo d'un enfant souriant. S'il a fait tout ça, c'est parce qu'il avait besoin d'argent pour faire opérer son enfant qui, sinon, serait mort. Je n'ai pas encore réfléchi à la maladie dont souffrait le gosse, mais ça doit pouvoir se trouver facilement. Grâce à nous, l'enfant a été sauvé. Peut-être même que le père nous envoie anonymement de petites sommes, au fil des années, jusqu'à nous avoir complètement remboursés. L'ennui, avec cette version, c'est qu'il y aurait peu de raisons de la cacher à Chloé. C'est peut-être moins vraisemblable.

Il se tut.

— Je te laisse juger, ajouta-t-il dans l'épais silence.

Au visage soudain blafard de Jean-Charles, Véronique eut une petite idée de la tête qu'elle devait faire. Si elle se taisait une seconde de plus, il allait se trouver mal. Elle eut donc la générosité de l'assassiner à voix haute.

— Je suis saoule et crevée, mais si j'ai bien compris, tu envisages de mentir à ta fille ? À ma fille ?

Soulagé, car il avait prévu l'objection, il voulut lui presser la main mais elle la retira si vivement que le verre vide oscilla sur la table.

— Pense aux enfants juifs, intima-t-il, triomphal.

— Quels enfants juifs ?

— Pendant l'Occupation. Tu caches des enfants juifs. Les Allemands sonnent à ta porte. Tu leur dis la vérité ? Tu leur expliques où se cachent les petits ? Parce que c'est mal de mentir ?

Elle se leva.

— Je vais me coucher.

— Nous sommes dans l'ère de la post-vérité, supplia-t-il, ou de la vérité alternative. Lis le bouquin de Gauvain ! Ce ne serait pas un mensonge ! Juste une légende ! Chloé serait guérie !

Elle trouva, Dieu sait où, l'énergie de lui répondre :

— Mettre des jolis slogans sur des saloperies, c'est le boulot des communicants, pas celui d'un père.

— Tout de suite les grands mots.

Parmi les mots qu'elle venait de prononcer, elle se demanda lequel était trop grand pour Jean-Charles. Il paniqua, soudain saisi par la certitude d'avoir commis l'irréparable.

— Tu vas me quitter ?

— Non, soupira-t-elle. Pas plus que d'habitude.

Puis elle s'enferma dans la salle de bains.

Rue du Pont Louis-Philippe, après quarante-six minutes de queue, Maxime et Chloé consommaient un Fantastique. C'était surtout Maxime qui raffolait de ces gâteaux crémeux et croustillants, où les dents s'enfonçaient dans le suave après avoir brisé une mince croûte chocolatée dont les éclats picotaient érotiquement vos gencives. Ils avaient trouvé une place à l'intérieur de la pâtisserie, au fond d'une encoignure en faux marbre veiné, d'où ils observaient les pauvres gens, dans la file d'attente. Avec la pâte fondante, ils savouraient l'air frais du dehors qui les décoiffait par bouffées et luttait contre l'anticyclone domestique engendré par un gros radiateur. Chloé alignait des armées de miettes, au bord de sa soucoupe, auxquelles Maxime opposait des fragments de sucre brun.

— Corps à corps ! claironna Maxime en saisissant un morceau entre deux ongles.

Chloé fit une boulette de Fantastique, ils luttèrent, elle perdit.

Comme elle reposait son menton dans sa main, l'œil ailleurs, il lui demanda où on en était.

— Qui, on ?

— Toi.

Elle approuva la précision, mais se garda de répondre. C'était peut-être contre nature, cette proximité avec Maxime. Cette complicité obligatoire, antédiluvienne. L'aurait-elle aimé s'il n'avait pas toujours été là ?

Une bande de geeks envahit la boutique et cria le nom des gâteaux qu'ils désignaient du doigt. De l'autre côté du présentoir étincelant, des jeunes à peine plus jeunes qu'eux les servaient sans sourire, et Chloé se figura, les entourant comme une aura, l'architecture délicate et complexe de leur réseau familial, la galaxie des amis d'amis, la poussière de followers, leur galaxie communautaire.

Elle revit le grand jardin, autour de la longère. Tout au fond, par-delà la barrière, paissaient des moutons. De vrais moutons lourds et malodorants dont le vent apportait les remugles. Maxime venait jouer le soir, ou travailler, ou dormir. D'autres fois, elle couchait chez lui, mais alors ses parents lui manquaient trop et il fallait l'exfiltrer de nuit. Véronique venait la chercher en voiture. Rien n'était grave. Les peurs de Chloé, ses refus, ses incapacités finissaient par sculpter des arêtes dans la matière informe du temps. Elle fabriquait des habitudes.

Au cours d'une période lointaine et longue, elle n'avait pas osé demander si tout le monde avait quatre parents.

D'autres amis existaient, des gens de l'usine. On disait l'usine, ou l'entreprise, ou la boîte. Véronique et Cécile parlaient du bureau, qui paraissait être une partie de la boîte. Chloé n'y avait eu accès qu'une ou deux fois, vers la fin de l'enfance et à cause d'une otite. C'était Cécile qui était venue la chercher à l'école et l'avait conduite à l'usine, dans le bureau de Véronique. Pourquoi ? La raison avait disparu. Il lui restait l'odeur des placards métalliques, le grincement des imprimantes et le visage fermé de sa mère débordée, masquant mal sa rancœur.

Elle avait eu envie de faire pipi, s'était engagée dans un couloir jalonné de portes vitrées, avait atterri dans un hangar immense où se déplaçaient des hommes en bleu de travail. Il y avait l'odeur de goudron, la chimie sale, comme du chocolat rance, écœurant.

Les autres amis venaient dîner, aussi, parfois – Véronique disait dîner en leur présence et sinon, bouffer – mais alors c'était solennel, guindé, les amis avaient des enfants de l'âge de Chloé. Maxime était toujours là. On menait des brigues perverses.

— Tu te rappelles quand on avait obligé ce petit mec à nous donner son slip ? demanda-t-elle à Maxime qui attendait toujours de savoir où on en était.

Il ne s'étonna pas de la question. Trente ans d'expérience.

— Christophe, répondit-il. Oh, putain !

Ils se cachèrent les yeux, pour mieux se souvenir du slip. Selon Chloé, il avait atterri dans les branches du pommier. Maxime penchait pour la fosse septique.

— La fosse septique ?

— Non, attends, la fosse septique, c'était au gîte, en Ardèche.

Leurs parents louaient des gîtes, en effet. Des cahutes magnifiques et terrifiantes, dans des paysages secs, on crapahutait, on dormait très mal, on se grattait pour toutes sortes de raisons, moustiques, orties, Véronique et Cécile portaient des shorts et Chloé admirait la rondeur de leurs cuisses. Les siennes étaient deux brindilles. Heureux temps. Maxime se mettait torse nu, exhibant ses grandes côtes.

— Les pères couraient déjà. C'est à cette époque qu'ils ont commencé, non ? Dans la montagne.

Les pères, oui. Ils couraient. Ils pédalaient.

Tout le monde s'était baigné à poil dans une rivière. Un trou d'eau glacée. D'énormes sexes.

Ils y pensèrent tous les deux et renoncèrent à en parler.

Les geeks avaient été remplacés, devant le présentoir, par des espèces d'étudiants. Un garçon à dreads, assez beau.

— Ça t'irait bien, sourit Chloé.

— Quoi ?

Elle s'ébouriffa les cheveux en montrant le mec du coin de l'œil. Maxime haussa les épaules.

Plus tard, ils remontèrent la rue de la Verrerie et se posèrent sur un banc, au milieu d'un essaim de vélos attachés en vrac, qui attendaient leurs propriétaires comme des chiens leurs maîtres. Il y avait des chiens, à Vinteuil, et il y en avait aussi à Paris mais ce n'étaient pas les mêmes. Pas les mêmes races – Maxime disait marques, pour rire. Il lança un nouvel assaut, désinvolte.

— Tu ne veux pas trop en dire ?

Question à large spectre. Parlait-il de la thérapie ? De la vie de Chloé en général ?

— Qu'est-ce que tu veux entendre ?

Réponse à la Chloé. Elle se nicha dans le creux de son épaule.

— Trente balais. Qu'est-ce que tu veux dire de plus ? ajouta-t-elle.

Il leva aux ciels des yeux fatigués.

— Mais arrête, avec ça !

— Avec quoi ?

— Le cap des trente ans. C'est une construction sociale, et tu tombes dans le panneau.

— Qui est-ce qui l'a construit, ce cap ?

— Mais la société, je te dis. On rappelle aux filles qu'à trente ans, il faut avoir eu des gosses. L'injonction génésique, ça s'appelle.

Elle remua la tête.

— C'est pas tellement les gosses qui me tracassent.

— Ah non ? C'est quoi, alors ?

— La mort, je dirais.

Il s'éloigna d'elle et la fixa, stupéfait.

— Quoi ? demanda-t-elle. Tu ne connais pas ce mot ?

Il se leva, la hissa, l'entraîna. Ils tournèrent au coin de la rue du Bourg Tibourg.

— Sérieux, Chloé, tu m'inquiètes.

— Comment va ton père ?

— Hein ? Mon père ? Pourquoi mon père ?

— Je ne sais pas. Je viens de penser à lui.

— C'est très bien, approuva Maxime. Tu fais des liens.

Satisfaite du compliment, elle n'ajouta rien. Elle aimait bien se laisser convaincre que ses soixante-dix euros par séance n'étaient pas dépensés en vain.

— Gérard ? C'est Lucette.

— Bonjour Lucette. Qu'est-ce qui vous arrive ? Vous n'êtes pas tombée, au moins ? Je reconnais à peine votre voix.

— C'est parce que je parle tout bas. Je me suis enfermée dans les cabinets.

— Vous n'arrivez plus à ouvrir la porte ?

— Je me suis cachée pour vous appeler. Mes brus sont là. Il faut que vous veniez tout de suite.

Gérard examina ses alentours. Murs tachés, sols sinistrés, remugles de vinasse, tout était prêt pour accueillir Patricia. C'était embêtant, elle arrivait dans un quart d'heure.

— S'il vous plaît, insista Lucette. J'ai besoin de vous.

— J'arrive, soupira-t-il.

Un SUV était garé sur le trottoir, devant la maison de l'avenue Joffre. Il se pencha pour en déchiffrer la marque : Skoda Karok.

Si sa mémoire était bonne, le prix de ce modèle devait chatouiller les trente mille. On était loin de la 205 du frère de Patricia. Il profita de cette occasion pour remarquer que la belle bâtisse de Lucette était flanquée d'un garage non moins considérable et songea que celui-ci abritait, selon toute vraisemblance, une belle automobile. La bagnole du mari défunt. Peut-être roulait-elle encore ? Ce serait chic d'emmener Lucette en promenade. Et pourquoi pas Patricia ? Ils pourraient s'organiser de charmants dimanches, en tout honneur.

Peu après qu'il eut carillonné, une longue femme beige vint lui ouvrir. Gérard n'aimait pas fourrer les gens dans des cases mais tout de même, celle-ci aurait pu faire un effort pour échapper au cliché de la bourge catho, ne serait-ce qu'en évitant la queue de cheval et le pied-de-poule.

— Oui ?

— Je suis un ami de Lucette.

— Un *ami* ?

Apparemment, c'était invraisemblable. Il ignorait si cette invraisemblance tenait aux haillons qu'il portait ou à la polissonne possibilité que la tourière le supposât un gigolo. Il préféra cette version. D'après certains films qu'il avait vus, les punaises de sacristie s'avèrent souvent de sacrées coquines. Il oignit son sourire d'une once de lubricité.

— Un *bon* ami.

Lucette apparut.

— Tiens, bonjour Gérard ! Entre !

Il procéda, ravi du tutoiement, et suspendit son pardessus.

— Un thé, Gérard ?

— S'il te plaît, Lucette. Comme d'habitude.

Il découvrit la seconde visiteuse assise de la pointe des fesses sur le bout d'une bergère verdâtre. Plus avenante, elle portait un pantalon lie-de-vin et un pull flasque, d'un blanc globe oculaire. Mais la moue dont elle le gratifiait avertit Gérard qu'il détonnait dans le décor. La première bru apporta le thé.

Ces dames s'étaient émues des horions dont le visage de Lucette portaient les stigmates et la vieille dame avait dû déployer toute sa puissance de persuasion pour les tirer d'erreur. C'est que le tandem débarquait ainsi à l'improviste afin de justement s'assurer que sa solitude ne constituait pas pour la belle-mère une menace trop pressante. La découvrant défigurée, elles avaient éprouvé la satisfaction d'être confirmées dans leurs craintes. C'est alors que Lucette avait songé à s'assurer la protection de Gérard.

— Je suis certaine que votre ami sera de notre avis, s'aventura la grande beige.

— À quel propos ? demanda-t-il en reposant délicatement dans sa soucoupe et sans rien renverser sa tasse en porcelaine Wedgwood.

— À propos de la résidence, répondit l'autre femme.

Leur tactique consistait, Gérard le comprit, dans de brefs tirs croisés, harcèlement stéréophonique redoutablement efficace permettant à l'une de reprendre son souffle tandis que l'autre mitraillait. Il choisit de leur opposer une résistance passive fondée sur la conviction, acquise par elles à sa seule vue, qu'il était un ivrogne inoffensif.

— La résidence ?

— Oui, glosèrent-elles, la maison de retraite.

— Ah. Il s'essuya les lèvres de la pointe de l'auriculaire. L'asile de vieux.

— Nous préférons dire la résidence, sourit la grande qui, sans souci de la transition, lui apprit qu'elle se prénommait Brigitte.

— Oh, oui, pardon, fit sa partenaire. Nathalie.

Il hocha la tête et ne répondit pas qu'il était enchanté.

— Lucette préférerait mourir, dit-il à la place. C'est une bonne voiture, la Skoda Karok ? C'est tchèque, non ?

— Allemand ! rectifia précipitamment Brigitte.

Il apprécia la précision.

— Tout le monde croit préférer mourir, quand il s'agit des maisons de retraite, concéda Nathalie.

— C'est une étape, ajouta Brigitte.

Gérard se mit à souffrir beaucoup de la compagnie de ces femmes. En leur présence, le temps devenait long. Lucette avait beau l'encourager du regard, il sentait qu'il s'effritait. Jusqu'à quand était-il censé tenir et faire diversion ?

— Nous sommes tout à fait favorables au maintien à domicile des personnes âgées, clarifia Nathalie, sur un ton ministériel.

Comme les lèvres de Brigitte formaient déjà un *mais,* il contra précipitamment.

— Justement, Lucette et moi avons la même aide à domicile.

Erreur. Il venait de révéler sa condition d'assisté. Il s'en était fallu de peu qu'il ne parlât de la curatelle.

— Patricia, confirma Nathalie, pour dire qu'elles étaient au courant et que Patricia était loin de suffire, ainsi qu'en témoignaient les bosses de Lucette.

— Et j'ai mon zinzin électronique, rappela Lucette en extirpant de son corsage le petit boîtier qu'elle portait en sautoir.

Vaine intervention. Les hématomes parlaient d'eux-mêmes. Gérard devinait l'enchaînement des arguments, puis celui des actions. Lucette n'en avait plus pour longtemps à jouir de son chez elle, de la lumière mauve qui tombait des rideaux sur les lames du parquet, des souvenirs d'amour et du silence encaustiqué. Quels objets choisirait-elle d'emporter au paradis qu'on lui promettait ? Les duettistes s'étaient mises à chanter les louanges de la résidence, un établissement de prestige situé beaucoup plus près de Paris, où ses fils pourraient la visiter souvent, où le personnel était parfaitement formé, où l'esprit et le corps, constamment stimulés, déployaient des trésors inattendus de longévité. On y pétrissait la pâte à sel.

Ce fut alors que Lucette créa l'événement, pétrifiant ses trois interlocuteurs.

— Ce ne sera pas nécessaire, fit-elle. J'ai demandé à Gérard s'il acceptait de venir vivre avec moi.

— Et qu'est-ce qu'il a répondu ? demanda quelqu'un, dont Gérard s'aperçut trop tard que c'était lui.

— Il a dit oui, rosit Lucette.

Trop abasourdies pour soupçonner quoi que ce fût, les deux femmes se levèrent avec la synchronisation d'un vol d'étourneaux. Elles mitraillèrent leurs ennemis de questions heureusement trop imprécises pour porter de graves blessures. N'en revenant pas, elles s'égarèrent dans les détails. L'une d'elles, Nathalie, semblait-il, avait fait son droit et parlait usufruit, fidéicommis et rente viagère, sans qu'on y comprît grand-chose. Brigitte semblait s'interroger plutôt sur la nature exacte de la relation qui unissait Lucette et Gérard, tentant d'évaluer l'âge de ce dernier à l'aide de questions obliques et de regards torves. Ce moment, infiniment plus confus et distrayant que le précédent, eut en outre le mérite de déjouer la stratégie des brus. Elles perdirent du terrain. Gérard constatant que cette substance était plus sapide qu'il ne l'avait supposé jusqu'alors, se resservit du thé. Les deux bonnes femmes finirent par foutre le camp. Gérard souleva un peu la cretonne des rideaux pour mieux voir démarrer la Skoda.

— Merci, merci ! chanta Lucette en inclinant davantage le dossier de son fauteuil.

— Elles reviendront, prédit Gérard.

— Oui mais on a gagné du temps. Il ne me reste que ça ! Du temps !

— Je te sers quelque chose ? proposa Gérard, surtout pour vérifier qu'entre eux, le tutoiement était bien de rigueur, désormais.

— Non merci. Vas-y, toi, si tu veux, répondit-elle en agitant la main vers l'armoire à liqueur.

Bon, pensa Gérard.

— Et pour ce qui est d'habiter chez toi ? C'était juste une ruse ?

— On pourrait en discuter quand tu auras fini ton verre ? proposa timidement Lucette.

La tristesse de Véronique, ainsi qu'elle s'y était attendue, avait fini par se muer en angoisse de la pire espèce. Cette sorte d'anxiété sourde consistant en une constriction de l'âme et qui affectait tous les organes, toutes les pensées. Le monde, cessant de jouer la comédie, avouait enfin qu'il conspirait depuis toujours à sa perte, mais pas seulement, non, à son tourment, surtout. Véronique n'ignorait pas que cette longue vie passée aux côtés de Jean-Charles s'expliquait en grande partie par sa peur de la souffrance. Peut-être eût-elle connu, au prix de vives douleurs, d'arrachements, de brisures, des amours plus torrides et d'autres pays. Peut-être eût-elle pénétré la profondeur du monde en acceptant de s'écorcher la peau, d'affronter les ronces et le froid. Mais, à petite dose, le bonheur conjugal créait une accoutumance. Elle aimait lire au lit.

Chloé ne répondait pas à ses messages, preuve supplémentaire que tout finissait par se payer, même les petits plaisirs de contrebande, même les joies modestes. Enfant, elle avait compris que la seule attitude morale acceptable consistait à consacrer tous ses moments aux autres. Comment pouvait-on savourer quoi que ce fût tandis qu'ailleurs on mourait de faim, on étouffait, on vieillissait en silence ? Elle avait compris aussi que c'était impossible. Qu'il n'existait pas de demi-mesures, pas de juste milieu entre la vie bourgeoise et la sainteté. Adolescente, elle avait trouvé chez Pasolini la confirmation de cette intuition. Chez Bernanos, Pascal, et quantité d'autres mecs pas marrants. Le fait d'épouser Jean-Charles, à qui l'on pouvait reprocher bien des choses mais pas de ressembler à Pasolini, constituait la preuve incontestable qu'elle n'avait pas choisi la sainteté.

Quand elle allait rendre visite à son père, à l'EHPAD, l'arrière-plan sonore était constitué de hurlements. Une dame appelait à l'aide du matin au soir, sans se lasser, sans interruption. Une autre poussait, dans son lit, des miaulements sauvages. Alors que Véronique tentait d'établir avec son père un contact visuel en psalmodiant des chansons de sa jeunesse, une nonagénaire avait pénétré sans préavis dans la chambre et, vive comme l'éclair, s'était déshabillée pour ne conserver qu'une grosse couche de bébé monstrueux. Jean-Charles ne l'accompagnait pas très souvent.

Tout cela, elle voulait bien admettre que c'était dans l'ordre des choses. Mais pas le silence de Chloé.

Heureusement, Cécile était fidèle au poste. Elle avait répondu tout de suite, elle. Elle avait toujours répondu. Depuis toujours.

Assise au fond de leur bar préféré, un vrai bistro crasseux dans le 8e tenu par André, un gars bien, qu'elles avaient rencontré au centre social où il donnait un coup de main de temps en temps, elles chuchotaient autour d'une table ronde, telles des spirites interrogeant la mousse de leurs bières. Véronique venait de raconter à Cécile les derniers délires de Jean-Charles sur les vérités alternatives, l'auto-stoppeur, l'opération miracle. Elle en tremblait encore de fureur. Mais, loin de faire chorus, Cécile avait trouvé ça mignon.

— Mignon ?

— Écoute, c'est tellement lui.

Deux verres plus tard, Véronique avait reconnu qu'elle aussi trouvait ça un peu mignon. Mais qu'elle ne voulait pas pardonner tout de suite à Jean-Charles. Il y avait quelque chose de tellement ignoble dans cette idée de régler un problème familial en balançant des fakes news ! Non, finalement, ça n'avait rien de mignon. Elle commandait une autre bière, et sentait l'angoisse reculer, se tenir à distance, du moins. Pour le moment.

— Qu'est-ce qui arrive à Chloé, à ton avis ? demanda-t-elle à Cécile, pour la millième fois.

Cécile avait bu aussi, mais moins. Du bout des ongles, elle dessina dans l'air une silhouette évanescente.

— Moi, poursuivait Véronique, je n'ai même pas rêvé de ne pas être la fille de mes parents.

— Tout le monde n'est pas aussi doué que toi pour accepter le réel, répondit Cécile.

Ce fut à cet instant qu'un soupçon saisit Véronique. Non, ce soupçon, elle l'avait eu bien plus tôt. Presque au début du récit qu'elle avait fait à son amie, quand les yeux de cette dernière s'étaient absentés. Tournés vers les lointains intérieurs. Elle avait mis cette absence sur le compte de leur jeunesse commune, ressuscitée par l'histoire de l'auto-stoppeur. Il y avait, dans ce récit exemplaire, beaucoup d'éléments significatifs, le siège-auto, notamment. Pas plus qu'elle, Cécile ne pouvait se rappeler cet objet sans convoquer avec lui une sarabande de souvenirs, l'aspect de leurs visages dans les miroirs de ce temps-là, le goût de l'air après la pluie, les forêts normandes et les balades qu'on y faisait en shootant dans les feuilles. Oui, mais il y avait autre chose. Ce n'était pas sur les feuilles mortes que s'étaient fixés les yeux de Cécile. Et ce sourire, à qui était-il destiné ?

— Tu m'écoutes ? avait fini par demander Véronique.

— Plus que jamais, ma belle. Continue.

André, de temps en temps, venait voir si tout se passait bien, passait un coup de torchon sur le faux marbre et repartait, emportant les verres vides. Dans l'étroit bistrot, les rares consommateurs ressemblaient à des figurants, vieux Parisiens emblématiques à bedaine, à journal. Ils causaient assez fort pour assurer aux deux femmes toute la discrétion souhaitable.

— Qu'est-ce que tu sous-entends ? demanda soudain Véronique.

— Comment ça ?

— Quand tu dis que je suis douée pour accepter le réel ?

Cécile tenta une pose évasive.

— Je ne sous-entends rien. Je constate.

— Menteuse !

À la tête étonnée des clients et d'André, interrompus dans leurs monologues, Véronique comprit qu'elle avait presque crié. Ce n'était pas son intention. Cécile toussota.

— Pardon, bredouilla Véronique. J'ai...

— Viens, on va se balader.

L'air puant de la rue du Rocher leur fit du bien. Repoussant les images de l'EHPAD, l'annonce de Chloé sur son répondeur, la vision d'un avenir proche sans projet, sans joie, sans vie, la sarabande d'idées noires qui se reformait sans cesse comme un nuage de mouches, Véronique attrapa la main de Cécile et ne la lâcha plus.

— Dis-moi, murmura-t-elle.

— Qu'est-ce que tu veux que je te dise ?

— Tout.

Elles mesurèrent tacitement l'importance, à cet instant, de ne surtout pas se regarder. Le moindre regard en biais posé sur le profil de l'autre gâcherait tout, ferait fuir l'occasion. À chaque pas, Véronique sentait s'affermir la certitude que, durant toutes ces années, Cécile avait gardé pour elle quelque chose d'essentiel. Quelque chose qu'elle-même n'avait pas voulu voir, et qu'elle devinait maintenant. Mais il ne fallait pas poser les yeux sur Cécile. Pas tout de suite. Un pas après l'autre. Elles longèrent un porche puis la vitrine d'une entreprise associative de soins à la personne, ornée de la photo d'une femme entre deux âges manipulant une tablette. Sur un balcon, Véronique aperçut des arbustes malingres se hissant au-dessus d'un garde-corps en ferronnerie. Les fenêtres lourdement ornementées de volutes minérales s'empilaient jusqu'au ciel gris. Elles se serrèrent l'une contre l'autre quand des échafaudages rétrécirent le trottoir. Véronique fut traversée par le découragement que lui procurait la perspective d'interminables travaux. Les échafaudages l'avaient toujours déprimée, les bâches, les cabines métalliques. Un immense édifice de verre vint s'intercaler entre les façades haussmanniennes festonnées. Le siège social d'une entreprise dont elle ignorait tout, bardé d'impénétrables miroirs. De longues automobiles étaient soigneusement garées devant, dans des places payantes et, presque en face, la vitrine d'un bar à soupes conseillait aux passants de vivre et de savourer. Elles marchaient toujours, sans se regarder, foulaient l'asphalte parisien, à l'heure où les autres travaillent, les jambes balayées, de temps en temps, par les souffles d'air tiède qu'exhalaient des grilles. Une cordonnerie clés-minutes, un coiffeur barbier, un restaurant mexicain jouxtant un restaurant japonais, une pharmacie morose, à l'angle, un panneau interdisant de stationner en raison des travaux et menaçant les contrevenants de la fourrière, une boutique obscure à l'enseigne rosâtre, qui clamait : *Sulfureuse pâte du marabout, purifying, cleansing, detoxfying, pâte moussante, résultats dès la première application.* Une affichette offrait en prime un bel alexandrin : *Formule ensorcelante anti peau de croco.*

— Tu te souviens de la maison d'amis ? demanda soudain Cécile.

Tandis que Cécile parle – Véronique ne saura jamais combien de temps Cécile aura parlé, la voix de Cécile inaugure une temporalité nouvelle – un phénomène inédit se produit. C'est une espèce de disjonction. Véronique se dédouble, se déploie, accède à cette part d'elle qui n'a jamais quitté Vinteuil, qui vit pour toujours à Vinteuil. Elle a compris grâce à la démence de son père que la chronologie n'est qu'un leurre, une construction cérébrale, un réflexe de survie. Dans la chimie du cerveau de son père, dans ses soubresauts électriques, toutes les cloisons ont cédé, qui séparaient artificiellement les époques. Le monstrueux adolescent qu'il fut, l'abominable gamin, libéré par la folie, squattent désormais le présent. Les pauvres fous sont bouffés par la foule de leurs moi antérieurs.

C'est peu ou prou ce qui se passe avec le récit de Cécile. Une forme atténuée du délire qui l'atteindra, qui l'attend, elle aussi, programmé dans ses cellules. Voici qu'elle se retrouve ici et autrefois, scindée ou multipliée, c'est pareil, à Paris et à Vinteuil. À l'épaisse pierre parisienne se superpose la brique rouge de Vinteuil, elles sont rue du Canon, tout près du cinéma, voici les colombages, les lampadaires à l'ancienne, le regard s'engouffre dans une venelle donnant, déjà, sur la campagne, on discerne un édicule en bois et l'herbe jaunâtre envahissant, plus loin, le chemin de terre battue.

Véronique, au moment où commence l'histoire de Cécile, est encore capable d'analyser un peu, de saisir que ces images proviennent de ses archives intimes. Mais elle est fatiguée. Si fatiguée par les heures fiévreuses passées à ruminer Chloé, par les insomnies, par l'angoisse. Elle lâche la bride et se laisse ensorceler par Cécile, devient Cécile, voit par ses yeux, s'abandonne au repos de l'hallucination.

La maison d'amis se dresse au fond de la cour. Cécile l'observe en serrant sur sa poitrine ferme les pans d'un gilet de laine. Elle est seule. Quelque part, des pies piaillent. Laurent travaille et Maxime est à la crèche. Une bénédiction, cette crèche, une découverte, une délivrance. Elle n'a pas repris le boulot depuis la naissance du petit. Elle s'est entendue déclarer qu'elle désirait lui consacrer tout son temps. Profiter de lui, c'était la formule consacrée. Elle n'aura pas d'autres enfants, elle le sait. Laurent n'en veut pas. Laurent ne souhaite pas non plus l'aider à retaper cette bicoque au fond de la cour. C'est un motif de discorde entre eux, des disputes très sombres, très hostiles, dont l'intensité silencieuse la terrifie. Cécile a déjà trente-deux ans, c'est vieux, c'est tard pour être mère, mais tôt pour renoncer à la fête, à la maison d'amis.

Elle envisageait différemment les choses, avec Laurent, imaginait que les soirées d'été, la présence chaleureuse de copains levant leur verre autour de longues tables dressées dans le jardin, l'été, que tout cela serait sa vie. Ils avaient beaucoup déménagé, au gré de la carrière de Laurent. Elle suivait, elle voulait bien le suivre. Vinteuil semblait idéal pour construire un nid, la campagne, un poste pour eux deux dans la petite usine et puis ce couple miroir, Véronique et Jean-Charles, ces drôles d'habitations normandes, humides et charmantes, cette longère dans le faubourg, ces pommiers.

La maison d'amis chancèle sous le crachin.

C'est tout ce qui reste de ses rêves. La crèche lui rend son corps, son corps autonome, séparé de celui de l'enfant qui ne voit en elle qu'un territoire conquis. Il lui reste donc cela, son corps encore ferme, cette maison esquissée. Elle va s'occuper des travaux. Elle lira des livres, trouvera de l'aide. Elle sait par où commencer.

La quincaillerie se trouve au bout de la rue des Tanneries. Elle est souvent passée devant, avec la poussette, accompagnée par Véronique. Véronique ne remarque jamais le long coup d'œil que Cécile jette à travers la vitrine. Elle ne sait pas que le jeune homme qui tient la boutique est très beau. Elle ne remarque pas grand-chose et c'est extrêmement reposant. Laurent non plus ne voit rien. Son travail l'absorbe, son amitié avec Jean-Charles. Elle connaît le nom du jeune homme. Bertin. Quincaillerie Bertin.

Elle a trouvé le courage de s'y rendre, ce matin-là. Sans Véronique. Chloé aussi est à la crèche mais Véronique, elle, a choisi de reprendre le travail. C'est un soulagement pour Cécile. Leur amitié prenait trop de place. Cécile va s'attaquer aux travaux, oui. Seule. Avec l'aide du jeune homme Bertin. Elle a beaucoup de questions techniques à lui poser. Elle a potassé. Il s'y connaît, forcément. Peut-être même acceptera-t-il de venir travailler avec elle une heure ou deux de temps en temps ? Il n'y a pas foule à la boutique. Il sera content d'arrondir ses fins de mois. Elle sait qu'il vit avec sa petite sœur, une lycéenne qui fait toujours la gueule.

Quand elle l'aperçoit, ce matin-là, il est accroupi devant sa boutique et frotte vigoureusement le mur à l'aide d'une brosse qu'il plonge de temps en temps dans un seau d'où monte un filet de vapeur. Elle s'approche et constate qu'il est en train d'effacer, avec peine, un vaste graffiti proclamant : « Bertin la putain ». Il ne l'a pas vue. Il grogne et jure entre ses dents. Il porte un pantalon militaire, de grosses chaussures et une chemise aux manches relevées. Elle regarde ses avant-bras très fins, sans parler. Elle est tout près de lui, maintenant.

Quand il se retourne et la voit enfin, il ne paraît pas surpris. Elle s'émerveillera souvent, par la suite, de son aptitude à tout accepter comme une évidence. Tous les événements. C'est un talent, ou la prescience qu'il n'aura pas assez de temps, sur cette terre, pour le perdre en étonnements.

— C'est ma sœur, explique-t-il. Des mecs du lycée, je suppose.

Il frotte à nouveau, contrarié. Les lettres peinent à s'effacer, la peinture noire accroche dans les anfractuosités.

— Ou des filles, d'ailleurs. Des filles jalouses. Ma sœur a un certain succès.

Avant d'être séduite, Cécile est émue par celui qui, quelques minutes plus tard, va lui révéler son prénom, Sylvain. Ces deux syllabes deviendront alors le creuset où se calcineront les heures, où s'élaboreront de nouvelles sortes d'or. Elles chanteront au fond d'elle, refrain de folies inédites, vieilles comme l'univers, scanderont les secondes, seront l'autre nom du secret, le chiffre des énigmes. Elle accédera aux rêves d'enfance dont les portes s'étaient refermées sur ses talons, à mesure qu'elle avançait vers la mort. Elle deviendra lyrique, mystico-truc, lira les livres de Khalil Gibran.

Mais pour l'heure, elle est émue par l'énergie du jeune homme qui s'acharne à conjurer l'injure, à laver l'honneur de sa petite sœur. Il n'est pas gêné par son regard, ne demande aucune explication, aucune précision sur la présence de Cécile devant sa boutique, ne semble pas imaginer qu'elle souhaite acheter quelque chose. Il ne paraît pas rompu aux évidences ou alors ce sont les conventions qu'il n'a pas assimilées, l'ordre du monde humain, marchand, ou encore il s'en fout, il frotte, parce que c'est ce qu'il faut faire à cet instant.

Il y a cette deuxième éponge dans le seau, qui pointe tout à coup la tête et Cécile s'en empare. Elle frotte aussi. Elle n'est pas tellement plus vieille que lui, finalement. Personne dans la rue. Personne aux fenêtres. La rudesse de la pierre arrache des fragments d'éponge, leurs mains rougissent et la saleté finit par disparaître.

Véronique, les yeux plongés dans le ruisselet boueux qui s'écoulait dans le caniveau, rue du Rocher, se rappelait cette époque. Pas ce jour-là précisément, le jour de la rencontre, qui n'avait pas existé particulièrement pour elle. Mais cette période où, comme le disait Jean-Charles, elle avait *repris le boulot*. La reprise. Parce que la maternité n'avait été qu'une interruption du boulot, une entaille saignante dans le continuum, une faille vite colmatée. Elle avait envié Cécile tout en la plaignant, l'imaginant seule dans sa demeure pittoresque. Ces images trompeuses avaient acquis au fil des ans une consistance telle qu'elle croyait presque avoir été là, dans le vague de l'air, fantôme espionnant son amie, alors que les vraies heures, celles qu'elle avait passées dans le petit bureau de l'usine, coincée entre les meubles métalliques et les tombereaux de paperasse, ces heures avaient été perdues pour toujours. Il ne lui en était resté qu'un dégoût. Les yeux dans l'eau noire du ruisseau, elle prit conscience qu'elle avait, à cette époque, pensé davantage à Cécile qu'à Chloé dans sa crèche.

— Je m'appelle Sylvain. Monsieur Bertin, c'était mon père, et il est mort.

— Je suis désolée.

— Et ma mère aussi, tant qu'on y est. Tous les deux, en voiture, un accident. Vous voyez le grand hêtre à la sortie de la ville, sur la route d'Évreux ?

Cécile voudrait compatir, mais elle n'y arrive pas, trop concentrée sur la nécessité de dissimuler au jeune homme le soulagement léger mais odieux qu'elle éprouve soudain, à l'idée que ces parents morts ne constitueront pas un obstacle entre eux.

— Un obstacle ? s'étonna Véronique. Pourquoi auraient-ils constitué un obstacle ? Je ne comprends pas.

— Moi non plus, avoua Cécile. C'est exactement à partir de ce moment que je me suis mise à ne plus rien comprendre.

— Le mieux, dit Sylvain, ce serait peut-être qu'on aille y jeter un coup d'œil, à votre chantier.

— Qui c'était ? s'enquit Maxime quand Chloé eut raccroché.

— Corentin.

Affalés dans le canapé King-Size de Maxime pour leur causerie hebdomadaire, ils suçotaient leurs sushis devant le grand écran où défilaient les images muettes d'une série qui passionnait Maxime. Chloé n'avait pas osé lui avouer qu'elle la trouvait plutôt ennuyeuse et qu'au demeurant, l'ayant complètement postsynchronisée, elle en connaissait déjà tous les rebondissements. C'était pénible de devoir simuler la surprise et de ne pas spoiler. Elle se fit la remarque qu'une bonne partie des échanges entres les gens, de nos jours, consistait, si l'on pouvait dire, dans la rétention d'informations concernant l'avenir de personnages presque plus réels que leurs propres fans. On se promenait dans des vies fictives, on n'en était pas tous au même point, on s'échangeait des silences, des sourires en coin, lèvres scellées, motus, tais-toi, je ne veux rien savoir.

Jean-Charles disait plutôt « divulgâcher ».

— Corentin ? Ton boss ?

Ce qui plaisait énormément à Maxime, dans cette série, c'était l'extrême *normalité* des personnages. Leur absence absolue de saillances, leurs visages ordinaires, à peine botoxés – il s'agissait tout de même d'une production américaine – leurs propos insignifiants, leurs gestes finissaient par interroger les archétypes.

— Corentin n'est pas *exactement* mon boss, rectifia Chloé.

— Je sais, tu me le dis tout le temps.

— Alors pourquoi tu demandes ?

Il soupira, comme à chaque fois qu'il se disposait à éclaircir des points dont Chloé ne mesurait pas suffisamment l'importance. À l'écran, la fille normale avalait des pâtes à grosses bouchées énergiques et se tachait le visage de sauce. Sa copine se marrait.

— Tout l'effort du système, exposa Maxime, consiste à dissimuler les rapports de domination. Corentin est *exactement* ton boss mais il fait semblant d'être ton pote et tu fais semblant de le croire parce que vous jouez à être cools.

Elle haussa les épaules et se pencha pour reprendre un sushi sur le plateau, agacée par la conscience que ce geste interrogeait très peu les archétypes. Maxime la saoulait avec son catéchisme.

— C'est pas comme ça que ça se passe, dans ta boîte ? contra-t-elle.

— Bien sûr que si.

— Alors ?

— Alors moi, j'en suis conscient, c'est tout.

C'était tout. Ils fixèrent l'écran, le temps d'y suivre, d'un œil blasé, une scène de baise normale.

— Tu peux remettre le son, si tu veux, proposa-t-elle en avalant son poisson cru.

— Non, non, ça va. On discute.

Repensant à Corentin, elle laissa échapper plus ou moins volontairement que son coup de fil n'était pas professionnel.

— Ah bon ? s'étonna Maxime, il y a quelque chose, finalement ?

Elle n'était pas très sûre, en fait. Corentin était repassé depuis quelques jours dans la colonne des Pourquoi pas ? C'était peut-être encore un effet de la thérapie, cette aptitude nouvelle à ne pas se montrer trop définitive. Elle s'était dit qu'elle avait probablement saboté des histoires en chassant le garçon trop vite, quelquefois même au milieu de la nuit, lui laissant à peine le temps de se rhabiller. Elle détestait qu'ils s'endorment.

— Je pense à ma mère, avoua-t-elle. Toute cette vie avec mon père.

Il approuva, consterné. C'était fou. Il lui expliqua que même au sein du couple, même au cœur de l'intimité, la domination sévissait. Il avait lu un livre récemment. Parcouru. Un essai. Il ne se souvenait plus du nom de l'autrice. En fait, une grande partie du problème des filles, dans les couples hétérosexuels, venait d'Harrison Ford. Chloé s'étonna. Maxime, volubile, lui rappela une scène particulièrement dégueulasse de *L'empire contre-attaque.* Chloé n'avait jamais été très portée sur les Jedi. Elle revoyait vaguement une princesse au visage flanqué de macarons.

— La princesse Leia. Elle est amoureuse de Han Solo. Et dans la scène en question, il lui fait le coup du bad boy beau gosse, genre je suis un charmant voyou.

— C'est possible, concéda Chloé.

— C'est ça, le truc, l'imaginaire des adolescentes est façonné par cette érotisation de l'homme dangereux. Et après, elles se retrouvent avec un pervers narcissique.

Chloé n'était pas prête à reconnaître, si c'était le projet de Maxime, que Jean-Charles était un pervers narcissique. Elle se crispa. Mais il acheva sa démonstration par des considérations plus générales : on avait tort de parler de pervers narcissiques. C'était faire trop de psychologie. En fait, ces sales types étaient simplement des mâles ordinaires. Des résidus phallocratiques.

— Tu devrais te méfier de Corentin, conclut Maxime.

Oui, sûrement, mais il était moins creux qu'il en avait l'air. L'autre jour, ils avaient parlé de cinéma. Corentin rêvait de tourner dans des films. D'en écrire. Des courts-métrages d'abord, bien sûr. Il avait écrit plusieurs scénarios. Il pourrait lui faire lire, si ça l'intéressait. Elle n'avait pas dit non.

Une sonnerie stridente déchira l'air. Maxime sursauta très haut, comme quand il avait six ans. Ses manifestations émotionnelles – rires, pleurs, surprise, fureur – étaient aussi spectaculaires que brèves.

— Putain de carillon, maugréa-t-il. Il faut vraiment que je le fasse changer. La locataire d'avant était sourde, c'est pour ça.

Chloé s'était raidie sur les coussins. Comme il se dirigeait vers la porte d'entrée, elle le retint par la manche.

— Attends. Pourquoi on n'a pas entendu l'interphone ?

Il sourit.

— Parce que notre visiteur connaissait le code, j'imagine. Ça doit être un pote.

— Tu files le code à tes potes ?

— À certains, oui. Tu veux bien me lâcher ? Je vais ouvrir avant que ça resonne.

C'était Laurent.

Maxime eut un petit mouvement de recul puis claqua deux bises surprises à son père.

— Tout va bien ? demanda-t-il.

Laurent le contourna pour pénétrer plus avant dans l'appartement et aperçut Chloé, le visage baigné par la lumière de la série. Il sourit.

— Salut, ma belle !

Maxime poussa un soupir. Il détestait ces compliments mécaniques, ces poncifs de genre. Putain, les mecs n'auraient pas trop de temps d'ici la fin du monde pour présenter leurs excuses aux filles. Aux animaux, aussi. À la planète en général. Mais Chloé ne semblait pas offusquée. Elle sauta niaisement au cou de Laurent. Ils avaient toujours été complices, pouffant pour rien. C'était gonflant.

Laurent se tenait maintenant au milieu du salon, les deux mains au fond des poches d'un pardessus des années 2000, comme un visiteur dans une galerie déconcertante. Il parut se lancer dans l'examen approfondi d'un poster.

— C'est une copine du boulot qui fait ça, expliqua Maxime. Elle essaie de représenter l'énergie, avec juste du vert et du violet.

— Ah, très bien.

Laurent se détourna des flux bicolores et se remit à sourire à Chloé, sans intention particulière, tout au plaisir de l'avoir trouvée là et de la voir. Il possédait une singulière aisance à s'installer confortablement dans le moment présent, à la façon des chats et des bébés.

— Tu veux manger quelque chose ? proposa Maxime en indiquant le plateau de sushis.

Il savait qu'il ne servait à rien de demander des explications. Elles viendraient d'elles-mêmes. Ou pas.

Laurent parut tiré d'un rêve. Ses yeux accommodèrent longuement sur les petits parallélépipèdes parfumés, jusqu'à ce que son cerveau lui en rappelle la nature comestible. Il secoua la tête.

— Non, justement, j'ai préparé une soupe au potimarron.

— D'accord, répondit patiemment Maxime.

— Pour ta mère. Elle adore ça.

— Et ?

— Et elle n'est pas rentrée. Je me disais qu'elle était peut-être chez toi.

— Tu ne l'as pas appelée ?

— Son téléphone est coupé. Elle m'a juste dit qu'elle allait se balader avec Véro.

Cette information contraria Chloé qui ne savait pas si ses parents communiquaient à son sujet avec ceux de Maxime. Probablement. Elle ne souhaitait pas que ce qu'elle appelait avec la thérapeute *ses mesures d'éloignement* attristent Cécile et Laurent. Laurent, surtout, qui ne paraissait pas avoir assimilé, au fil de sa vie, la notion de dissensus. Son égalité d'humeur aurait rendu nerveux un moine bouddhiste. Les disputes provoquaient toujours chez lui une perplexité si sincère que Chloé le supposait plus avancé que les autres dans l'évolution, en route déjà vers une nouvelle espèce humaine débarrassée des bas instincts, de l'envie, de la haine, de la soif de pouvoir et de possession. Une sorte de saint futuriste. Elle éprouvait une profonde tendresse pour les hommes bâtis sur ce modèle, les ahuris légers, les naïfs, les distraits, les gentils. Une profonde tendresse et une inexplicable concupiscence.

— Elle est peut-être chez Véro et Jean-Charles ? relança Maxime.

— Non, j'ai appelé, Jean-Charles est tout seul aussi.

La formule surprit Chloé. Tout seul aussi. Le sourire de Laurent s'était légèrement atténué.

— Dans ce cas, invite-le et faites-vous une soirée potimarron, suggéra Maxime. Il n'y a pas du foot à la télé ?

Son père hocha la tête, l'air d'examiner sérieusement cette possibilité. Puis il s'ébroua.

— Bon. Je vais rentrer l'attendre. Salut les jeunes !

Maxime le raccompagna puis revint s'asseoir dans le canapé.

— Tu vois ce que je te disais, soupira-t-il.

— Quoi ?

— Il la surveille. Ma mère sort avec sa meilleure copine et lui, il l'attend.

— Il est inquiet, plaida Chloé.

Maxime secoua la tête, découragé par tant de mauvaise foi, et, d'un coup de télécommande, remit le son de la série.

À cette époque, en 1993, Jean-Charles filmait leur vie. Il s'était offert un petit caméscope qu'il arborait en toute occasion. Les images furent d'abord conservées sur des cassettes VHS puis, dès que les progrès de la technologie le permirent, transférées sur divers disques durs. À force de les visionner, Véronique les confondait avec celles qui s'étaient imprimées dans sa propre mémoire. Elles formaient une totalité, un petit monde très plein et très dense.

Le récit de Cécile, en peuplant le hors-champ de nouveaux personnages et d'actions inédites, venait non seulement de faire voler en éclat la cohérence fictive et fantasmée de ce monde perdu, mais surtout de semer le doute sur l'univers dans son ensemble, sur le présent, accréditant peut-être les fantasmagories de Chloé, rendant tout dangereusement possible.

Par-delà l'horizon granuleux des séquences vidéo, goûters d'anniversaire, soirées arrosées, promenades dans la campagne, enfants enchifrenés dardant leur nez morveux par-dessus les écharpes démodées, les horribles cagoules, les chapkas ridicules, derrière les murs aux couleurs ternes – comment avait-on pu enduire les parois d'un jaune aussi pisseux ? – se déroulait une autre action, secrète, définitive et invisible, Cécile et Sylvain faisant l'amour dans la maison d'amis.

On la devinait quelquefois, en arrière-plan, floue, dans un contre-jour expressionniste, cette maison d'amis qui allait devenir pour quelques mois si courts leur maison d'amour. C'est là qu'ils se retrouvaient, qu'ils baisaient – Cécile employait ce terme qui provoquait chez Véronique une gêne gênante – qu'ils écoutaient la radio, et, oui, qu'ils lisaient en se caressant. Car le quincaillier avait dû renoncer, suite à l'accident de ses parents, à une vocation littéraire, taire sa sensibilité. Pour des clous. Mon dieu, que de lieux communs...

En écoutant Cécile, dans le salon de thé où elles avaient trouvé refuge, Véronique se demandait pourquoi elle peinait tant à réprimer ses sarcasmes. Elle n'avait pas le temps, pour le moment, de comprendre, elle voulait entendre chaque détail, chaque caresse sur les tétons dardés – c'était la première fois que Cécile lui parlait aussi franchement des manifestations physiologiques dont s'accompagnait chez elle l'accouplement – chaque frémissement. Mais elle avait du mal, parce que les mots de Cécile la rendaient furieuse. Elle n'avait pas reconnu tout de suite la fureur, quelque chose comme un battement dans ses profondeurs, des coups contre une paroi, puis son cœur qui pompait le sang trop vite. Elle s'était méprise, croyant éprouver de l'empathie, de l'émotion, se pensant bouleversée. Mais non, c'était de la fureur. L'autre mot qui lui venait était haine. Elle le repoussait de plus en plus difficilement.

Haïr sa meilleure amie ne lui parut pas si difficile, ni si mystérieux même si cette haine n'avait pas encore revêtu la forme verbale qu'elle réclamait avec une insistance croissante. Si les mots lui manquaient, pour le moment, des images s'y substituaient, des images rageuses, tonitruantes. Tout la hérissait, depuis les sourires de Cécile qu'elle croyait à l'époque naturellement énigmatiques, jusqu'aux mélodies bêtes qu'elle fredonnait parfois, lors de leurs balades, jusqu'aux silences dont elle se souvenait, qui trouaient leurs conversations de meilleures amies, leurs considérations sur l'égoïsme touchant des maris, quand Véronique livrait le fond de son cœur et croyait être payée de retour. C'était bien plus qu'une trahison. Elle ne comprenait pas le mutisme, les années de mutisme qui avaient suivi cette affaire. Aucune des raisons que Cécile lui fournissait aujourd'hui n'était valable. Elle les devinait toutes, finissant mentalement les phrases de Cécile à sa place, ce qui, à ses yeux, ne constituait pas le signe d'une parfaite complicité, d'une philia féminine, mais celui d'une amitié morte, usée par l'habitude.

Que se fût imposée, à l'époque, la nécessité d'un secret absolu, à cause des petites villes, des petites vieilles, à cause des enfants, à cause de la sœur perturbée de l'amant, elle pouvait le concevoir. Que Cécile tire une certaine fierté, trente ans plus tard, d'avoir ainsi berné son monde, d'avoir floué les pires commères – il y avait cette bourgeoise, Mme Deshayes, qui essayait toujours de se renseigner sur tout, mine de rien, et elles en riaient toutes les deux – que les heures torrides soient demeurées encloses dans la maison inachevée, que Laurent ait payé le juste prix de sa paresse et de son indifférence, Véronique concédait que c'était parfait. Elle poussa l'abnégation jusqu'à promettre qu'elle pardonnait à Cécile de n'avoir jamais trouvé la force de lui raconter cette histoire, compte tenu de son dénouement tragique, l'accident, la mort de Sylvain. Véronique se rappelait le fait divers, la photo dans le journal et peut-être même, en se forçant un peu, les sirènes de l'ambulance. Elle la plaignit pour les souffrances qu'elle avait dû endurer, voulut bien admettre que cette parenthèse sublime et sanglante ait sonné pour son amie comme un avertissement solennel – les parents de Cécile étaient très croyants – et l'ait guérie à jamais des amours extraconjugales.

— Je suis sûre que ça te paraît idiot, mais ça a soudé notre couple à jamais.

Idiot, oui, certainement. Moins la chose que les mots. Souder, franchement, dans ce contexte. Mais bon, admettons. En fait, elle n'en avait rien à foutre, de son couple. Ça lui paraissait aussi sordide que de causer diététique ou urologie. C'était la haine qui l'obsédait.

Il était tard, la nuit était tombée. Le propriétaire du salon de thé commençait à essayer d'attirer l'attention sur l'heure de fermeture, largement dépassée. Leurs maris allaient s'inquiéter, ce qui ne suffisait pas à consoler Véronique.

Elle comprit soudain – au moment de payer – qu'elle était juste jalouse. Non pas tellement de cette liaison, même avec une fin si flamboyante, mais de ce secret. Un merveilleux secret. Parfait. Le secret qui lui manquait à elle et qui aurait comblé Chloé. Le beau rôle qu'il offrait à Cécile, le lustre dont il parait sa féminité.

Elles errèrent encore, évitant les quartiers trop brillants, tournèrent en rond, se retrouvèrent dans la rue Laborde, une rue sans rien, affligée par d'autres échafaudages, le grand garage Haussmann, rideau de fer fermé, Cécile fournissait maintenant des détails en abondance, toute une floraison de réminiscences dont Véronique ne savait que faire. Le dos long et cambré de Sylvain, les taches de rousseur sur ses épaules, le radiateur à bain d'huile qu'elle allumait dans la maison d'amis une heure avant qu'il arrive parce que sinon, je t'assure, on se les caillait. Il y avait aussi l'alcool – Cécile prenait pour évoquer l'alcool une figure grave, parfaitement adaptée – qui enlaidissait tout. Il n'était jamais ivre quand il la retrouvait mais il l'avait été, portait encore les stigmates de l'ivresse, céphalées, vertiges, absences, trous dans les phrases et dans les pensées.

Le sort de sa sœur Patricia le tracassait. La petite allait mal, lui pourrissait la vie, le tenait pour responsable de ses dérives, de ses infortunes, de son échec, et il acceptait tout, d'être cela pour elle, l'incarnation du mauvais sort. Cécile détestait Patricia, qui couchait avec tout le monde et aurait crucifié son grand frère si elle lui avait soupçonné la moindre histoire, même ordinaire, même légitime. Alors une passion adultère ! Cécile gardait pour elle sa rancœur, serrait les dents quand Sylvain ne la rejoignait pas parce qu'il devait s'occuper de la gamine, *qui avait des emmerdes* avec des mecs louches de Dreux, des mecs de la cité, les pires mecs de partout.

Le parking souterrain Bergson, La rue d'Argenson, et parmi d'autres échafaudages qui paraissaient enveloppés dans des bâches déchirées, comme une installation ratée de Christo (et Jeanne-Claude, ajoutait toujours Maxime), un institut de beauté moribond, la beauté à votre image, minceur, cellulite, fermeté.

Véronique comprit que Maxime jouait un rôle dans sa haine. Maxime ? Le petit garçon sans histoire, toujours si sage à la crèche pendant que sa mère copulait, quand Chloé faisait des caprices, refusait la sieste, tombait sur la tête. C'était lui, Maxime, qui aurait dû souffrir de tout cela. Être traumatisé. Mais non, il avait poussé comme une fleur, comme un garçon, premier partout sans beaucoup bosser, sans angoisse, quand Chloé se tordait de mal au ventre à la perspective d'une interro de maths. Et finalement, c'était Véronique qui rendait des comptes. C'était elle qu'on accusait de faire des secrets. Si ce n'était pas de l'ironie tragique, ça ! Jean-Charles adorerait. Bravo, la thérapeute !

Rue Cambacérès, *Book your Paris,* gestion locative. Après tout, l'idée de quitter Jean-Charles n'était peut-être pas si mauvaise. C'était lui qui l'avait suggérée. Plus de 1500 appartements à la location. Son reflet dans la vitre noire. Non, il était trop tard. Beaucoup trop tard.

D'autres détails encore, essentiellement du sexe et de l'alcool, de la conduite en état d'ivresse, les premières disputes. Brusquement, Véronique eut deux intuitions : la première était que Cécile avait été soulagée par la mort du quincaillier. Forcément. Elle la connaissait bien. C'était une pragmatique. Combien de temps encore aurait-elle supporté ce type ? Leur petite affaire n'avait duré que quelques mois. Un amour express, passion simple, dénouement parfait.

La deuxième : cette histoire était précisément à l'origine des troubles actuels de Chloé. Évidemment ! Ce que ce Maxime, qui tenait de son père, avait été trop grossier pour sentir, la petite l'avait absorbé. Inconsciemment, bien sûr. Elle avait capté les signaux émis par Cécile, sa deuxième mère, qui passait tant de temps avec eux. Chloé, l'hypersensible, la surdouée, la précoce, l'anxieuse, véritable tableau clinique ambulant, Chloé, beaucoup plus intuitive et intelligente qu'elle, avait somatisé à cause de Cécile, du mutisme inexplicable de Cécile. Et si c'était pire ? Si elle avait vu des choses ? Assisté à des coïts ? Véronique s'affola, fouilla sa mémoire. Tout était possible. Et l'accident ? Le désespoir caché de Cécile ? Chloé l'avait surprise en larmes, elle n'avait rien compris, des mécanismes toxiques s'étaient enclenchés, favorisant l'éclosion des névroses. Véronique avait lu des livres, elle connaissait la thermodynamique subconsciente, la condensation, le transfert, la... la transposition.

Voilà. C'était pour ça. La haine.

Tout était la faute de Cécile.

— Quand même, finit par demander Véronique avant de rentrer seule en taxi, je ne comprends toujours pas pourquoi tu ne me l'as jamais raconté. Jamais. En trente ans.

Cécile hésita, debout sur le trottoir, observant la vapeur que formaient ses soupirs.

— Tu me jures de ne pas le prendre mal ? demanda-t-elle.

Véronique avait déjà entendu cette réplique des centaines de fois. Au même moment du scénario. Elle ne jura pas.

— Je t'adore, poursuivit Cécile, mais tu es quand même un peu…

— Un peu ?

— Un peu coincée.

Le taxi arriva sur ces entrefaites. Le scénario n'était pas trop mal fichu.

Jean-Charles, que ses efforts pour tromper puis dissimuler sa nervosité avaient mis sur les nerfs, l'accueillit d'un bref éclat de voix, difficile à interpréter. Il portait ses frusques d'intérieur sportswear, décourageant assemblage de logos et de polyester. Elle le savait sur des charbons ardents, depuis qu'il lui avait proposé son plan de campagne contre Chloé, et douloureusement persuadé qu'il avait, à cette occasion, détruit leur vie. Envers, peut-être, de cet instinct décisionnel qui l'avait hissé vite et haut dans les organigrammes, il souffrait d'une terreur de l'irréparable qui se manifestait à la moindre occasion et le contraignait malgré qu'il en eût à élaborer des mécaniques mentales dont les rouages s'emparaient du quotidien pour transformer, selon les cas, une petite coupure en septicémie, un faux pas en impotence, un mot malheureux en malheur.

Pour lui-même, il ne redoutait rien. C'était le sort des siens qui l'affolait. Et surtout celui de Véronique. Elle s'évertuait à lui taire ses examens médicaux de routine tant il l'enterrait séance tenante s'il apprenait qu'elle se rendait chez le docteur. Et ces obsèques mentales n'avaient rien d'abstrait, non, pas plus que l'agonie qui les précédait. Tant qu'un diagnostic rassurant n'était pas tombé, sa vie intérieure se muait en jardin des supplices. Il *voyait* les cathéters, les potions, le dos décharné de sa femme poussant sa perche à perfusion dans les couloirs blafards d'une unité de soins palliatifs.

Depuis ce qu'il appelait, dans un vain effort pour dédramatiser, l'affaire de l'auto-stoppeur, il se demandait s'il lui serait financièrement possible, quand Véronique le chasserait, de ne pas s'établir au-delà du périphérique, compte tenu de l'indemnité compensatoire exorbitante qu'il se faisait d'ores et déjà un devoir de lui verser, le fatal moment venu.

— J'étais avec Cécile, le renseigna-t-elle.

Elle balança son manteau, son sac, ses chaussures, s'avachit sur le canapé et réclama de l'alcool. Une joie puissante gonfla le cœur de Jean-Charles qui accourut aussitôt portant dans chaque main un grand verre de chablis clapotant.

— Vous avez discuté ? osa-t-il tandis qu'elle faisait descendre quelques gorgées rapides.

Il s'était lové à ses côtés, dans un froufroutement de tergal. Elle hocha la tête sans répondre. Très bien. Elle ne souhaitait donc pas lui raconter par le menu son entretien avec Cécile. C'était compréhensible. La vie heureuse ne pouvait pas reprendre si vite son cours. Mais il avait une chance d'échapper aux banlieues difficiles. Une petite chance. À condition de ne surtout pas espérer trop tôt. Il but à son tour. Un silence s'installait.

— Tu sais ce que j'ai fait, de mon côté ?

Il n'avait pas l'habitude d'employer « de mon côté ». Elle ne répondit pas.

— J'ai replongé dans notre vie.

Ce n'était pas exactement ce qu'il voulait dire. Pas du tout. Ça n'avait aucun sens, et il claqua la langue, agacé contre lui-même, mais non sans remarquer qu'elle semblait presque intriguée. Distraite, préoccupée – de quoi avait-elle pu s'entretenir avec Cécile, nom de Dieu ? – mais intriguée. Il poussa son avantage en expliquant qu'il avait passé la journée à visionner des centaines de photos de famille, de films, et à mettre tout ça sur Facebook.

— Facebook ?

— Instagram, ajouta-t-il fièrement. Les réseaux. Tu veux voir ?

Elle ne voulait pas mais s'approcha quand même de l'ordinateur. Jean-Charles s'était aménagé un espace numérique personnel, dans le bureau, doté de deux écrans considérables – pourquoi deux ? C'était mieux – et d'une puissante unité centrale. Il lui montra ce qu'il avait fait. Un album virtuel, exposa-t-il, intitulé *Nostalgie.*

Son index fit rouler la molette de la souris, geste qu'elle avait toujours jugé un peu obscène et leur vie défila.

Il y eut Vinteuil, énormément Chloé sous tous les angles, dans tous les accoutrements, Laurent, Cécile, Maxime et elle, surtout, Véronique en gloire, en majesté, rayonnante, cruellement jeune, des copains morts, des objets familiers sans ébréchures, quelques chats et puis leurs voyages, ils avaient beaucoup voyagé tous les trois ou avec des potes farfelus et organisés, des collègues, la neige, les arbres, la Jordanie, l'Inde, le Canada, des doigts brandis en signe de victoire, des sommets vaincus, un saut en parachute, un autre à l'élastique, un glacier grondant, Bali, la Bretagne. Jean-Charles lui-même s'était offert un rôle important. Presque toujours tout sourire, svelte, audacieux, dans des poses à la Bebel. Elle finit son verre.

— C'était quoi ? demanda-t-elle quand elle eut dégluti.

Il fronça les sourcils.

— C'était... Tu vois bien... C'était nous.

— Je veux dire : c'était quoi, l'intention ?

Il claqua des doigts pour signifier que ça y était, il avait pigé la question. Et aussi qu'il était satisfait de l'avoir conduite où il voulait en venir.

— En fait, j'ai repensé à notre famille. Au passé. Ça m'a remué d'imaginer, tu sais...

— Une vérité alternative ?

Il remua faiblement la main, pour faire amende honorable. C'était bon signe, qu'elle se foute un peu de sa gueule. Excellent signe.

— Elle est où, exactement, la vérité ? pontifia-t-il en montrant l'écran. Quelque part dans ces images ? Tu y crois vraiment, à la vérité ? À la vérité vraie ?

Elle n'écoutait pas, scrollant à son tour pour essayer d'apercevoir la maison d'amis, qu'elle entrevit çà et là. La bâtisse semblait n'avoir jamais été photographiée pour elle-même, figurant en arrière-plan, à différents stades de son inachèvement.

— Pourquoi tu as mis ça sur les réseaux ? insista-t-elle.

Il émit un gloussement.

— Regarde.

D'un coup de curseur, il lui montra les commentaires et les émoticônes émus qui étaient apparus sous les photos. Des dizaines, déjà, des copains immortalisés mais vieillis qui avaient eu un rôle dans la geste familiale. Ils s'émerveillaient de se voir apparaître, dûment tagués par Jean-Charles, ajoutaient des anecdotes, apportaient des précisions sur les dates, sur les lieux, dans leur style de darons respectant l'orthographe. Ils avaient partagé les images, que commentaient à leur tour des amis inconnus, lesquels proposaient leur propre version des mêmes lieux, sous d'autres angles, en d'autres temps, et c'était passionnant, jurait Jean-Charles, et même dingue ce sentiment profond d'humanité, il voulait dire, voilà, c'était leur famille mais, au-delà, c'était la famille humaine, et surtout tout cela était réel, l'avait été.

— Tout le monde peut voir nos photos ? l'interrompit-elle.

Il reconnut qu'il avait paramétré le truc pour permettre à chacun de se promener dans leur histoire. Au cas où d'anciens amis referaient surface. Tiens, il avait eu une demande de Thurier. Se souvenait-elle de Thurier ? Un type très sympa qui bossait à la compta, à Vinteuil. Sa femme était morte récemment d'un cancer.

Elle ne se souvenait pas de Thurier. À son corps défendant, elle se sentait touchée par les efforts de Jean-Charles pour mettre en ordre leur poussière. Il tenait tant à la vie. Il tombait tellement dans les panneaux. Comme elle. Ils étaient deux vieux naïfs. Comment réagirait-il quand il apprendrait l'histoire de Cécile avec le quincaillier ? C'était si dérisoire et si monstrueux. Le chablis l'aidait à démêler les enjeux. Elle n'en parlerait pas à Jean-Charles. Pas tout de suite. Cela compliquerait les choses à l'infini et, pour l'instant, elle devait rester concentrée sur Chloé. Elle se ressassa le topo, l'orna de motifs : Ce triste secret, le secret de Cécile avait forcément eu des conséquences sur l'inconscient de leur petite fille. Ils avaient commis l'erreur de trop se lier à Laurent et Cécile. Leurs problèmes étaient devenus les leurs. Les enfants, lui avaient souvent répété les magazines, sont des éponges. De quel fiel la petite cervelle sensible et spongieuse de Chloé s'était-elle gorgée à son insu ? Quelle image tragique de l'amour avait-elle formée ? Il n'était pas complètement irrationnel de supposer que si Véronique n'était toujours pas grand-mère, c'était peut-être parce que trente ans auparavant, l'amant de Cécile s'était écrasé contre le tronc d'un hêtre. Elle se représentait presque la scène, Cécile, les yeux ruisselants de larmes interdites et rivés sur la photo, dans Paris-Normandie, de la voiture accidentée. Chloé, minuscule, âgée de deux ans, la surprenant. Et Cécile en fait sa confidente, elle lui passe une main tendre sur la joue, lui apprend qu'elle est triste, qu'elle aimait beaucoup le monsieur qui est mort et qui ne reviendra plus jamais la sauver de son triste mari, parce que les maris sont sinistres, ma petite Chloé, ne te marie jamais, ne fais jamais d'enfants.

— Est-ce que tu me trouves coincée ? demanda-t-elle à Jean-Charles qui avait cessé de parler.

Il eut un haut-le-corps.

— Coincée ? Dans quel sens ?

— Sexuel.

Après quelques secondes de réflexion, il se lança dans une espèce de tirade d'où il ressortait qu'il s'était toujours considéré comme inférieur à elle, infiniment inférieur, qu'il n'avait jamais compris comment elle avait pu éprouver du désir pour un type comme lui, si ordinaire, si indigne d'elle, de sa beauté magistrale, qu'il considérait chacune de leurs unions charnelles comme une cérémonie, quelque chose de puissamment mystique, et le ciel se déchirait.

Véronique alla dans la cuisine se verser un autre verre. Si elle était coincée, elle commençait à comprendre pourquoi.

— Il y a de la soupe de potimarron, annonça Laurent.

Mais ses lèvres étaient froides. Elle s'étonna.

— Tu es sorti ?

Elle patienta le temps qu'il fallait pour que les méninges de Laurent captent la question, la traitent et produisent une réponse. La somme des secondes qu'elle avait consacrées, au cours de leur vie, à ces sortes d'attente était sûrement rondelette. Une belle boule de silence.

— Je me demandais si tu étais chez Max, s'excusa-t-il.

— Oh, tu t'inquiétais.

Elle leva la main pour caresser le menton osseux de son mari. Il intercepta cette main qu'il serra dans la sienne. Il en allait souvent ainsi entre eux. Impossible de savoir s'il voulait répondre aux caresses de sa femme ou les empêcher. Parfois, quand elle promenait ses doigts trop près du sexe ou des fesses de Laurent, il sursautait. Quant aux précautions qu'il prenait pour s'aventurer vers ses seins, elles étaient toujours, après tout ce temps, aussi infinies.

Étrangement – mais en quoi était-ce, au fond, si étrange ? – Laurent et Sylvain présentaient, dans leurs déférences amoureuses, de nombreux points communs. Même solennité tactile, même lenteur intense, même retenue dans le crescendo. Ça venait peut-être d'elle. Elle manquait d'expérience, au plan quantitatif, pour trancher si le respect que lui manifestaient ses amants tenaient à une simple coïncidence cosmique ou à l'autorité muette que son corps imposait à celui des hommes.

Sylvain non plus n'avait pas d'expérience. Curieux, pour un garçon si beau, si émouvant. Il apparaissait comme il disparaîtrait, sans préavis. Simple silhouette dans la brume du carreau, coup toqué. Ils ne se jetaient pas dans les bras l'un de l'autre. Ils s'y aventuraient, avec une timidité beaucoup plus luxurieuse que les fièvres de cinéma. Il lui racontait d'abord des choses. Comment il avait réussi, exploit toujours nouveau, à n'attirer aucune attention, à faire en secret, en homme invisible, le voyage qui le menait à elle, longeant les murs nus, se glissant dans les ombres, empruntant un itinéraire inédit. Parfois, il partait en voiture pour Brezon, pour Conches, pour Damville, pour Rouen, préparant ses prétextes pour Patricia, puis se garait quelque part, revenait en douce, par des chemins détournés, des raccourcis, traversant la forêt. Des odyssées, qu'en Pénélope attentive, elle écoutait jusqu'au bout avant de le déshabiller.

Elle avait vite compris que la vraie transgression consistait moins dans le fait d'avoir un amant que dans celui d'être en même temps une jeune mère. Malgré l'effondrement des vieux empires, la cocaïne à la télé, les émissions de Mireille Dumas, certains tabous traversaient les âges. Cécile se sentait moins coupable vis-à-vis de Laurent que de Maxime. À lui, donc, la plus-value que le remords apportait à l'amour maternel. À Laurent revenait une considération neuve, une indulgence, un attachement lavé des rancœurs quotidiennes, plus essentiel, plus authentique. Le plaisir, l'excitation que lui procurait Sylvain la rapprochait de son mari, parce qu'elle avait su d'emblée qu'elle ne le quitterait pas. Et cette certitude l'aidait à ne pas trop souffrir d'être heureuse.

Elle préparait les visites de Sylvain, semait dans leur boudoir rudimentaire d'éphémères métamorphoses, bougie parfumée, étoffe tendue sur le crépi lépreux du mur, tapis volant, samovar, turbans de cinéma, mille et une nuits américaines et puis, avant le retour de Laurent, escamotage des accessoires, retour des sacs de plâtre et des pots de peinture, rétablissement du désordre.

Il n'y avait pas que l'amour recommencé. C'étaient aussi des jeux d'enfance et des déguisements, des mots idiots pour eux seuls, des pensées, des pages lues, une provende pour les heures sans lui, que le secret rendait plus profondes. L'adultère lui était apparu d'emblée – mais aussi plus tard, dans sa si longue absence – moins comme un mensonge que comme un double-fond. Truqué, le quotidien devenait un spectacle. Rien n'allait de soi. Il y avait une ombre au joli tableau de leur vie, qui lui donnait du relief.

Elle ne ressentait pas les impatiences abondamment décrites dans les livres où s'encanaillaient les bourgeoises. Son aventure à elle l'embourgeoisait au contraire. Son aventure fit comprendre à Cécile qu'elle n'était pas une aventurière. Elle n'aurait rien quitté pour son beau quincaillier. Rien renié. Au plus fort de l'exultation, alors qu'une heure plus tôt il s'était disjoint d'elle, alangui, renâclant à la séparation, elle songeait au menu du soir et offrait à la boulangère une conversation parfaite, sans lapsus, sans silence. Aucun soupçon. Vinteuil n'y avait vu que du feu sans fumée.

— J'adore le potimarron, dit-elle.

*Tandis qu'elle scrute l'écran de son ordinateur, où se déroule une scène de rue dystopique, Chloé discerne dans les reflets scintillants la silhouette de Corentin. On devine, à la légère fixité de son regard, que la jeune femme exagère sa concentration et affecte une indifférence toute professionnelle vis-à-vis de son presque supérieur. Mais on comprend aussi, à l'éclat de ses prunelles et au regard qu'elles lui lancent à la dérobée, que leur relation a évolué. Que, du moins, ses sentiments à elle sont moins tranchés. Mais faut-il parler de sentiments ? Le cadrage serré, suggestif, laisse planer la question, dont le flou élégant qui nimbe l'open space, souligne la complexité.*

— Ça avance ? demanda Corentin en ne posant pas la main sur l'épaule de Chloé.

Mais elle eut le temps, dans l'écran, de deviner son hésitation, l'influx contrarié qui avait parcouru son avant-bras, un instant suspendu au-dessus d'elle. Elle ôta son casque.

— Tu disais ?

— Je me demandais si on pourrait se prendre un verre, s'enhardit-il platement.

À trois heures, Ludivine la regarda sans sourire avant de se replonger dans quelque chose.

— Ça avance, mais il y a beaucoup à décrire, répondit Chloé. C'est une série contemplative, peu de dialogues, de grandes errances dans les rues détruites. Ça doit faire chier les jeunes, non ?

— Ça cartonne dans notre segment et jusqu'à quarante-cinq.

— Je te parlais des jeunes.

— Moi aussi.

Elle sourit.

— Pourquoi pas.

— Quoi ?

— Le verre.

Cette fois, il la lui pressa. L'épaule. Ce fut rapide mais puissant, presque douloureux. Elle avait toujours eu les épaules sensibles, inutilement innervées. Au point que les bretelles de ses débardeurs lui pesaient presque. Son téléphone sonna.

— Désolée, dit-elle. C'est ma mère.

Elle se leva pour répondre ailleurs, il n'y avait pas vraiment d'endroit. Sa mère ne l'avait *jamais* appelée au boulot. C'était forcément grave. Et pourquoi avait-elle justement oublié aujourd'hui de mettre l'appareil sur silencieux ? La thérapeute affirmait qu'il existait des signes, des espèces de pressentiment. Chloé en avait toujours été convaincue. Elle trouva un coin, non loin des toilettes. Elle répondit.

— Maman ? Qu'est-ce qui se passe ?

Elle capta le grondement qui accompagnait toujours, pour une raison inconnue, les coups de fil de sa mère, comme si celle-ci déplaçait des meubles sous l'eau.

— Chloé, je suis désolée, je ne voulais pas...

Quelque chose l'alarma, dans le ton de Véronique. Elle se rappela soudain qu'elle avait pris la décision de ne plus communiquer avec ses parents pour le moment mais cette mesure lui parut complètement absurde, incompréhensible. Sa mère poursuivait :

— Je comptais juste laisser un message. Je ne pensais pas que tu décrocherais.

— Je t'écoute, maman. Je suis au boulot mais je t'écoute.

S'entendant parler, elle mesura que sa réponse pouvait sonner comme un reproche alors qu'elle se voulait bienveillante. Non, pas bienveillante. Tendre. Elle avait eu un élan de tendresse pour sa mère. Mais celle-ci, maintenant, semblait embarrassée, incapable de lui servir le discours qu'elle avait préparé pour son répondeur. La tendresse se dissipa.

— C'est à propos de… tu sais ?

Ludivine passa dans le couloir alors qu'elle n'avait strictement aucune raison de l'emprunter et lui adressa un regard compatissant, très déplacé.

— Non, comme ça, je ne vois pas.

— À propos de ce fameux secret.

Chloé n'aima pas du tout le « fameux », vieil adjectif plein de distance, qui sentait la soupe refroidie. Mais elle attendit la suite.

— Il y en avait bien un, murmura Véronique.

Chloé ne saisit pas tout à fait, perturbée par l'imparfait. Il y en *avait*. Quand ? Sa mère se mit à expliquer qu'elle ne pouvait pas lui en parler au téléphone, mais qu'elle était prête à tout lui révéler. Les murs ondulèrent et Chloé comprit qu'au fond, elle avait toujours souhaité qu'il n'y eût rien à dire. Elle aurait voulu voir ses parents résister, persister dans leur être éternel, se montrer insensibles à ses récriminations, fermes comme le torse bombé de son père quand elle le rouait de coups de poing, au temps béni des grosses colères.

— J'arrive, dit-elle.

— Non, surtout pas. Je veux dire, pas à la maison. C'est… ton père n'est pas au courant.

— Chez moi, alors ?

— Mais tu es au travail, ça peut attendre ce soir.

— On se retrouve chez moi dans une demi-heure.

Ton père n'est pas au courant. C'était pire que tout. Elle passa, en enfilant son manteau, devant Corentin médusé.

— Une urgence. C'est très grave.

À cette heure insolite, le métro puait différemment. Tout différait. Combien d'heures avaient-elles été ainsi arrachées à sa vie, depuis toujours ? Tant d'heures interdites, où il se passait quelque chose ailleurs et auxquelles on n'avait accès qu'au prix d'une bonne angine, d'une fièvre, et alors sa mère venait la chercher à l'école, un peu comme aujourd'hui, la maladie opportune leur offrait un temps tout neuf. De quoi devait-elle s'apprêter à souffrir ?

Véronique l'attendait devant son immeuble, pâle et rétrécie. Elles échangèrent des mimiques hésitantes, Chloé composa le code et, dans l'ascenseur, elles ne se parlèrent pas. Tout continua d'être anormal ensuite, leurs gestes, leurs déplacements gênés dans l'espace étroit de l'appartement, Chloé ne fit pas bouillir d'eau, Véronique posa son manteau sur la table basse et grasse de margarine mal essuyée, elles restèrent debout, pas exactement face à face.

— Tu ne t'en souviens pas, se lança Véronique. Quand on vivait à Vinteuil, il y avait un jeune homme. Il tenait une quincaillerie.

Plus tard, bien sûr, le soir même, elle comprendrait qu'en commençant ainsi l'histoire, elle la faisait dérailler d'emblée. Que dès les premiers mots, elle avait menti. Involontairement, oui, oui, bien entendu. Au fond d'elle, son plan était prêt. Disons qu'il commença de s'exécuter sans qu'elle fût tout à fait consentante.

Chloé sentit qu'elle ouvrait la bouche tandis que ruisselait en elle un flot de lumière liquide. Un baume, de la magie parfumée qui cautérisait tout. Sa mère parlait toujours comme un vieux livre scolaire. Elle disait *jeune homme* et *tenir une quincaillerie*, comme au temps où le monde était bien rangé. Mais Chloé avait grandi et elle comprenait, maintenant. Elle comprenait tout, absolument tout. Elle fit un pas en avant, vers sa mère. Vers le visage étonné de sa mère.

— Maman, chuchota-t-elle, étranglée.

Puis elle la prit dans ses bras et la serra horriblement fort, lui broyant le squelette. Épouvantée, Véronique chercha son souffle. Que se passait-il au juste ? Elle tenta désespérément de comprendre ce qu'avait compris Chloé. Elle y parvint, mais un peu trop tard, et non sans avoir aggravé le malentendu.

— Il est mort, poursuivit-elle, dans un accident de voiture.

Chloé desserra son étreinte et recula, une main sur la bouche, les yeux arrondis. Véronique se mordit les lèvres tandis que sa fille, après avoir trébuché sur la table basse, s'affaissait dans un fauteuil feng-shui.

— Tu ne l'as jamais dit à papa.

Il y eut ces quelques secondes au cours desquelles Véronique savoura ce qu'elle voyait dans les yeux de Chloé. De l'adoration pure. Était-ce la première fois de leurs vies ? Certainement. Ou alors les précédents remontaient à la préhistoire, avant que tout ne soit gâché. Si elle se tut un instant, ce ne fut pas parce qu'elle hésitait, mais pour savourer le regard de Chloé. Sa décision se prit donc toute seule.

— Non, répondit-elle. Jamais.

Elle fut soudain certaine que ce qui se passait à cet instant, Cécile l'avait prévu. Prémédité. Ses aveux de la veille étaient un cadeau. Elle lui avait offert, avec son secret, le droit d'en disposer librement.

Jamais Chloé ne l'avait autant regardée. Avec un tel, oui, un tel respect. Ou était-ce du soulagement ? Dans les yeux de sa fille, en ce moment, Véronique était tout sauf une femme coincée.

— Je veux que tu me racontes, ordonna Chloé. Tout. Comment vous vous êtes rencontrés, où vous vous retrouviez, où j'étais pendant ce temps. Tout absolument tout.

— Ça risque d'être un peu long, s'affola Véronique en songeant aux mamelons dardés de Cécile.

— J'ai tout mon temps, répondit Chloé. Ça fait trente ans que j'attends ce moment.

Et, finalement, elle fit bouillir de l'eau.

Gérard se dévissait le cou, façon périscope, au-dessus du mur du cimetière. Il avait repéré la Twingo de Patricia garée dans le parking et s'efforçait d'apercevoir la femme de ses rêves, penchée sur sa stèle habituelle. D'habitude, tout se passait bien, il suivait à pied l'avenue Pasteur, mini-boulevard de ceinture fréquemment empruntée par des camions dont le souffle lourd le décoiffait au passage. Dans ces moments, il avait l'impression d'être un *hobo*, comme dans les vieilles chansons folk américaines qu'il aimait bien, des types qui gueulaient en tapant sur leur vieille guitare. Ensuite il bifurquait dans une ruelle sans nom, idéale et providentielle car elle longeait le mur sud, moins bien entretenu et qui s'affaissait par endroits, offrant de beaux points de vue sur les tombes. Le bitume s'écaillait sous ses pas. Les jours de pluie, une boue noire affleurait dans les failles.

Mais aujourd'hui, quelque chose clochait, comme disaient les romans policiers de Lucette. Patricia n'était pas avec sa famille. On distinguait tout de même des fleurs fraîches et le marbre luisait comme l'émail dans la salle de bains de Gérard, après le passage de son aimée. Aucune trace d'elle. Aucune trace de personne, d'ailleurs. Il se demanda si l'habitude d'honorer les morts n'était pas en train de se perdre. Il n'allait jamais visiter les siens, observa-t-il mais, du vivant de ses parents, il avait déjà reçu, de leur part, sa dose de silence.

Scrutant mieux il entraperçut une tache colorée, plus loin, sous un chêne. C'était elle, sa doudoune mauve.

Son ventre se serra, comme avant d'ouvrir un cadeau. Il décida d'être un peu normal et de passer par la grande porte.

Elle ne l'entendit qu'au dernier moment. Juste avant qu'il ouvre la bouche pour la saluer. Ce n'était pas faute d'avoir bien raclé le gravier avec ses godillots, afin de signaler son approche. Il détestait l'effrayer. Mais elle était plongée dans quelque chose de très profond, de très ancien. Tandis qu'elle se retournait, il lut sur la pierre : Cédric Henriet, 1972-2013. Pas si ancien, en fait.

— Vous savez, Gérard, si vous voulez m'accompagner au cimetière, je peux vous emmener en voiture, ce n'est pas la peine de vous taper tout le chemin à pied pour me reluquer en douce.

Elle souriait. Il fut ravi de n'être pas grondé.

— Moi, je vous reluque ? Je viens vous dire bonjour et voilà comment on m'accueille !

— Vous me reluquez par-dessus le mur. Vous croyez que je ne vous vois pas ?

Il s'assit sans façon sur une dalle voisine. Maintenant qu'elle en avait parlé, il dut s'avouer que la marche le fatiguait plus qu'autrefois.

— Qui c'est ? demanda-t-il en désignant l'inscription, d'un mouvement de menton.

— Cédric ? Mon premier amour. On était ensemble au lycée.

— Qu'est-ce qui lui est arrivé ?

Elle agita les mains en direction du ciel.

— Lymphome. Vous savez, l'usine. Il a travaillé dix ans à la production. Je l'avais mis en garde.

Gérard eut pitié. Il ne dit rien.

— C'est l'avantage de vieillir, sourit Patricia, j'ai plein de copains, ici, je viens leur faire un petit coucou de temps en temps.

Pas de temps en temps. Tous les jours. Il continua de ne rien dire, imaginant Patricia et Cédric, au temps du lycée. Il calcula. La fin des années 80. La mort de ses parents. Était-elle avec lui quand l'accident avait eu lieu ? L'avait-elle quitté juste après ?

Ils cheminèrent côte à côte dans la nécropole. De loin en loin, elle désignait une concession et lui parlait de son occupant. Il s'agissait le plus souvent de quelqu'un comme lui, un pauvre bougre chez qui elle venait faire le ménage ou la cuisine, un assisté, un perdant. Elle parlait d'eux avec beaucoup de douceur, lui racontant des anecdotes. La singularité des êtres lui apparaissait apparemment comme un cabinet de curiosités et il comprit qu'elle s'y promenait sans le moindre a priori, récusant implicitement l'idée de norme. Il avait connu un garçon dans son genre, qui bossait en psychiatrie, pour qui l'humanité consistait en une mosaïque de symptômes plus ou moins visibles mais toujours intéressants.

— Alors c'est vrai, vous allez habiter chez Mme Deshayes ?

Il ne savait pas trop encore, pensait que oui, avait dit oui, d'ailleurs, mais hésitait, tenant à son indépendance. La vérité, c'est qu'il ne voulait pas perdre son moment d'intimité hebdomadaire avec Patricia. S'il ne salissait pas consciencieusement son terrier, elle n'y mettrait plus le nez.

— J'y passerai des nuits et une partie des journées, mais je rentrerai chez moi très souvent.

Voilà, c'était une bonne réponse. Que Patricia ne se figure pas qu'il désertait, qu'il renonçait à leur vie.

— C'est une très bonne idée.

— J'ai rencontré ses belles-filles. Elle a peur d'elles.

Patricia ne fit aucun commentaire. Comme ses genoux le tiraient, il pensa au garage de Lucette.

— Vous croyez qu'elle me laissera conduire sa voiture ?

De façon tout à fait inattendue, la question sembla la mettre en colère. Elle s'immobilisa, au milieu d'une allée. Au loin, sur l'avenue, deux camions se croisèrent.

— Gérard, vous n'envisagez pas sérieusement de conduire avec tout ce que vous buvez ?

Il voulut se récrier, emplit ses poumons, mais elle ne le laissa pas faire.

— Mon frère est mort comme ça. Il picolait, il ne mettait pas sa ceinture. Vous vous rendez compte ? Quand il est mort, il n'avait pas mis sa ceinture. Sa cage thoracique a été enfoncée. Ses côtes lui ont percé les poumons. C'est ça que vous voulez, Gérard ?

Finalement, il y aurait eu droit, à son engueulade. C'était sa faute. Il ne pouvait jamais se taire suffisamment. Elle marchait plus vite, maintenant, vers le parking, dans l'intention de regagner sa Twingo. Elle ne paraissait pas nourrir le dessein de le raccompagner au centre-ville.

— Je ne bois pas tout le temps, nuança-t-il faiblement.

— Encore heureux.

Il ne put supporter l'idée qu'elle le plante ainsi, au milieu du cimetière. Elle était si rarement en colère. Qu'est-ce qui lui avait pris, à lui, de parler bagnole ?

— Attendez, geignit-il en la retenant au moment où elle allait franchir le portail.

— Quoi ?

— Vous ne m'avez jamais vraiment raconté...

— Quoi ? répéta-t-elle sur un autre ton.

— L'accident ?

— Lequel ?

Elle s'était empourprée. Ferme ta grande gueule, Gérard. Qu'est-ce que tu t'imagines ? Tu es psy maintenant ? Elle va te confier ses peines ? On raconte sa vie à un mec qui vous accueille à poil ? Il avait tenté plusieurs fois d'aborder ce dernier point avec elle, de lui expliquer que sa phase d'exhibitionnisme était terminée, qu'il ne comprenait pas lui-même ce qui lui avait pris, que l'alcool, la vie avec l'alcool consistait, pour lui, en tout cas en une succession d'épisodes, une suite d'étapes qui possédait sa propre logique. Par exemple, pendant plusieurs mois, il avait ressenti la nécessité absolue de sortir la nuit en forêt, de se planquer dans les fourrés pour tenter d'apercevoir des animaux, des sangliers de préférence. Il connaissait quelqu'un qui s'était offert une caméra infrarouge, une merveille dotée d'un capteur de mouvements, il avait récupéré des images extraordinaires de daims et de lièvres. Bon. Lui n'avait pas les moyens, bien sûr. Il avait failli crever de froid dans ses buissons. Après ça, il y avait eu l'épisode plus classique des voix dans sa tête et puis le besoin impérieux de se foutre à poil dès qu'il entendait Patricia monter l'escalier. Ah, et aussi, il avait arrêté la chasse à peu près au moment où il avait fait sa connaissance. Il avait été un excellent chasseur, patient, discret, minutieux, beaucoup plus efficace avec les animaux qu'avec elle. Enfin, ce qu'il voulait dire, c'est que jamais un animal, à l'époque, n'aurait remarqué qu'il le lorgnait par-dessus le mur du cimetière. Bref. Il fallait qu'il lui explique tout ça.

— Gérard, vous voulez bien lâcher ma manche ? J'ai du boulot.

Oh, bon dieu, comme c'était sec, cette phrase ! Elle ne pouvait pas le quitter ainsi. Il fallait qu'ils reviennent ensemble sur cette cage thoracique défoncée. En réalité, il avait obtenu des renseignements par Lucette. Il savait que Sylvain n'était pas mort sur le coup, qu'il y avait eu cette ultime conversation à l'hôpital, puis le coma. Mais la vieille dame avait laissé entendre que Patricia cachait quelque chose et Gérard s'en était persuadé à son tour. Ils s'étaient promis d'enquêter. Lucette connaissait-elle le détail de la ceinture de sécurité ? Elle ne lui en avait jamais parlé. Gérard, pour une fois, rapporterait du neuf. Mais la colère de Patricia gâchait tout.

Elle parut se calmer, pourtant, en arrivant au parking.

— C'est mon truc, conclut-elle, méditative. Je m'occupe des vivants et des morts.

— C'est très bien, approuva Gérard. Vous continuerez de venir me voir ?

— Quand ?

Il désigna le cimetière, d'un ample mouvement du bras.

— Après.

— Qui vous dit que vous partirez le premier ?

Il baissa la tête.

— Je vous ramène, Gérard ?

— Non merci, c'est gentil. Je préfère marcher.

— À bientôt, alors. Si Dieu le veut.

Elle démarra en souriant.

C'était fou.

Tout s'expliquait. Mais tout, tout, tout.

Chloé n'avait encore jamais éprouvé – elle pouvait le jurer – un tel sentiment de plénitude. D'accomplissement. Sa vie, ses souvenirs, tout baignait dans une lumière lustrale, celle qui s'était déversée, disons, par la bouche de sa mère. L'image était bizarre mais elle s'en foutait, sautillant comme une gosse sur le trottoir de la rue Boulard, son reflet en flèche dans les vitrines, il faisait beau, en plus, sa thérapeute avait accepté de la recevoir en urgence et confirmé que ce tragique adultère constituait très probablement la matrice de ses angoisses.

Sa conviction, d'abord, qu'un danger, pas un danger, la mort, la mort elle-même, planait à chaque instant au-dessus de sa tête, que tout pouvait s'arrêter brusquement, que le moindre coup de fil était susceptible d'annoncer la sinistre nouvelle. Imaginez, imaginez ce qui a pu se passer dans votre tête, dans votre cœur de petite fille le jour où votre mère a appris le décès de Sylvain. Qui l'en a informée ? Le journal ? La rumeur ? Il faudrait que Chloé se renseigne plus précisément sur ce point. Elle n'avait pas posé toutes les questions. Mais, à la limite, peu importait.

Imaginez. Les efforts désespérés de votre mère pour ne rien laisser paraître, pour s'enfermer dans son deuil et faire bonne figure, retourner auprès d'un mari insipide et se condamner à demeurer pour toujours à ses côtés, épouvantable châtiment, sacrifice qu'elle croit inévitable, en souvenir de Sylvain, de leur passion éphémère. Inconsciemment, votre mère aura interprété l'accident comme un rappel à l'ordre. Nous sommes dans une petite ville, Chloé, à la fin du vingtième siècle. Que les amants soient parvenus à dissimuler leur liaison est déjà un miracle. C'est difficile à croire mais possible, faute de quoi vous auriez probablement eu droit à des regards en coin, à des allusions, vous vous seriez demandé pourquoi certaines conversations s'interrompaient brusquement à votre arrivée, dans la charcuterie, par exemple. J'imagine qu'il y avait une charcuterie, dans ce village. Et plusieurs bistrots, bien sûr. Donc votre mère, terrifiée, seule, sans personne à qui confier son secret, pas même sa meilleure amie, Cécile, sa sœur de cœur dont elle redoute le jugement car cette femme, à ce que j'en perçois, est psychorigide, probablement aigrie et frustrée, votre mère se replie sur elle-même, se tait. Mais vous, petite fille précoce, sensible, nerveuse, vous captez tout, bien sûr, vous interprétez comme vous le pouvez les silences maternels, les larmes qui perlent à ses yeux, ses accès de mauvaise humeur. Vous vous figurez que tout est votre faute, vous intériorisez la culpabilité, comme tous les enfants, vous êtes sage pour ne pas décevoir vos parents, vous plaignez votre père ou, pire, vous le supposez, lui aussi, responsable. Vous vous méfiez des hommes, vous intégrez l'interdit, regardez comme redoutable, mortelle, toute incursion hors du droit chemin, vous grandissez dans un climat morbide d'anxiété diffuse, de suspicion, de mystère, d'incompréhension. Cela, je l'ai senti dès que je vous ai vue, dès la première séance. Vous étouffiez sous le poids d'un secret enkysté dans votre âme et qui avait déjà diffusé son poison.

La thérapeute avait beaucoup parlé. Chloé en avait eu pour son argent. Par contre, il n'avait pas été question de mettre fin aux séances. Pas tout de suite. Vous aurez besoin d'être accompagnée, au cours de votre convalescence. Ne croyez pas que tout va se régler du jour au lendemain, par magie. Certes, vous avez fait un pas immense, et votre mère aussi. Mais il reste beaucoup de chemin.

Bon, tant pis. Elle ferait des heures sup. Aucune importance. En attendant, elle avait posé deux jours, pour digérer. Et déjà, plus rien n'était pareil. Cette complicité formidable avec sa mère, ces coups de fil, dix en quarante-huit heures. Ces fous rires. Et surtout cette légèreté générale, plus rien n'était grave. Elle avait passé des heures seule dans son lit à se repasser toutes les scènes d'enfance dont elle se souvenait, à la lumière de ces révélations. Tout s'expliquait tant ! Sa mère avait choisi la voie de la rédemption dans son couple. Chloé se l'était longtemps figurée frigide ou peu intéressée par le sexe – elle le lui avait avoué tout à l'heure, au petit déjeuner, sur FaceTime, Jean-Charles était parti courir avec Laurent – mais en réalité, Véronique avait sacrifié sa sensualité ardente aux mânes du bel amant. L'énergie libidinale s'était muée, avec les années, en une sorte de combustible domestique, alimentant le ronron des routines. Elle avait tout donné pour sa famille, pour expier, mais à quel prix ? Jusqu'à quel point s'était-elle inconsciemment vengée sur sa fille, projetant sur elle toutes sortes d'insatisfactions, lui transmettant ses hantises, la bardant d'interdits.

Alors oui, bien sûr, ils avaient voyagé, vu des pays, coché toutes les cases du bonheur bourgeois, offert à tous l'image lisse de la réussite, sourires, complicité des parents, triomphe de la facticité.

Vous avez bien fait de venir me voir, avait conclu la thérapeute, laissant entendre que Chloé, dans ce contexte, n'était pas passée loin du pire.

Et Maxime ? Maxime constituait un avatar symbolique de l'homme inaccessible, assumant toutes les identités, le frère, le mari, l'amant, le double fantasmatique et décevant.

Oui. Chloé, sans tout comprendre, trouvait que c'était exactement ça.

Sans compter qu'il n'était pas fiable. Elle lui en voulait encore d'avoir parlé à Cécile sous prétexte que ces deux-là étaient incapables d'avoir des secrets l'un pour l'autre. Maxime, l'enfant chéri de sa maman. Chloé, pour le punir, ne lui expliquerait pas de sitôt son bonheur. Elle se contenterait de l'exaspérer par ses sourires mystérieux. Comme une gamine, encore une fois. Mais elle avait bien le droit, non ? La mort de Sylvain l'avait privée de son enfance. Parfaitement. Et du reste aussi, en somme.

Sylvain. Elle essaya de l'imaginer, s'habituant comme à une eau glaciale aux images de sa mère jeune dans les bras de ce garçon plus jeune encore. Naturellement, Véronique n'avait pas consenti à lui livrer de détails trop intimes et Chloé lui en était reconnaissante – elle n'était plus que reconnaissance, d'ailleurs, pour sa mère et pour l'univers en général – mais ses fantasmes flamboyaient, depuis la veille. Ce Sylvain, donc, à quoi ressemblait-il ? Véronique n'en avait pas fourni de portrait précis, insistant plutôt sur ce qu'elle appelait sa face sombre. L'alcool. Elle savait qu'ils se voyaient à la sauvette, chez lui, dans le logement qu'il possédait au-dessus de la boutique. Jean-Charles aurait dit qu'on se serait cru chez Zola. Véronique était une héroïne populaire, troussée dans une arrière-cour. (Chloé n'était plus très sûre, mais il lui semblait qu'on en trouvait effectivement chez Zola.) C'était inexplicablement excitant.

Marchant au hasard et au pas de charge, elle se retrouva soudain rue Claude Bernard, devant la vitrine d'une boutique spécialisée dans les nouvelles mobilités électriques. Elle y contempla son visage souriant au travers duquel transparaissait celui, agréablement surpris, du gérant, un trentenaire à barbe nette. Elle imagina cette barbe dans son propre cou, y promenant des chatouillis lascifs, puis elle sortit son téléphone et appela Corentin. Tandis que s'étiraient les sonneries, elle longea une autre vitrine offrant des photos de studios deux pièces, plutôt mieux que le sien, pourquoi ne pas déménager, un de ces quatre, la vie avait de l'avenir et Corentin décrocha.

— Je te dérange en plein boulot, l'informa-t-elle.

— Pas de souci. Tu vas bien ?

Jean-Charles détestait cette formule, pas de souci, qui, selon lui, infestait tout à la façon des frelons asiatiques, dévorant les anciens vocables, plus précis, plus patrimoniaux, les de rien, les qu'importe et les je vous en prie.

— Je vais hyper bien.

Cette inflation du vocabulaire ! Ces préfixes boursouflés !

— Dans ce cas, on pourrait peut-être reparler de ce verre.

— Le verre ?

— Le verre que je t'ai proposé de prendre avec moi.

Elle mesura soudain que l'attirance qu'elle éprouvait pour Corentin était, pour l'essentiel, d'ordre syntaxique. Elle aimait ses subordonnées relatives bien construites. Cette science de la phrase complexe supposait un passé studieux de petit garçon attentif, à lunettes – elle savait qu'il avait subi une opération de la myopie, il ne manquait jamais une occasion de rappeler qu'on lui avait ôté, disait-il, deux rondelles d'œil – et, contrairement à ce qu'elle savait de l'imaginaire fantasmatique des autres filles, Chloé raffolait des *good guys*, des premiers de la classe. La brillantine et les chemises bien repassées stimulaient davantage sa créativité charnelle que les blousons de cuir ou les casquettes racaille. Elle préférait Clark Kent à Superman.

— J'avais une meilleure idée.

Elle se trouvait à présent au bout de la rue Rataud, sans vitrine où se mirer, sans autre perspective qu'un morne alignement d'immeubles mal gentrifiés portant encore les stigmates de diverses époques sans goût ni couleur, dont l'esthétique faisait naître des images de planification quinquennale et de longues réunions. Au beau milieu du trottoir gris, des arbrisseaux suffoquaient dans leurs jardinières. Corentin attendait la suite.

— Ça te dirait de me rejoindre ? proposa Chloé en roulant légèrement les r à la manière affriolante d'une chroniqueuse de France Culture.

Elle se mordit la lèvre inférieure, espérant qu'il lui épargnât l'ennuyeuse partie du dialogue où s'aligneraient les embarras de rigueur. Elle supposa qu'il avait bien compris que son offre ne souffrirait ni délais ni aménagements, que c'était maintenant et que rien d'autre n'importait. Un coup d'œil sur sa montre – il faudrait qu'elle s'achète une autre montre – lui confirma que, compte tenu des délais incompressibles qui s'imposeraient à Corentin, elle avait le temps de rentrer chez elle, de revêtir une tenue adéquate – elle songeait à sa salopette marron – et peut-être de changer les draps.

— J'arrive, dit Corentin.

— Tu conduis comme un dieu, Gérard.

Il se rengorgea. Lucette avait raison, bien sûr, mais il fallait humblement reconnaître que la perfection de cet instant triomphal tenait surtout à l'extraordinaire automobile du mari mort.

Gérard était parvenu, quelques jours plus tôt, par un jeu d'allusions voilées et d'habiles digressions à faire rouler leurs conversations sur la voiture, dont Lucette lui avait indiqué sans hésitation la marque et le modèle : une Mercedes-Benz type 123, de 1981. À la surprise de Gérard – il se demanda plus tard pourquoi exactement il était surpris – la vieille dame l'avait fait entretenir avec dévotion dès les premiers moments de son veuvage. Elle ne la conduisait jamais, certes, et rechignait même à confier le volant à ses fils, mais prenait rendez-vous chaque année au garage pour ce qu'elle appelait la *visite*, et qui, de fait, prenait la forme d'une inspection à domicile du véhicule par Edouard Charpie, le garagiste historique, lequel avait bien connu M. Deshayes et pouvait se prévaloir d'avoir toujours mérité sa confiance exigeante. Charpie n'était plus tout jeune mais il auscultait les soupapes avec la même rigueur que jadis, à la façon d'un accordeur de piano ou d'un médecin, attentif à la moindre irrégularité rythmique, actionnant les pédales pour moduler savamment les ronronnements du moteur. Il exécutait, à l'aide de clés idoines, de graves quarts de tour, dosait l'huile au millilitre et hochait souvent la tête. Après quoi, il acceptait une prune au salon et commentait avec Lucette les derniers avis de décès.

Gérard n'avait eu aucun mal à obtenir l'autorisation de conduire la Merco. À vrai dire, c'est Lucette qui lui avait timidement demandé s'il consentirait à l'emmener en promenade. Familier des processus métaboliques qu'initiait toujours chez lui l'arrêt brutal de l'alcool, il avait sollicité deux jours de délai, le temps que s'apaisent les secousses, les tremblements, les accès de cafard et les obsessions surprises – phobie du marron, fringale de pommes noisettes –, et s'était présenté propre, vêtu de frais – veste en velours côtelé sur chemise western repassée par Patricia –, impatient d'embarquer.

D'un commun accord, ils s'étaient d'abord transportés, en grande cérémonie, sur le théâtre des deux sorties de route qui avaient décimé la famille Bertin. Nerveux, la gorge sèche et l'aisselle humide, Gérard avait finalement, avant de déverrouiller la porte du garage, puisé un peu de courage dans une discrète gorgée de schnaps. Il avait exécuté une marche arrière exemplaire, veillant à ne pas écraser Lucette qui attendait, raide et pomponnée, qu'il l'aide à s'installer à sa droite. La traversée de Vinteuil à bord de l'antique véhicule fut un véritable triomphe romain, Gérard s'attardant à toiser au passage mais sans se laisser distraire, ceux-là mêmes qui, d'ordinaire, lui accordaient à peu près la même attention qu'à un corps flottant dans leur humeur vitrée.

Ils remontèrent l'avenue Joffre, patientèrent au feu dans la mélodie bien huilée des cylindres, cédèrent généreusement la priorité à d'obscurs tacots malodorants, laissèrent loin derrière eux le cimetière, longèrent l'usine désaffectée dont les murs moribonds s'étaient au fil des ans couverts d'imprécations et d'oracles périmés, et prirent au rond-point la direction d'Évreux.

Le ciel déclinait ses nuances de gris, offrant aux longues branches des chênes un fond avantageux qui les couronnait d'une lumière moderne et chic de galerie branchée. C'était fort beau à voir et ils s'en firent la remarque avec une émotion intensifiée par les notes des variations Goldberg qui sourdaient d'invisibles enceintes. M. Deshayes n'écoutait rien d'autre et Lucette ne savait même pas comment on retirait la cassette du lecteur. Laisse, avait dit Gérard, laisse, c'est parfait.

Ils firent halte un peu après le hêtre, sur la berme noire et meuble. En s'éteignant, le moteur produisit un silence humide, traversé de croassements. Gérard aida Lucette à descendre puis lui tendit sa canne. Même coiffée d'un chapeau de pluie, elle culminait au niveau de l'épaule de Gérard. Ils procédèrent précautionneusement jusqu'au tronc sanguinaire qui ne présentait aucun stigmate des drames et, avec un bel ensemble et deux grimaces semblables, levèrent les yeux vers les frondaisons.

Gérard s'y connaissait peu en arbres, mais il fut bouleversé par l'altitude de celui-ci, par sa solennité multiséculaire, par sa musculature d'assassin placide. Combien de malheureux avait-il arrêtés dans leur course, consacrant sans effort, sans bouger, la victoire du bois sur l'acier, de l'antique forêt sur la vaine agitation humaine ? À son pied, on comprenait mieux l'efficacité de sa position, au bout d'une ligne moins droite qu'il n'y paraissait, traîtreusement incurvée dans le bout, exigeant du conducteur mystifié par les délices de l'accélération une soudaine attention, une prudence inopinée, un réflexe désespéré.

— Paf, dit Lucette.

Gérard acquiesça, flattant d'une paume hésitante les nœuds indestructibles. Ils méditèrent un peu puis reprirent la route.

— C'est bientôt mon anniversaire, annonça Lucette.

Il devina, dans l'extrême périphérie de son champ visuel, le petit regard navré qu'elle lui adressa.

— Félicitations, risqua-t-il prudemment.

Comme elle ne répondait pas, il tourna plus franchement la tête dans sa direction et la vit contrariée, presque boudeuse.

— Mes fils et leurs femmes se sont invités pour fêter ça.

Il ne répondit pas, se concentrant sur une fourgonnette artisanale ou agricole que la Mercedes rattrapait dangereusement. Il réduisit la vitesse, d'un imperceptible relâchement de sa voûte plantaire. Le tableau de bord, d'un futurisme suranné, était saturé de voyants et de mystérieux modules où vacillaient des aiguilles.

— On dirait que ça ne te fait pas très plaisir.

Les sinuosités de la route tuant tout espoir de dépassement, il s'installa dans le sillage de la camionnette dont le hayon mal arrimé menaçait de s'ouvrir pour déverser sur eux des monceaux crasseux. Il ralentit encore.

— Bien sûr que non, s'irrita-t-elle. Depuis quelques années, mes anniversaires ressemblent à des hommages funèbres.

Elle raconta les diapositives, les anecdotes refroidies, figées dans leur jus, les chansons censées l'émouvoir alors que ses brus avaient des voix de pies, les gâteaux indigestes et les bougies bien comptées. Chaque année, Lucette guettait les signes d'éventuels désaccords dans les ménages, les prémices de contentieux, annonciateurs de divorces, de déchirements jubilatoires, mais rien, pas une lézarde dans ce stuc matrimonial, ces sourires de façade. Ils se donnaient du bichette et du choupinet, se bécotaient en dressant la table, gloussaient au contact de leurs mains baladeuses.

Gérard convint que c'était assez dégoûtant.

— En tout cas, j'ai hâte de voir ça ! dit-il.

Elle le dévora du regard, jusqu'à la dernière miette.

— C'est vrai ? Tu seras là ?

— Si tu m'invites.

Une ligne un peu droite s'offrant soudain, il déboîta virilement, sans oublier d'actionner le clignotant qui, par un doux miracle technique, souligna le rythme de Bach. Gérard ne put s'empêcher de dévisager le conducteur de la fourgonnette, qui figurait une sorte d'allégorie de la médiocrité, son double en somme, oui, c'était lui-même qu'il doublait dans cette cascade contrapuntique.

— Bien sûr que oui ! s'exclama Lucette. On va rigoler.

Une idée traversa Gérard. Incertain de sa pertinence, il préféra ne pas hésiter.

— Et Patricia ?

— Quoi, Patricia ?

— Si on l'invitait aussi ?

Le on lui avait échappé. Sa mâchoire se crispa tandis qu'il avalait les virages sans freiner, deux doigts posés sur le volant. Quand il osa enfin regarder Lucette, elle souriait.

— Tu es vraiment fou d'elle, hein, Gérard ?

Ainsi formulée, l'évidence le contraria. Moins l'évidence que le sourire qui l'accompagnait, l'enveloppant de tristesse. Ou alors c'était l'âge de Lucette, il n'aurait pas dû parler de Patricia dans ce contexte d'anniversaire, bref, ça n'allait pas. Il aurait mieux fait d'hésiter, finalement.

— J'apprécie beaucoup Patricia, oui, répondit-il sèchement. Elle… elle est dans ta vie, dans nos vies depuis longtemps, je ne sais pas, j'imagine qu'on pourrait la considérer comme une amie. Il y a les normes sociales, bien sûr…

— Est-ce que tu as encore des érections ?

Il pila. Des mécanismes se déclenchèrent, qui parvinrent à modérer les effets de la décélération et à éviter le dérapage. Par bonheur, la route était sèche.

— Enfin, Lucette !

Elle riait, maintenant, comme la bossue qu'elle était, secouée sur le cuir de son siège, émettant de curieux couinements. Dépliant un large mouchoir, elle s'essuya les yeux et se moucha.

— Tu sais que dans sa jeunesse, c'était une sacrée coquine, ta Patricia.

— La question n'est pas là, je...

— Bien sûr qu'on va l'inviter. J'imagine déjà la tête de mes brus.

Rasséréné, Gérard prit à gauche et changea de sujet.

Jean-Charles peinait à respirer. Assis sur le haut tabouret de la cuisine, il contemplait Véronique, assise en face de lui, séparée de lui par la largeur infranchissable de la table, dont la surface luisante lui renvoyait son propre reflet, trouble et dépeigné. Au plus fort des tempêtes mentales, il avait besoin de contempler son image, moins par narcissisme que par superstition, persuadé qu'en s'infligeant le spectacle de sa déchéance, il en ralentissait le cours. Le choc, cependant, ne l'avantageait guère, creusant les ombres et durcissant les méplats du front. Il ressemblait à un vieux prof, sévère et fou. Non, en fait, il avait l'air égaré de son beau-père à l'Ehpad. Ce même affaissement stupéfait de la mâchoire, cet œil palpitant et pleurnichard, ces oreilles trop grandes.

— Je ne comprends pas, répéta Véronique. L'autre jour, c'est toi qui voulais...

Il l'interrompit en agitant sa main de vieillard. Oui, bien sûr, l'idée venait de lui. Inventer une histoire pour Chloé, absolument, il était responsable. Il plaidait coupable. Mais ce que venait de lui raconter Véronique l'avait inexplicablement *dévasté*. Il détestait ce terme. Une facilité mélodramatique. Cependant, il fallait bien le reconnaître, le chromo convenait. De toute façon, il n'était pas d'humeur à chercher ses mots. Dévasté, oui, en ruine, gangrené par le néant, et quantité d'autres niaiseries outrancières.

— Enfin, Jean-Charles, ce n'est pas *moi* qui ai pris un amant !

Il en convenait aussi. Il ne prétendait nullement, d'ailleurs, expliquer sa dévastation. L'histoire de Cécile, la mort de Sylvain, tout ce passé l'avait retourné comme un champ de betteraves.

— Tu te rends compte, balbutia-t-il, le pauvre Laurent !

Oui, voilà, il avait mis le doigt sur sa peine. Laurent. Il éprouvait pour son vieux camarade une pitié, une miséricorde bouleversée, dont il ne démêlait pas bien les causes profondes et encore moins les implications. Mais Laurent, le pauvre Laurent, était cocu.

— Personne ne dit plus ça, ricana Véronique. Et c'était il y a trente ans ! Tu m'étonneras toujours.

Il hocha la tête, se secoua, s'abîma de nouveau dans la consternation, chercha autour de lui quelque chose, un point d'appui, des preuves matérielles d'il ne savait quoi, revint à Vinteuil, les yeux dans leur reflet, fixant sa tête de vieux. Véronique patienta. Elle sirotait un thé fumé qui fleurait l'incendie mal éteint.

— Mais donc, reprit-il, dans un effort de méthode similaire à celui du hamster retournant dans sa roue après s'être accordé une pause. Mais donc, Chloé est persuadée que c'est *moi* qui suis...

— Cocu ?

— Nom de Dieu... Tu aurais pu me demander mon avis.

— Je te répète que ça s'est fait comme ça. C'est parti sur un malentendu.

Il se tourna légèrement, observa le sol, jaugea la distance qui l'en séparait, doutant de son aptitude à garder l'équilibre. Il finit par renoncer à faire les cent pas et demeura perché sur son tabouret.

— Franchement, reprit Véronique qui avait eu plus de temps que lui pour réfléchir, tu as le beau rôle, non ?

— Tu trouves ?

— Mais oui ! Moi je suis la méchante, mais comme l'amant est mort, tout est rentré dans l'ordre. Toi tu restes son papa, intact, complètement pur. Son héros.

— Son héros cocu.

Véronique soupira.

— Tu aurais préféré que je ne te le dise pas ? Ce n'est pas mon genre de mentir.

— En effet, je vois ça.

Ce fut elle, finalement, qui sauta sur le sol, avec une énergie très juvénile, très sexy, qui contourna la table et vint se planter devant lui.

— Écoute. Depuis que je lui ai raconté cette histoire, Chloé n'est plus la même. Elle est *heureuse*. Elle m'appelle tout le temps. Elle rit. Elle rit, Jean-Charles !

Ce détail crucial renvoyait à une de leurs dernières discussions portant sur le rire de Chloé, dont ils avaient constaté avec amertume qu'il n'avait plus retenti, en leur présence, depuis des mois voire des années. Enfant, elle s'esclaffait à tout propos, dissipant alors toute angoisse, tout pessimisme. Avant de rebasculer dans l'anxiété.

— Tu es sûre ?

— J'ai revu ses fossettes, Jean-Charles !

Elle lui saisit la main et la serra. Ils communièrent dans l'émotion de ces fossettes.

Puis Véronique déclara solennellement que, s'il le désirait, elle était prête à se dédire. Elle pouvait appeler Chloé sur-le-champ.

Elle attrapa son téléphone, pour lester sa menace.

— Non, soupira-t-il, non, laisse, il faut juste que je m'habitue.

Elle reposa l'appareil et rapprocha son visage de celui de son mari. Elle aussi s'était ridée, mais ses traits conservaient une structure dénotant, selon lui, la fermeté de son âme. Elle avait raison, bien sûr qu'elle avait raison, c'était une femme merveilleuse, leurs lèvres se joignirent et une sonnette retentit.

Celle de la porte d'entrée.

— C'est elle, dit Véronique. Je suis sûre que c'est Chloé.

Il se raidit sur sa chaise et remonta les genoux, comme menacé par une montée de lave.

— N'oublie pas que tu ne sais rien ! chuchota Véronique.

Elle le recoiffa du bout des doigts et parvint à lui redonner forme humaine. Puis elle courut ouvrir. C'était Chloé.

Jean-Charles regagna prudemment la terre ferme et raffermit ses orteils au fond de ses mules. Après quoi, il se dirigea vers le vestibule d'où lui provenaient les voix des femmes de sa vie. Indéniablement, quelque chose avait changé. Il se souvint d'une vieille chanson de Dylan : *Something is happening here and you don't know what it is. Do you, Mr Jones ?* Des années qu'il n'avait plus écouté Dylan. Qu'il n'avait même plus songé à lui. Il se passait, en effet, un truc. Il se concentra. Son rôle consistait à être lui-même. Ce ne serait pas simple.

— Salut ma chérie !

Véronique lui lança un coup d'œil qu'il ne sut pas interpréter. En avait-il trop fait ? Appelait-il Chloé ma chérie, d'ordinaire ?

Regardant mieux sa fille, il se retint de tressaillir. C'était à peine s'il la reconnaissait, bien qu'aucun détail d'elle n'eût véritablement changé. La métamorphose consistait plutôt dans l'agencement de ces détails, dans la somme de ces gestes, dans ce maintien nouveau, inédit, ce redressement du buste. Et qu'est-ce que c'était que cette tenue ? Ces matières modernes qui la moulaient, elle qui raffolait des étoffes souples et préférait, d'habitude, s'ensevelir dans de l'ample ?

— J'ai pensé qu'on pourrait aller courir tous les deux. Je me laisse aller en ce moment. Tu vas me motiver !

Sa voix tremblait. Jamais elle ne l'avait regardé de cette façon. L'avait-elle déjà regardé ? Depuis qu'il avait commencé à vieillir ? Ce regard-là était celui qu'elle lui offrait enfant, un regard amoureux.

— Je me change, chuinta-t-il.

Il disparut dans sa chambre et se mit à sangloter en silence. Bordel de merde, qu'est-ce qui t'arrive, Mr Jones ? Non qu'il fût particulièrement surpris par ses sanglots. Il avait toujours eu la larme facile. Mais d'habitude, il réservait ses pleurs à la fiction. Au cinéma. Aussi bien, ne pataugeait-on pas justement en pleine fiction ? Ou alors il pleurait pour Laurent, son plus vieux pote, nom de Dieu.

En se brossant rageusement les dents – pourquoi se brossait-il les dents avant d'aller courir ? – il se réprimanda. Avait-on idée de chialer comme une chochotte parce que trente ans plus tôt la femme de son meilleur ami avait couché avec un jeune mec ? Que ce jeune mec s'était tué ? Qu'est-ce qu'il y a, Jean-Charles, tu découvres la vie ? La mort ? Le sexe ?

Il cracha.

Oui, en fait, c'était un peu ça.

Bon sang, comment allait-il pouvoir le regarder en face ? Laurent ? Et Cécile ? Au passage, il identifia, dans le faisceau d'émotions qui le fouaillaient, une pointe de dépit. Il s'était toujours figuré que Cécile en pinçait un peu pour lui et il n'aurait pas détesté qu'elle lui fît des avances, pour s'offrir le luxe de les refuser par amour pour Véro. Il avait souvent savouré le regret d'avoir laissé passer cette occasion imaginaire. Au lieu de quoi, au zénith de sa beauté – d'où venait cette expression inepte ? – elle se tapait le quincaillier du village. La maison d'amis. C'était dingue.

— Bon, tu viens ? cria Chloé, comme à l'époque où il l'emmenait à la danse.

Il enfila ses chaussures et surgit au petit trot.

— Dans dix minutes, tu me supplieras de ralentir, lança-t-il.

Quand le silence bruissant du bois les enveloppa, il se sentit brutalement bien. Chloé courait à côté de lui, sans effort apparent. Elle devait s'entraîner. Il la regarda et elle fit semblant de ne pas s'en apercevoir.

— Je sors avec mon boss, annonça-t-elle tout à coup.

C'était la première fois qu'elle lui disait quelque chose d'aussi intime. Il sentit monter la panique.

— Something is happening, and you don't know what it is, bêla-t-il.

Elle le dévisagea, stupéfaite.

— C'est quoi, ce truc ?

— Rien. Une vieille chanson.

Elle s'arrêta net, mit ses mains sur ses hanches. Son visage arrondi par la surprise se modifia soudain. Au milieu de ses joues, les fossettes apparurent.

Puis elle éclata de rire.

— Ah, papa, papa, papa, modula-t-elle.

— Quoi ?

— Rien.

Le bois de Vincennes était idéal pour courir. Il présentait des obstacles adaptés à chaque niveau, du débutant au marathonien. Il possédait une histoire, aussi, une sacrée. Jean-Charles avait pas mal potassé Vincennes. Pour préparer ses parcours mais aussi parce que, de façon plus globale, Jean-Charles potassait. Il parla de l'ancienne université, de Gilles Deleuze, ce mec, on n'y comprenait rien, est-ce que Chloé avait déjà essayé de lire ne serait-ce qu'une page de ce mec ? Une ligne ? Oui ? Menteuse ! Ce que Jean-Charles savait, en tout cas, c'est que Deleuze, Foucault et consorts avaient contribué à forger la fameuse *french theory* qui, maintenant, nous revenait en pleine gueule, racialisme, néo-féminisme. Toutes ces conneries avaient pris racine dans l'humus qu'ils foulaient.

Et Jean-Charles martelait, de ses semelles rembourrées à l'oxygène, la terre originelle, berceau des maux du siècle. Ça le vengeait d'avoir été bombardé cocu.

Essoufflée, Chloé l'interrompit :

— Papa !

Elle n'arrêtait pas de l'appeler papa. C'était un peu agaçant. Pourvu qu'elle ne se mette pas à lui donner des petits surnoms affectueux.

— Oui ? (Il allait ajouter ma chérie, mais se retint.)

— On fait une pause ?

— Une pause ? On vient juste de partir !

Il continua un peu, pour la forme. Le sentier caillouteux, flanqué d'une rampe, escaladait un talus. Il l'attendit au sommet et en profita pour consulter ses performances, sur son portable. Elles s'enregistraient désormais sur Facebook. Christian et Pauline, d'ex-collègues parisiens, likèrent.

— Tu parles toujours autant, quand tu cours ? articula Chloé, cramoisie, penchée en avant, les mains crispées sur ses cuisses douloureuses.

Elle ne s'entraînait sûrement pas tant que ça.

— Non. Tu connais Laurent. Nos joggings ressemblent à des marches funèbres.

Il sautillait sur place, gérant son souffle.

— Et maman ?

— Quoi, maman ?

Il avait beau être de bonne volonté, il voyait mal le rapport entre Véronique et l'un ou l'autre des sujets qu'il venait d'aborder, Deleuze compris.

— Je ne sais pas. Je me demande parfois comment vous vivez.

Elle s'était assise dans l'herbe et s'efforçait d'enrouler une herbette autour de son majeur. Il envisagea de s'asseoir aussi mais, pour une raison qui lui échappa, préféra s'allonger carrément sur le dos, les yeux au ciel. Fallait-il répondre quelque chose ?

— Comment on vit ? Tu le sais bien, comment on vit !

S'entendant parler, il mesura ce que cette phrase recelait de stupidement naïf, dans la bouche d'un mari trompé. Il sursauta quand Chloé s'allongea près de lui et se nicha dans ses bras. Elle sentait la sueur.

— Oh, papa.

Et voilà, nom de Dieu. Elle avait pitié. De tous les sentiments, c'était sans doute celui que Jean-Charles aimait le moins inspirer. D'un autre côté, n'était-ce pas préférable à l'hostilité ouverte qu'ils avaient essuyée à cause de cette foutue thérapie ? Il compara mentalement. Si, c'était préférable. Mais il pouvait quand même se permettre de la titiller un peu. Il n'était pas à sa botte.

— J'ai l'impression que tu vas mieux, observa-t-il finement.

Elle tarda à répondre.

— Ton analyse avance ? insista-t-il.

— Papa !

Si le vocabulaire de Chloé se réduisait désormais à ces deux syllabes, l'avenir s'annonçait lassant.

— Quoi ? Sujet tabou ?

— Non, mais...

— Alors ? Aux dernières nouvelles tu nous réclamais des révélations.

— Est-ce que tu pourrais, de temps en temps, arrêter l'ironie ?

Elle s'était redressée sur le coude, sa tête s'interposant entre le soleil et lui. Malgré le contrejour, il vit ses yeux qui le dardaient.

— Je ne suis pas ironique. Je me renseigne.

— Tu ferais peut-être bien de consulter, toi aussi.

— Moi ?

Il ferma les yeux. Pourquoi pas, après tout ? Il n'était pas moins passionnant qu'un autre. D'un autre côté, foutre son âme à poil devant n'importe qui...

— Tu sais qu'il existe un espace naturiste dans le bois de Vincennes ? se rappela-t-il.

— Non.

Non. Tu parles d'une réponse. Peut-être le problème de Chloé tenait-il à son indifférence au monde qui l'entourait.

— Autrefois, c'était aussi un terrain de chasse royal.

— D'accord.

Ce d'accord exaspérait Jean-Charles. Il l'avait repéré dans la foule des nouveaux tics, vocable affreusement neutre, faussement approbatif, singeant un intérêt de bonne foi, alors qu'il manifestait l'intention de passer vite à un autre sujet. En mutin du lexique, il voulut insister mais il avait oublié la partie de la fiche Wikipédia concernant les chasses royales. Il se contenta de rappeler que, selon la légende, c'était au bois de Vincennes que, sous son chêne, Saint Louis rendait la justice.

Chloé se leva et repartit, à petites foulées pénibles.

Jean-Charles attendit un peu, puis la suivit.

Au moins, elle ne riait plus.

Véronique, enfin seule, passait sa vie au crible neuf que lui avait fourni le récit de Cécile.

Un détail la gênait, qu'elle ne retrouvait pas.

Orpaillant au petit bonheur, elle revisitait les origines. Elle savait bien que les débuts n'apparaissent qu'après coup, dans l'agrégat d'événements avortés, n'inaugurant rien, rencontres oubliées, moments vains, heures inféconthe. Elle n'ignorait pas non plus que les commencements officiels étaient des leurres, le coup des starting-blocks, des départs dans la vie. Tout était plus compliqué, moins noble que dans les récits ultérieurs saturés d'effets spéciaux et d'apparitions, où l'on cligne des yeux à la lumière des coups de foudre.

Par exemple, elle avait souvent croisé Jean-Charles sans le remarquer, c'était au début des années 80, qui n'était le début de rien, plutôt la fin de l'ère Giscard, et encore, elle s'en moquait bien, de Giscard, alors, empêtrée qu'elle était dans les galimatias familiaux, sa jeunesse, dont elle n'avait pas conscience, son désir d'indépendance, son attirance pour des hommes infiniment plus beaux, plus prometteurs que Jean-Charles et qui étaient partis, emportant leurs promesses, ses études entreprises au hasard, sans raison, histoire d'avancer, la comptabilité, pourquoi pas, l'ennui mortel, les premiers salaires, les chansons à la radio, tout cet ordinaire trompeur où elle n'osait penser qu'elle n'avait pas sa place. Il y avait eu cette conjonction des astres, elle avait changé de lunettes, il s'était coupé les cheveux, ils s'étaient vus, souri, revus, bergère et ramoneur, secrétaire et ingénieur. Ça s'était fait.

Elle se rappelait peu leur vie avant Chloé, cette dizaine d'années où leur couple avait acquis sa consistance, et elle son aptitude hors du commun à s'estimer heureuse. En réalité, ce bonheur – ce contentement, mettons – était moins factice qu'il n'y paraissait. L'alacrité rigolote et volubile de Jean-Charles, nourrie par les ridicules de l'époque – qu'il regrettait aujourd'hui – comblait à peu près Véronique en alimentant sa pompe à dopamine. Riant des mêmes trucs et surtout des mêmes gens, ils sautèrent gracieusement dans les canots de sauvetage à chaque naufrage industriel, ramant de concert vers d'autres horizons, explorant les provinces qui devinrent des régions avant de se muer en territoires. Un rien les émerveillait alors, leurs origines sinon tout à fait populaires, du moins pas complètement bourgeoises offrant à leur union un ferment de modestie fantaisiste, débarrassée des maniaqueries de classe, des ambitions aliénantes, obsessionnelles. Ils aimèrent sincèrement les gadgets, les magnétoscopes, les grille-pain, les couteaux électriques, les meubles en kit, les chaînes cryptées. Jean-Charles se passionna pour MS Dos. Il tenait pour une tartufferie la suspicion qu'un certain gauchisme déjà ringard à ses yeux nourrissait à l'égard de la consommation. Il n'était que de songer à l'Afrique, à certaines zones d'Asie, au Caucase, pour se guérir illico de ces préventions puritaines et antiprogressistes. Atterrissant à Vinteuil, ils s'y plurent aussitôt.

Mais la rencontre avec Cécile et Laurent ?

Véronique se concentra. Il y avait eu comme pour tous leurs nouveaux caps, une période d'acclimatation, nez dans le guidon du tandem, des invitations lancées au jugé, des couples de cadres moins convaincants, jusqu'à ce que s'extirpe du limon des jours cette amitié neuve, cet avenir évident.

Le sentiment que la satiété ne suffisait pas.

L’envie d’enfant.
Voilà. Elle avait trouvé. Le détail qui était tout sauf un détail.
En ce temps-là, Laurent riait à belles dents.
Et parlait beaucoup.

Avec les années, Gérard avait appris à dompter ses tendances satiriques. Oh, bien sûr, autrefois, à l'école, il n'était pas le dernier – en fait il était très exactement toujours le premier – à se foutre du monde. De la gueule du monde. Des profs, surtout, qui sont faits pour ça, astreints à d'affreux efforts pour masquer leurs faiblesses, et puis des autres élèves, parce que c'était marrant. On redoutait Gérard qui ne tardait jamais à identifier votre blessure secrète et à expliquer publiquement comment bien l'infecter.

Mais ça, c'était avant la vraie vie. Ensuite, il y avait eu tous ces épisodes, ces rencontres, Corinne. Patricia, surtout. Aujourd'hui, Gérard était devenu tolérant. Au sens où il tolérait presque les humains.

Pourtant, en présence des deux fils de Lucette, son aversion renaissait. Il n'y pouvait rien, c'était instinctif. Organique.

Les deux lascars avaient des têtes d'animaux et il consacra le début de la soirée à identifier lesquels. Le difficile était qu'ils empruntaient leurs traits à des espèces différentes, peut-être composites. De vraies gueules de chimères. L'alcool aidant, les comparaisons lui vinrent mieux.

L'autoritarisme saccadé de Pascal, l'aîné, l'apparentait à la fois au marsupial et au contremaître – la définition de l'animalité, chez Gérard, était très extensive. Constamment, sa frange tressautait. Quant au cadet, Marc, subreptice et cuirassé, il semblait s'être, par contraste, construit en crustacé.

Assistés de leurs terribles épouses, ils dominèrent, dans la première mi-temps de la soirée, l'équipe constituée par Gérard,

Lucette et Patricia. Ils les harcelèrent de questions embarrassantes – Gérard reconnaissait la technique qu'il maîtrisait autrefois – pointant leurs failles – c'était facile, les trois étaient, pour des raisons différentes, au bord de la brisure – arpentèrent des terrains minés, s'exhortant mutuellement à franchir des limites, burent, s'enhardirent, dénigrèrent.

Patricia, qui avait beaucoup hésité à accepter l'invitation de Lucette et s'y était résolue parce que la vieille dame l'avait littéralement suppliée, se tortillait sur sa chaise. Elle redoutait surtout Marc, qui ne la quittait pas des yeux, cherchant à la remettre. Ils avaient été dans la même classe, une année, au collège, ce qu'elle s'était bien gardée de lui rappeler. Les fines pupilles du fils Deshayes la fixaient sans trêve et la plupart des questions qu'il lui posait dissimulaient mal leur intention inquisitrice.

Lucette, qui s'était promis de faire la nique à sa descendance en arborant Gérard, enrageait d'avoir le dessous et cherchait des brèches dans la défense adverse, mais il était tard, et la nuit l'engloutissait déjà.

Pourtant, le repas se déroula correctement, de son point de vue, et bien qu'elle n'eût qu'une notion confuse de la bataille qu'elle menait, se sentant trop fatiguée pour en apprécier les enjeux véritables, les manœuvres et les évolutions. De temps en temps, elle perdait légèrement conscience, pour mieux reprendre pied. L'essentiel de son attention se concentrait sur son métabolisme, dont, en revanche, elle percevait les processus, lente assimilation des nutriments, cheminement des globules, vibrations nerveuses. Avec l'âge, il lui semblait que l'organisme s'extirpait de l'oubli où le reléguait la conscience, comme un monstre préhistorique lentement libéré de sa gangue glaciaire. Elle souffla péniblement sa forêt de bougies.

— Les cadeaux ! Les cadeaux ! glouglouta Marc, accompagné en rythme par Pascal qui tapait dans ses pattes.

Tandis que Patricia donnait le bras à Lucette pour l'accompagner jusqu'à son fauteuil, les deux fils, suivis des pièces rapportées, se transportèrent aux voitures garées dans la cour. Ils en revinrent en ahanant, portant avec précaution un vaste objet quadrangulaire enveloppé dans du papier brun. Gérard jugea qu'ils charroyaient la chose comme on achemine un cercueil vers son trou, et croyait même voir pendre les cordons du poêle aux quatre coins du truc. Mais le repas l'avait déprimé. L'alcool accroissait sa tristesse. Sur les instances lasses de Lucette, ce fut lui qui éventra l'emballage.

Oh, c'était un écran plat.

Un immense écran noir que les deux fils passèrent ensuite une heure à installer sur le grand buffet, aussitôt déparé par la hideur du monstre. Il y avait des câbles et deux télécommandes, l'harmonie du salon fut détruite.

Ce n'était pas tout. Lucette reçut en sus un smartphone dernier cri, blanc. Gérard et Patricia estimèrent in petto le prix de ces objets, qu'ils rapportèrent à leurs propres revenus et soupirèrent, chacun dans son coin.

— C'est très gentil, mais qu'est-ce que vous voulez que je fasse de tout ça ? finit par protester Lucette quand la femme de Marc lui eut montré comment fonctionnait une application qui scannait les objets pour en estimer le prix.

Pascal, tout en configurant l'écran sur lequel scintillait maintenant une galaxie de logos, balaya la question d'un coup de frange.

— C'est une télé géante, avec un son géant. La technologie te permettra de pallier tes déficiences, maman. La vue et l'ouïe. Tu pourras même regarder tes programmes en audiodescription. Tu connais ?

— Oui, mentit Lucette pour abréger.

— Quant au téléphone, poursuivit Marc, nous l'avons choisi pour son accessibilité. J'ai mis nos photos en grand sur l'écran d'accueil. C'est comme ton fixe, mais en mobile. Pour nous joindre en urgence, tu nous appuies sur le nez, regarde.

Il le fit et l'intro d'une chanson de Dave retentit dans sa poche intérieure. Ce fut très sympa.

Gérard ne saisissait pas bien l'intention qu'il soupçonnait derrière le choix de ces cadeaux imposants et si électroniques. Deux grosses machines, caricature d'avenir pour une dame d'antan ? Manière de signifier à leur mère sa propre obsolescence ? Mais quelles raisons auraient-ils de se montrer cruels ? Peut-être Gérard, l'ayant si souvent rencontré, voyait-il le mal partout. Ces deux garçons n'étaient que des créatures d'écoles de commerce, des comptables élaborés, de tristes produits de leur époque.

À tout hasard, il décida de les emmerder.

— Tu vas voir, Lucette, grasseya-t-il en lui attrapant la main, on sera comme des coqs en pâte, tous les deux devant ce poste maousse.

Le tutoiement fit ciller Pascal, comme une poussière dans l'œil. Sa mère souriait, à présent, et il cilla encore.

Patricia se leva, tapota machinalement sa jupe impeccable et se racla la gorge. Gérard l'avait trouvée particulièrement belle, ce soir. C'était la première fois qu'il voyait ses jambes. Il avait passé une grande partie de la fête à se dire qu'elle avait plus de cinquante ans et à n'en pas revenir. Il se rappelait si bien l'image qu'il se faisait, dans sa jeunesse, des femmes quinquagénaires. Ces pensées, grossies par d'incessantes équations où figuraient la somme de ses propres années, ainsi que celles de Lucette, l'avaient poussé à boire beaucoup trop. Mais ça allait, il tenait la route, rêvant déjà du lit moelleux que sa vieille amie lui avait aménagé dans l'ancienne chambre de Marc, couche archi-confortable où, sa confiance se consolidant peu à peu, il avait transporté le vieux marcassin en peluche de son enfance. C'était là qu'il était censé veiller sur les nuits de Lucette, soi-disant prêt à bondir au moindre son suspect. Mais en réalité, il dormait là magnifiquement, plongeant dans le sommeil pour atteindre des profondeurs qu'il n'avait jamais soupçonnées, se défiant ordinairement des abysses et se contentant de faire la planche, à plat dos sur son galetas.

Il se serait bien vu – il se voyait souvent – portant dans ses bras une Patricia timide et rougissante comme une jeune épousée, franchissant la porte de cette chambre des merveilles et se livrant avec elle aux pires turpitudes après que Lucette aurait avalé ses somnifères.

— Je vais rentrer, annonça Patricia. Je suis un peu fatiguée.

C'est alors que la mémoire revint à Marc.

— Ça y est ! s'exclama-t-il. Je sais d'où on se connaît !

— Le collège, confirma-t-elle à mi-voix en s'approchant de Lucette pour la saluer.

— Le collège, nom de Dieu ! Patricia ! Ça y est ! Je vous... Je te revois au fond de la classe, avec tout ce maquillage.

Apparemment, lui non plus n'avait pas lésiné sur la bouteille. Il parlait beaucoup trop fort.

— Rappelle-moi ton nom. Oh, la vache, ça fait un bail.

— Bertin. Patricia Bertin.

Il s'immobilisa, haussa les sourcils, tandis qu'un long sourire lui étirait les mandibules.

— Bertin... Exactement. Il y avait des mecs qui écrivaient des trucs sur les murs... Des trucs pas très gentils, si je me souviens bien.

— Bertin la putain, précisa Patricia, pour l'assistance. Vous vous souvenez très bien, en effet.

Puis elle serra délicatement Lucette, interloquée, contre son cœur.

— Bon anniversaire. À lundi.

Elle traversa le salon, disparut dans le vestibule et sortit sans claquer la porte.

Corentin faisait très honorablement l'amour. Disons que ce n'était pas encore tout à fait ça mais il progressait de jour en jour. Il était encore mieux nu et décoiffé, comme tous les premiers de la classe.

Chloé le regarda traverser la pièce en direction des toilettes. Une idée lui vint. Non moins nue que lui, elle sortit du lit à son tour et s'accroupit pour fouiller dans un coffre en teck où elle serrait divers objets n'ayant pas encore trouvé leur place dans sa vie courante.

Elle finit par dénicher ce qu'elle cherchait, se recoucha en souriant et attendit que le boss ait accompli sa miction. À en juger par le rythme décroissant des impacts sur l'émail, cela ne tarderait plus.

— Ça m'embête un peu que tu m'appelles le boss, annonça-t-il en reparaissant.

Il s'immobilisa et couvrit sa vertu de ses deux mains mignonnement croisées.

— Eh, arrête ! Qu'est-ce que tu fais ! s'épouvanta-t-il.

Elle braquait sur lui un caméscope et le visait, grimaçant pour fermer un œil.

Corentin était raisonnablement paranoïaque. Il avait en tête quantité d'affaires sordides, des hommes politiques abattus en plein vol pour des histoires de cul, de bites filmées, de réseaux sociaux. Avec une précision cruelle, son esprit déroula tout un scénario. Chloé l'avait manipulé pour des motifs qui ne tarderaient pas à apparaître. Elle l'avait piégé. Et maintenant, elle engrangeait des images compromettantes qui atterriraient sous peu dans tous les téléphones. Il vit nettement la tête hilare de Ludivine mais aussi celle de Marion, celle de Thomas, celle de sa mère.

Chloé éclata de rire. Ce rire ! C'était peut-être ce qu'elle avait de plus séduisant. Il en frissonna d'excitation malgré la peur qui le rabougrissait.

— Cool, roucoula-t-elle, il n'est pas chargé.

Il se jeta sur le matelas, lui arracha l'appareil, vérifia. Elle riait de plus belle. De plus en plus belle.

— C'est mon père, expliqua-t-elle. Il est fou de ces trucs. Il me filmait tout le temps quand j'étais petite. Il m'a offert ça pour que je réalise mes propres films.

Corentin examinait la machine en connaisseur, yeux plissés.

— C'est du bon matos, dit-il. Du très bon.

— Je sais.

Elle boudait vaguement, en enroulant une mèche autour de son majeur, doigts écartés. Ses seins dépassaient par-dessus la couette.

— Tu sais, reprit-il, que je voulais devenir acteur ?

Il le lui avait déjà dit trois fois mais elle accepta d'oublier, pour lui faire plaisir.

— Sérieux ?

Elle avait aussi des dents remarquables. Il s'y mira fugacement.

— Sérieux. J'ai fait le conservatoire, de la figuration dans deux trois trucs. J'ai joué le gendre dans une pub.

— Attends ! Tu déconnes ? Quelle pub ?

Pour du fromage. Il lui raconta la pub, deux jours de tournage dans un manoir breton. Le réalisateur lui avait demandé d'être traditionnel. Le plus traditionnel possible. Il avait eu du mal.

Elle se rua sans pudeur sur son portable qui traînait au loin sur la table basse, revint, se repolotonna contre lui. Ils cherchèrent sur YouTube, mais oui ! Mais oui ! C'était lui, là, au bout de la grande table, avec ses cheveux courts ! Dément !

Nouveaux éclats de rire.

— C'était il y a trois ans, conclut-il. Depuis, plus rien.

— Donc ton job, c'est juste pour bouffer ?

— Et pour coucher avec toi.

Elle trouva cette réponse débile mais ne commenta pas. Alerté par son silence, il poursuivit, sur un mode plus tragique.

— Pour un acteur, trois ans sans contrat, ça veut dire qu'on est mort.

— Tu as passé des castings ?

— Plein.

Elle sourit de nouveau.

— Tu es très cachottier, en fait.

— Très. Pas toi ?

Cette question la cueillit au creux du ventre. Il l'observait en plissant les yeux, appuyé sur son coude, tête inclinée.

*Les amants sont au lit. Un silence s'installe. On devine, à son expression inquiète, que Chloé s'interroge. Tout à coup, ses traits s'animent. Elle vient de prendre sa décision. Elle va parler.*

Oui, pourquoi pas ? Pourquoi ne pas lui raconter, à lui, l'histoire de sa mère ? À lui, c'est-à-dire à quelqu'un. Quelqu'un qui n'était ni Véronique ni Maxime, ni sa thérapeute, un homme extérieur au... au cercle. Au microcosme. Quelqu'un d'impartial mais qui s'intéressait vraiment à elle.

— J'ai quelque chose à te dire, annonça-t-elle.

Et elle se lança, avant d'avoir trop réfléchi. À mesure qu'elle plantait le décor normand, son enfance, les parents réels, leurs doubles symboliques, Maxime, elle s'animait. Une chaleur sucrée l'envahit et elle sentit ses yeux briller. Une forme de magie, ou d'exorcisme, ou de transe, cette histoire. Le secret libéré s'embrasait à l'air libre. Elle parla sans s'arrêter, sans stratégie, ajoutant des détails, ménageant ses effets, retardant les scènes-clés, les enjeux, l'adultère, l'accident.

Conscient de l'importance de cette confession, Corentin s'évertuait à ne pas lui mater les seins. Il arrondissait consciencieusement les yeux, hochant la tête à bon escient. Mais au fond, il avait du mal à communier dans l'émerveillement. L'histoire paraissait visiblement renversante à Chloé, il convenait donc d'abonder dans son sens en déployant toute la rhétorique non-verbale de la fascination, qu'il avait pas mal bossée au conservatoire. Outre les hochements, il produisait de petits coups de glotte à peine sonores, des mmmh, des dis donc, des dingue. Pour autant, le fait que Véronique se fût, près de trente ans plus tôt, envoyée en l'air avec Sylvain, et que celui-ci se fût ensuite envoyé en l'air tout seul ne constituait pas tout à fait, selon lui, un motif d'ébahissement. Encore moins la clé, comme Chloé l'affirmait maintenant, de sa vie psychique. Le résumé qu'elle lui servit des analyses de sa thérapeute le laissa sceptique mais il n'en dit rien. Il lui semblait qu'à l'heure des drames migratoires, des pandémies, des dérèglements planétaires, cette petite affaire de cul et de conduite en état d'ivresse paraissait bien dérisoire. Ses propres parents avaient découché maintes fois avant de divorcer et de fonder d'autres familles. Certes, personne n'était mort, à part, dans son sommeil, une grand-mère diabétique, mais à part ça, franchement, ses traumas valaient bien ceux de Chloé.

Cependant, comme il se sentait un peu amoureux, il se garda bien de dire ce qu'il pensait. Au contraire, quand elle eut fini, il la prit dans ses bras.

— Je n'arrive même pas à imaginer, souffla-t-il, comment tu as fait pour traverser tout ça.

— C'est le silence, surtout, reconnut-elle. Le silence de ma mère.

Il resserra son étreinte.

— Mais je suis là, maintenant. On est deux.

Elle se dégagea, tremblante. Ses seins palpitaient.

— Tu sais ce qu'on va faire ?

Non, il ne savait pas. Il eut envie de répondre « l'amour » mais, cette fois, se contint à temps.

— On va faire un film.

Elle lui expliqua. Puisque sa nouvelle vie venait de commencer, non, pas sa nouvelle vie, sa vie tout court, elle allait se lancer dans ce qu'elle aimait vraiment. Dans ce pour quoi elle était faite. Le cinéma. Son père avait raison. Il avait toujours eu raison. Elle devait oser être elle-même. Et Corentin aussi. Puisqu'il était acteur, il jouerait dans le film.

— Mais, heu... objecta-t-il mollement, tu as un scénario ? Quelque chose ?

Elle secoua la tête.

— Le scénario, c'est ringard. Le scénario, c'est le regard. On va filmer notre histoire. Toi, moi. On va faire un docu-fiction. Avec une voix-off. Ma voix. Je commenterai les images, mais il y aura plein de petits décalages subtils, des discordances...

Elle s'agitait, donnait d'adorables coups de pied nus au matelas en développant le concept. Corentin la laissa dire, à nouveau. Un film, pourquoi pas après tout ? Aujourd'hui, tout le monde faisait son film, écrivait son livre, produisait son disque. Il se laissa plus ou moins persuader. On verrait bien.

— Tu vois, réfléchit Chloé un peu plus tard, comme ils partageaient une omelette, tassés dans le canapé, j'ai toujours su au fond de moi que la vie, ça ne pouvait pas être juste… juste ça.

— Juste quoi ?

— Juste avancer, jour après jour, sans savoir pourquoi, passer d'une emmerde à l'autre.

Il hocha la tête, bien que ce sinistre résumé de l'existence correspondît peu ou prou à sa propre expérience. Il n'osa pas objecter que pour lui, emmerde était un mot masculin. Il vérifierait.

— Tu vas voir, promit-il. Ça va être géant.

Avec un bel ensemble, ils tournèrent la tête vers le petit caméscope, fraîchement branché, dont les batteries se rechargeaient en silence.

Cécile avait bien fait les choses. Les mets, à leur habitude, expertement disposés sur la nappe d'inspiration provençale, s'offraient aux regards en attendant les lèvres. Véronique n'avait jamais possédé ce sens du raffinement, cet art d'harmoniser formes, couleurs et textures selon les lois des magazines, de parer le réel des splendeurs de l'artifice. D'ailleurs, tout était beau chez Cécile, à commencer par elle. Son appartement – Laurent y jouant au mieux le rôle de babiole patinée – était l'expansion, l'expression, l'exposition d'elle. Ces tableaux très nus montrant un horizon exigeant sur fond de neige nuageuse, ces céramiques qui semblaient, comme autant de mondes, avoir été conçues d'un geste négligent par quelque dieu cérébral et sensuel, ces fines cloisons de lumière pétrifiée, ces pampilles, ces parfums appétissants, promesses de saines succulences, faisaient perdre de vue la construction des phrases.

Nimbée d'une robe mutine taillée dans une volute printanière, Cécile voletait en fredonnant, et saupoudrait, telle la fée des Lilas, les chiffonnades et les émincés de soupçons d'épices. Véronique ôta son trench.

— Je suis vraiment ravie pour toi, rayonna Cécile.

D'un frémissement des doigts, elle invita son amie à prendre place au creux d'un fauteuil post-Bauhaus, aussi confortable qu'il en avait l'air.

— Tu es sûre ? quémanda Véronique.

Cécile le lui avait vingt fois promis, depuis l'autre jour, mais Véronique ne se rassasiait pas de ces promesses. Elle se sentait coupable d'avoir volé le grand drame de Cécile pour l'offrir à Chloé. Quelque part – mais où ? elle cherchait sans cesse – c'était mal.

— Est-ce que tu vas te fourrer dans le crâne que grâce à toi, Sylvain n'est pas mort pour rien, nom de Dieu de merde ? asséna Cécile.

Même cette rudesse lexicale s'intégrait parfaitement, par un hardi contraste, dans le décor rocambolesque, les bibelots solides, les frêles armoires à glace. Quant à l'angle nouveau sous lequel Cécile suggérait d'aborder la situation, il séduisit d'emblée son amie : on ne mentait plus, on donnait du sens. On réparait. Cette grêle de coups qu'assénait le sort, on lui opposait un bouclier verbal. On mettait de l'humain.

— Comment va Chloé ? demanda Cécile.

Elle connaissait déjà la réponse – Chloé allait mieux. Elle allait bien. Grâce à tout ça – et ses mains esquissaient déjà le mouvement triomphal qu'elles exécutaient chaque fois qu'elle avait raison, qu'elle avait eu raison depuis le début, mouvement qui agaçait tout de même un peu Véronique, et qui consistait en un déploiement des doigts mimant l'apparition d'une colombe dans un spectacle de magie.

— Je crois qu'elle sort avec son chef, minauda Véronique.

La colombe s'envola.

— Tu vois ?

Elles s'étreignirent, chassant toutes sortes de pensées gênantes, notamment l'idée que conquérir son chef constituait un idéal poussif et fort peu féministe, un fantasme d'assistante de direction, qu'elles nourrissaient autant qu'il leur faisait horreur. Heureusement, la porte d'entrée s'ouvrit et les deux maris apparurent.

Véronique s'évertua aussitôt à être comme d'habitude ce qui, depuis *les révélations*, lui paraissait de moins en moins naturel.

La mise au jour inopinée du secret de Cécile, aussi bouleversante pour le quotidien du quatuor que la découverte de la grotte de Chauvet, contraignait Véronique et Jean-Charles à des contorsions, à des grimaces excessives qui les muaient en singes d'eux-mêmes. Ils produisaient devant Laurent des sourires de contrefaçon, cherchaient la note de leurs inflexions ordinaires, travaillaient leurs remuements physionomiques pour tâcher de se ressembler. Encore ces représentations épuisantes ne s'étaient-elles pour l'instant tenues qu'à de rares et brèves occasions, durant les cinq terribles minutes au cours desquelles l'un des deux hommes passait prendre l'autre pour aller courir, par exemple. Aujourd'hui, c'était la première fois qu'ils déjeunaient tous les quatre depuis *l'affaire*. Véronique et Jean-Charles avaient beaucoup répété, la veille, anticipant les dérapages de la conversation, les chausse-trapes, les inévitables embarras. Ils détestaient tant mentir ! De quoi parlaient-ils, d'habitude ? Ils s'étaient creusé la tête pour retrouver le cours ordinaire des échanges, dans leurs brunchs dominicaux avec leurs meilleurs amis. Il était apparu qu'en règle générale, ils ne parlaient de rien. Ou alors, si, c'était Jean-Charles qui pérorait. Il déroulait le fil de ses lectures Internet, enfilait les polémiques, le wokisme, l'islamisme, le féminisme, la déconstruction. Les autres feignaient de s'intéresser. Laurent, rompu par le footing – ces agapes raffinées se devaient d'être toujours précédées par une course harassante, afin d'équilibrer les comptes – piochait du bout des doigts dans les raviers. On ferait comme d'habitude. Le chapitre traditionnellement consacré à la Normandie, qui s'ouvrait avec les liqueurs, devrait être particulièrement neutre. On s'en tiendrait aux nostalgies habituelles, à l'évocation des enfants, à l'anecdote de l'appendicite, aux senteurs humides du sous-bois, aux champignons, à la promesse d'y retourner un jour, tous les quatre, en pèlerinage. Un jour lointain, parce qu'à la retraite, de toute façon, on n'avait le temps de rien.

Véronique embrassa la joue ruisselante de Laurent. Il avait toujours beaucoup sué, mais moins que Jean-Charles dont les pores adoraient expulser les toxines.

— Alors, les garçons ? demanda-t-elle joyeusement.

Laurent ouvrit entièrement les yeux, ce qui pouvait s'interpréter comme une marque de perplexité ou comme une tentative pour faire couler la sueur accumulée sur ses paupières. Véronique se troubla. S'était-elle trahie ? Quelque chose dans son ton avait-il éveillé les soupçons de Laurent ? Pourtant, chaque fois qu'ils rentraient du bois, rouges et affamés, elle leur demandait toujours : « Alors, les garçons ? », avec un enthousiasme mécanique, maternel, pour se débarrasser du silence, pour lâcher la bonde aux logorrhées de Jean-Charles et autoriser tout le monde à se replier dans les profondeurs de son quant-à-soi.

Mais, cette fois, son apostrophe sonna faux. Jean-Charles embraya maladroitement, avec un temps de retard, sur le nombre de kilomètres qu'ils avaient parcourus, c'était toujours le même itinéraire, la même boucle, leur trajet à eux, élaboré par lui, où ils ne croisaient pas la foule bariolée des runners, ces veaux. Le bois de Vincennes, c'était leur Eldorado, ils étaient Tom Sawyer et Huck Finn, même s'il avait récemment partagé son circuit avec tous ses amis virtuels, ses potes potentiels.

— Il faisait un peu humide, parvint à produire Jean-Charles.

Véronique lui lança un regard consterné.

— Bon, les mecs, à la douche, vous schlinguez ! intervint Cécile.

Elle était indéniablement très forte en vie normale.

L'appartement était doté de deux salles de bains dont la plus vaste comportait une sorte de mini-sauna conçu par

Cécile au retour d'un voyage en Ukraine à la fin des années 2000. Laurent, que ses origines paysannes faisaient regarder la toilette comme un acte furtif et résolument pragmatique – ce que Cécile appelait la culture bidet savonnette – avait un peu peiné à s'adapter aux voluptés lascives des étuves slaves, mais, ma foi, il s'y était fait, feuilletant, assis dans la vapeur sur un tabouret de bois brut, son journal emperlé de gouttelettes. Avec le temps, Jean-Charles avait consenti à l'y rejoindre, après le jogging, dévoilant l'inéluctable déclin de ses chairs. Ils rosissaient de conserve et les femmes avaient la paix.

Cette fois, pourtant, Jean-Charles sentit que le silence poisseux lui pesait. Il ne cessait, depuis qu'il *savait*, de méditer sur la vertigineuse profondeur de l'ignorance où croupissait son meilleur ami, comme on s'ébahit devant quelque monstruosité minérale. Se taire autant lui donnait des crampes aux mâchoires. Il avait presque été tenté, à la faveur du petit trot dans la forêt, d'aiguiller la conversation vers des sujets voisins, pas directement l'adultère, non, mais les femmes, par exemple. Au fond, ils n'avaient jamais vraiment parlé femmes, Laurent et lui. Entre eux, contrairement à ce que professaient les nouvelles passionarias féministes, nulle complicité salace. Pas la moindre trace de fesse.

Il se racla la gorge. La vapeur décollait bien les mucosités.

— Vous faites encore souvent l'amour avec Cécile ?

Laurent leva les yeux de sa page culturelle.

— Comment ?

Ce n'était pas forcément un comment dilatoire. La feuille de Laurent durcissait, ces temps-ci. Jean-Charles attendit un peu, observant, avec une lippe sceptique, l'épiderme de sa cuisse. Pendant ce temps, Laurent finit par répondre.

— Qu'est-ce que tu appelles souvent ?

Jean-Charles ne comprenait déjà plus pourquoi il avait posé cette question grotesque.

— Non, rien, laisse tomber.

Consterné, il vit Laurent supposer que son vieux copain avait besoin de lui. Que cette ouverture maladroite préludait à des épanchements ou, au moins, trahissait le douloureux besoin de confesser sa propre détresse sexuelle. En Laurent s'opposèrent des forces. Son éducation puritaine contre ses devoirs d'ami, également inculqués par cette éducation puritaine. Son indifférence lassée aux petits secrets des autres contre, quand même, une certaine curiosité de mauvais aloi. Il inspira profondément et prit la parole.

— On était bien, ce matin, non ? Il faisait doux, je trouve, mais pas étouffant.

Quand ils reparurent, parfumés, raffermis, on se mit à table. Une fois de plus, c'est Cécile qui rétablit l'ordre ancien et Véronique s'émerveilla de sa science du paraître, de sa capacité à mesurer les silences, y mettant fin juste avant qu'ils ne semblent suspects, puisant dans la lenteur de sa manducation de nouvelles idées pour les discussions ultérieures. Elle relançait à propos, disparaissait en cuisine, hochait la tête. Une science, oui. Véronique s'absorba maintes fois, au cours du repas, dans des méditations informes sur la vie de ses meilleurs amis, sur ce couple hanté par un secret si vieux, sur le silence évasif de Laurent, sur les désirs secrets de Cécile, dont elle ignorait tout, dont elle n'avait jamais rien su. Et puis elle pensait à elle, à Jean-Charles, s'ahurissant que toute leur existence ait pu ainsi se fondre en une interminable inanité. Elle sentit alors qu'elle comprenait Chloé, même si la nature exacte de cette compréhension lui échappait encore.

— Et Maxime ? demanda soudain Jean-Charles, dans un providentiel éclat d'inspiration.

Laurent fit mine de chercher une réponse, pour laisser à sa femme le temps d'en fournir une.

— Il va super, trancha Cécile. Il fait partie des petits jeunes qui s'occupent de l'avenir.

— Ah oui ? ironisa Jean-Charles. C'est important, l'avenir.

— Au moins autant que le passé, ajouta mystérieusement Laurent, en écalant un œuf de caille.

Tous le fixèrent, tandis qu'il concentrait son attention sur les minuscules éclats de coquille. Qu'avait-il voulu dire ? Sûrement pas grand-chose. On ne savait jamais vraiment, avec lui.

— Dans sa boîte, embraya Cécile, ils mettent au point un système d'exploitation éthique.

— Bel oxymore, ricana Jean-Charles, heureux de fouler à nouveau la terre ferme.

— Il a quelqu'un ? se renseigna Véronique.

Elle regretta aussitôt sa question, qui pouvait paraître perfide, dans cette absence de contexte. Périodiquement, comme Maxime n'avait jamais personne, personne d'officiel, on se demandait sans le dire s'il n'était pas gay, par hasard, ce qui, bien sûr, ne serait aucunement un problème.

— Je suis passé chez lui l'autre jour, quand je me demandais où tu étais, indiqua Laurent.

D'une pression ferme, il expulsa du petit œuf la boule de jaune et la tint entre deux doigts.

— Et alors ? l'encouragea Véronique. Tu as appris quelque chose ?

Il leva les yeux, surpris.

— Qui ça, moi ? Non, non, rien du tout. De toute façon, je suis toujours le dernier à être au courant.

Dans le silence, il goba son jaune.

Patricia dragouillait. Il y avait plus de monde que d'habitude au Pot d'étain, le bar où elle échouait, certains dimanches soir, lorsque son âme était trop lasse de remuer des débris.

L'intérêt du Pot d'étain consistait essentiellement dans le fait qu'il accueillait souvent des étrangers, c'est-à-dire des humains résidant ailleurs qu'à Vinteuil, routiers pour la plupart, qui apportaient des nouvelles du monde. Quelquefois, l'un d'eux passait la nuit dans le lit de Patricia plutôt qu'au Britannia, un hôtel low-cost qui s'était construit quelques années plus tôt à la sortie de la ville, au bord de la quatre-voies. Dans ses moments de déprime, Patricia soupçonnait que le consentement du voyageur était moins dû au désir qu'elle lui inspirait qu'à la perspective d'économiser le prix d'une chambre. Ce qui la ramenait vite à Bertin la putain et elle commandait un autre verre.

Ce soir, elle s'était laissé aborder par un type pas mal, comme elle les aimait, pas compliqué, qui avait des trucs à raconter. Elle l'avait déjà repéré, ce type. Il lui arrivait de causer avec Gérard. Mais quand Gérard était là, Patricia préférait aller voir ailleurs, au Viking ou au Manitou, même si c'était moins chic. Pas de Gérard, ce soir, il devait faire un scrabble avec Lucette. Elle s'était dit qu'elle avait le champ libre.

Le voyageur voulait surtout discuter. Patricia n'avait rien contre le fait qu'ils ne couchent pas ensemble, mais elle ambitionnait d'au moins l'envoûter un peu. L'alcool diluait les frontières entre son monologue intérieur – un chaos plaintif – et son dialogue avec le type, qu'elle avait tout de même réussi à arracher du zinc pour le conduire dans un recoin plus intime, au fond du bar. L'établissement – c'était la fierté de Franck, son propriétaire – disposait de quelques box, à l'américaine.

— Il y a longtemps que tu es routier ? demanda-t-elle quand elle sentit que l'homme commençait à bâiller.

Au fond, elle n'attendait pas grand-chose de lui. Peut-être juste la liberté de le tutoyer, comme elle tutoyait les mecs autrefois, au lycée, dans un monde plus simple. Peut-être juste la possibilité de n'être plus la gentille fille attentionnée qui s'occupait des petits vieux et qui fleurissait les tombes. D'ailleurs, le type, lui, semblait avoir connu la vraie vie. C'était chouette et énervant.

— J'ai fait pas mal de trucs, lui apprit-il. Des études de lettres classiques, figure-toi.

— Lettres classiques ?

— Latin et grec.

— Je sais ce que sont les lettres classiques. Je m'étonne juste qu'un latiniste finisse routier.

Il hocha la tête, désolé par sa maladresse, avant d'enchaîner prudemment sur la suite de son CV. Il avait bossé dans un abattoir, pendant un moment. Pas loin d'ici. À Conches.

Cette information fit tilter Patricia. L'abattoir de Conches, ça lui disait quelque chose. Elle chercha un peu, engourdie par la vodka, et trouva Gérard. Gérard lui avait vaguement parlé des abattoirs de Conches. Elle mentionna Gérard, faute de mieux, histoire de relancer l'échange.

Dans un premier temps, ça lui fit du bien. Gérard lui apparut comme un allié dans cette soirée lugubre. D'ordinaire, elle ne parlait pas de son travail avec les routiers parce qu'elle avait vite compris qu'à leurs yeux, aux yeux de tout le monde, les soins à la personne constituaient une forme moderne de servitude, une déchéance tarifée. Même ceux qui prétendaient y voir, au contraire, un héroïsme de l'ombre parce qu'ils étaient de gauche et vitupéraient le mépris des puissants, même ceux-là s'emmerdaient vite quand elle racontait les ménages et les toilettes. Mais Gérard était suffisamment atypique pour la fournir en anecdotes pittoresques et lui permettre d'être vaguement elle-même, de réconcilier l'aide à domicile et l'aventurière du Pot d'étain. Revigorée, elle raconta les fois où il se mettait à poil, ses grandes déclarations d'amour, son côté stalker – elle le regretterait dès le lendemain mais pour le moment, elle avait envie de gâcher des choses.

Malheureusement, ça ne fit pas du tout rire le latiniste.

— Il est *spécial*, conclut-il en auscultant le fond rond de son verre.

— Oui, ça, on est d'accord.

Il remua la tête pour chasser le malentendu. Non, il ne voulait pas dire spécial au sens où l'entendait Patricia, il parlait de quelque chose de pire. Quelque chose de sombre.

— Sombre ? Gérard ?

Oui, exactement. Sombre. L'homme fit tourner dans sa bouche une gorgée supplémentaire et chercha des précisions dans les poutres apparentes du plafond noirci.

— Quelqu'un lui parle dans sa tête, précisa-t-il.

Patricia haussa les épaules. Les gens dont elle s'occupait étaient rarement seuls dans leur boîte crânienne. Souvent, même, il y avait foule. Elle-même était peuplée de présences volubiles et ne voyait là rien de spécial ni de sombre.

Son scepticisme vexa le routier.

— Il aimait tuer.

Là, oui, Patricia tiqua.

— Tuer ?

— À l'abattoir. Je te fais pas de dessin. Il y a ceux qui aiment ça. Ça se voit. Et puis, il était chasseur.

Patricia fut brusquement submergée par une colère folle dont elle ne démêla ni l'origine ni l'objet. À tout hasard, elle haït le type.

— Gérard est mon ami ! hurla-t-elle.

Non, elle n'avait pas hurlé. Susurré, au contraire. L'autre n'entendit pas. Une musique épaisse nappait tout.

— Je m'en vais, annonça-t-elle en articulant.

Elle avait trop bu, il ne la retint pas, ne la regarda pas se lever. En sortant du bar, elle se demanda si cette rencontre avait vraiment eu lieu et, trois pas plus loin, elle tomba sur Gérard.

Comme il s'illuminait déjà et ouvrait la bouche pour, certainement, louer le hasard qui faisait si bien les choses alors que, non moins certainement, il l'espionnait à travers la vitre depuis un bout de temps, elle déversa sur lui sa colère intacte, attisée par l'alcool, avivée par la honte d'être ivre devant lui, alors qu'au cimetière, elle s'en souvint soudain, elle lui avait fait la morale à ce sujet.

— Alors ? lança-t-elle d'une voix étonnamment forte, ça vous plaisait d'égorger les cochons ?

Il se figea. Elle se tenait trop près de lui, écumante, attendant la réponse, comme une institutrice de cauchemar.

— Les cochons ? balbutia-t-il.

— À l'abattoir. Et les petits lapins, dans la forêt ?

Il parut produire un effort épuisant pour comprendre. Deux clients sortirent du Pot d'étain, dans une coulure de slow poisseux.

— J'ai parlé avec votre pote, le prof de latin camionneur, expliqua-t-elle. En fait, j'ai deviné. Ce qui vous plaît, chez moi, c'est l'odeur de la mort.

Saisie par sa phrase, elle s'immobilisa. Ils demeurèrent face à face. Elle serrait les poings au fond des poches de sa doudoune tandis que les grandes mains de Gérard ballaient. Il se souvint de scènes similaires, autrefois, quand Corinne hoquetait de rage à cause de lui. À l'époque, déjà, il ne savait pas quoi faire. En général, il fuyait.

— Bonne nuit, Patricia.

Il tourna le dos et s'éloigna, pressant le pas. Son cœur battait bizarrement, les pulsations l'emplissaient d'échos, il allait peut-être mourir, s'écrouler enfin.

Mais non, rien, pas de douleur, pas de malaise, juste ce battement puissant. Il était sorti pour rien, quand la solitude l'avait trop écrasé, dans le salon de Lucette. Elle se couchait tôt. De plus en plus tôt. Il s'était senti mal dans ce salon cossu, seul avec l'ombre du mari. Patricia se trompait.

C'était la vie qu'il aimait chez elle. La mort habitait chez Lucette. Y prenait déjà ses quartiers.

Il avait promis de veiller sur la vieille dame mais il se sentait incapable d'y retourner tout de suite. Il obliqua vers son immeuble.

Une fois dans le hall, il hésita, mais pas très longtemps. Il descendit les marches de béton brut, trouva la clé de la cave au fond de sa poche et s'installa en soupirant sur le vieux tabouret, au milieu du local. Son regard flotta sur les caisses bien rangées, sur les cantines.

Au bout d'un long moment, quand son cœur fut rentré dans sa cage, il se leva, ouvrit un petit coffre et en tira une bouteille qu'il fit tourner dans sa main, examinant les reflets du néon qui parcouraient le verre galbé. La brève résistance du bouchon l'apaisa.

Non, Patricia ne se trompait pas tout à fait. Disons que, sur un point, elle avait raison.

Il avait adoré mettre à mort les cochons.

Laurent mastiquait calmement, ses longues mains échouées, de part et d'autre de l'assiette en schiste, sur la table de chêne. Le feuilleté minéral, s'harmonisant avec la rudesse authentique du bois, offrait à ces mains tannées par les ans mais encore si désirables une sorte de cadre alpestre, où Cécile insérait mentalement une peau d'ours avec son feu de cheminée.

L'embarrassant n'était pas que ses conversations avec Véronique au sujet de Chloé, ressuscitant incongrûment Sylvain, aient précipité la sensualité de Cécile dans une piscine de jouvence, mais plutôt que cette ébullition de réminiscences érotiques se produise systématiquement en présence de Laurent et plus spécifiquement encore, quand elle s'abîmait dans la contemplation de ses mains immenses.

Comme l'embarras, chez Cécile corsait la libido, elle s'ingéniait à placer ces mains dans des cadres propices à la rêverie, leur offrant diverses ambiances, puisant dans les ressources inépuisables de son équipement domestique. C'étaient tantôt des napperons d'inspiration nautique, où les phalanges de son mari lutinaient des sirènes, tantôt des jetés orientaux conférant à sa paume la mélancolie d'un Sardanapale sacrifiant ses esclaves, tantôt encore des molletons Renaissance, d'un pourpre profond, et ses ongles étaient ceux d'un évêque lubrique cédant aux soupirs de la reine.

En amour, Laurent, sans démériter tout à fait, demeurait très phallocentrique, mais la vue de ses mains au potentiel inexploité réveillait par contraste les sensations enfouies, la dextérité phénoménale, en matière de jouissance, de celles de Sylvain. Si bien qu'elle retrouva dans les assauts du mari les caresses de l'amant. Encore fallait-il que les coïts fussent préparés par de longues séances au cours desquelles, après avoir contemplé – à la dérobée, c'était mieux – ces grandes paluches innocemment plongées dans l'eau de vaisselle ou saupoudrées de farine complète – depuis peu, Laurent s'était lancé dans la pâtisserie –, elle les posait sur ses genoux, devant la télé, leur picorait distraitement les cuticules, leur tirait les poils du dos.

— À quoi tu penses ? s'enquit Laurent en déglutissant.

Elle rougit. Elle pensait précisément au moment où, juste avant l'orgasme, elle empoignait les doigts de Sylvain pour intensifier leur pression sur son clitoris.

— Chloé fait une thérapie, répondit-elle sans l'avoir voulu.

Il s'essuya la bouche.

Le plus intense, c'était quand il pleuvait. Le toit de la maison d'amis fuyait. Des gouttes paresseuses tombaient du plafond sur les bougies parfumées, ils faisaient exprès de traîner le matelas sous la fissure, savourant les éclaboussures glacées sur leur peau. Après l'amour, avant l'amour, ils lisaient. Il aimait la science-fiction. Quelquefois, il venait au ciné-club, seul, s'asseyant deux ou trois rangs derrière Véronique et elle. Cécile s'autorisait à se retourner deux ou trois fois par séance pour vérifier qu'il ne la quittait pas des yeux.

— Elle ne va pas bien ? demanda Laurent.

— Qui ?

— Chloé.

Au rendez-vous suivant, ils discutaient du film. Il ergotait sur les incohérences du scénario. Elle le faisait taire en lui roulant des patins frénétiques d'adolescente, le désir aiguisé par le souvenir de s'être trouvée dans la même salle que lui sans pouvoir le toucher.

— Je crois qu'elle a des problèmes.

— Des problèmes ? Quels problèmes ?

— Je ne sais pas exactement. Des problèmes de filles de son âge...

Une fois, elle avait convaincu Laurent de l'accompagner à la quincaillerie pour acheter un outil. Une perceuse. Il y avait eu des chicaneries, elle s'en souvenait. D'ordinaire, c'était Jean-Charles qui venait percer les trous chez eux. Mais elle avait eu gain de cause. Ils s'étaient présentés, Laurent et elle, devant Sylvain, saisi. Elle ne l'avait pas prévenu. Un fantasme qui l'avait traversée. Les voir face à face

— C'est une erreur, dit Laurent.

— Quoi donc ?

— D'envisager la vie en termes de problèmes et de solutions.

— Ah bon ? Et comment tu l'envisages, toi la vie ?

— Comme une tragédie. Il faut juste s'y faire.

La thérapeute semblait à chaque instant au bord de consentir puis bronchait, sourcils tendus, opposait des nuances, concédait pour aussitôt étayer ses objections. Face à elle, postée sur le divan, Chloé piaffait. L'air bourdonnait.

Il aurait pourtant suffi de ne plus revenir dans ce cabinet puisque tout allait mieux. Bien, même. Très bien. La vie de Chloé s'était remplie, peuplée, diversifiée. La grande nouveauté, c'était le sexe et elle n'avait pas manqué de s'épancher sur ce sexe, non pas le sexe en soi mais sa qualité, sa densité, son sens. Elle avait raconté quelques orgasmes, cette façon nouvelle de vibrer, de lâcher, de s'envoler, cherchant des expressions justes, de belles images, des métaphores impliquant l'océan, la terre, le cosmos. Ça lui avait plu de détailler leurs offensives contre le néant, d'ajouter des détails anatomiques, notamment parce qu'elle n'avait pas osé le faire avec Ludivine, on ne savait jamais, on était amies mais aussi collègues et tout pouvait se retourner contre vous, selon Corentin, il avait raison. Et puis, bon, quitte à claquer tout ce fric, autant se payer le plaisir de revivre les grands moments et peut-être de faire bisquer la psy.

Celle-ci, cependant, ne paraissait guère affectée par ces épopées priapiques. Elle prenait des notes. Ou alors, se demanda Chloé, c'était justement pour l'emmerder qu'elle ne réagissait pas, et hésitait à la laisser partir. Or Chloé avait *besoin* de cette autorisation. Si, depuis le jour où sa mère lui avait enfin révélé les dessous de ses tristes affaires, elle évoluait dans un monde facile et léger, un univers de voluptés secrètes, un jardin où s'offraient toutes les cueillaisons, subsistait malgré tout un noyau de silence, la réticence de la thérapeute, quelque chose comme un interdit tacite. Elle ne pourrait jouir pleinement de sa vie que lorsque cette femme l'y consentirait. C'était logique. Elle lui avait ouvert la voie vers la liberté. Elle seule pouvait lui garantir qu'elle était bien arrivée à destination.

Tout pouvait toujours se renverser, se détruire. Il existait tant d'histoires de proies et d'ombres, de démesure, d'orgueil châtié. Sa mère lui avait lu patiemment les contes, quand elle était petite, assise à son chevet. Les contes qui rendent prudent. Qui rendent lâche.

Chloé ne voulait pas être rendormie, renfermée, redévorée. Elle attendrait le temps qu'il faudrait.

— Y êtes-vous déjà retournée ? demanda la thérapeute lorsque Chloé se fut enfin tue.

— Retournée ? Où ça ?

— En Normandie.

La question la stupéfia. Non, bien sûr que non, elle n'y avait jamais remis les pieds depuis, quoi ? vingt ans ?

Elle réfléchit, s'efforçant de décrypter sa propre stupeur. L'étonnant n'était pas qu'elle n'y fût jamais retournée, encore que... Non, c'était qu'elle trouvait très pertinente la question de la thérapeute. Évidente, même. Mais elle ne voyait pas non plus à quoi tenait cette évidence.

— Retournez-y, alors.

Ce n'était pas un conseil. C'était une prescription.

— Pour quoi faire ?

— Revenez sur les lieux. Allez sur la tombe du jeune homme.

Le jeune homme ! Un amas d'ossements. Corentin nu lui traversa la tête. Elle envisagea d'exiger des éclaircissements mais, tout à coup, ce ne fut plus nécessaire. Oui, bien sûr, elle allait retourner à Vinteuil. Elle allait même tourner à Vinteuil. Son film. Avec Corentin. Ce serait une sorte d'enquête, elle reverrait sa maison d'enfance, les rues, elle irait au cimetière. Et après ? Après, tout serait plus clair. Le deuil fait. Elle n'aurait plus besoin de la thérapeute.

Celle-ci lisait et approuvait ses pensées. Elles se comprenaient. Il n'était pas nécessaire d'expliciter. Le voyage à Vinteuil. Un beau titre, non ? La thérapeute ferma son carnet, Chloé lui tendit le chèque et se retrouva moins d'une heure plus tard dans les bras de son amant.

— Où ça ? demanda-t-il.

— Vinteuil. En Normandie. Je te montre.

Ils se baladèrent dans Google Earth et la main de Chloé, sur le clavier, se mit à trembler quand elle constata que tout avait si peu changé. D'une caresse au pavé tactile, elle plongea sur la grande place, survola le clocher, les toits d'ardoise, s'engouffra dans les rues. C'était là, sous ses yeux, le Pot d'étain, la tour grise, son école, bordel, son école.

— C'est mignon, reconnut Corentin.

Elle attrapa le caméscope et filma l'écran de l'ordinateur, ses doigts qui remuaient doucement, et la menaient au cimetière. Elle zooma sur les tombes mais on ne pouvait pas s'approcher suffisamment. Elle reprit son vol, rasa les faubourgs et battit la campagne jusqu'à la forêt.

— C'est là, murmura-t-elle.

— Quoi ?

— C'est là qu'il s'est tué.

Elle désignait la route d'Évreux, le hêtre monumental. Ils se turent et elle filma le silence.

— Gérard, supplia Lucette, arrête, maintenant, s'il te plaît !

Gérard la comprenait. Elle avait raison de le supplier. L'armoire à liqueur était presque vide et il se comportait en butor, comme s'il se trouvait seul dans sa cave, portant successivement à sa bouche tous les jolis goulots de Lucette. Mais voilà, il existait tant d'autres paramètres, des éléments incommunicables, vraiment, ce n'était même pas la peine d'essayer. Comment expliquer, par exemple, qu'à cette heure grise, quand le soleil a déjà basculé derrière la haie de troènes et que les objets jettent des ombres plus longues qu'eux, il devient presque impossible de résister à l'épouvante ? Comment pouvait-il faire comprendre à Lucette à quel point sa rencontre avec Patricia, à la sortie du Pot d'étain, l'avait anéanti ? Rien d'étonnant à ce que le latiniste se fût servi de Gérard pour séduire Patricia. S'agissant de communier dans la consternation, Gérard était le sujet idéal. Il l'ignorait d'autant moins qu'il s'était souvent complu, auprès du latiniste, à faire l'intéressant, grossissant sa dégueulasserie jusqu'à l'atrocité la plus outrancière. C'était ainsi, dans les bars, on y avait son emploi, comme jadis sur le boulevard du Crime. Gérard avait opté pour la psychopathie, ce qui lui conférait toujours un certain succès, mais pouvait aussi le desservir, la preuve. Il n'avait pas anticipé de tomber autant amoureux de Patricia, ni qu'elle deviserait avec le latiniste. De façon générale, Gérard anticipait peu. Il ne pouvait même pas reprocher à son ancien collègue d'avoir voulu briller devant elle, en lui resservant ses anecdotes de lapins écorchés vivants. Dans de semblables circonstances, Gérard aurait sûrement fait pareil. Non, ce n'était pas le latiniste qui avait tout gâché. Gâcher, Gérard s'en chargeait très bien lui-même. C'était une de ses spécialités. Si, à la différence des gens normaux – pour autant qu'il puisse en juger – Gérard se savait incapable de justifier les événements de sa vie erratique, il pouvait au moins se targuer d'une certaine opiniâtreté, question fiascos.

— J'ai besoin de picoler, Lucette, d'accord ?

Il la regarda osciller, à travers le voile de larmes collantes qui lui tapissaient les yeux. Il la plaignait, cette pauvre vieille, d'avoir eu l'idée de compter sur lui. Il aurait dû la prévenir un peu, lui fournir quelques éléments. Quand on est près de se noyer, il n'est pas très prudent de s'accrocher à une épave.

— Tu veux que je mette la télé ? proposa-t-il.

Le gigantesque écran se dressait devant eux, comme un vitrail éteint. Ils avaient finalement commencé à s'y habituer, après que Gérard eut maîtrisé les télécommandes. Lucette ne boudait pas les émissions d'enchères et suivait un ou deux feuilletons matinaux. Mais quand il la vit hocher la tête pour accepter, il comprit qu'il avait dû se montrer un peu menaçant. Il lui faisait peur, quand il buvait trop, c'était triste. Elle regarderait la télévision pour ne pas le contrarier, espérant que, captivé, il oublie de lever le coude.

Il l'installa mieux dans son grand fauteuil, la cala entre deux coussins, rapprocha son propre siège et lui prit la main. L'écran les inonda de lumière et de cris. Gérard s'endormit très vite.

Plus tard, au sortir d'un rêve très structuré qui se désintégra dès qu'il entrouvrit les paupières, il constata que le téléviseur s'était radouci. Des humains y échangeaient des vues autour d'une table basse, dans un décor géométrique d'inspiration champêtre. Engoncé dans un espace mental intermédiaire entre la veille et l'égarement éthylique, il mit du temps à s'aviser que l'inintelligibilité absolue du débat tenait à ce qu'il avait zappé dans son sommeil sur une chaîne étrangère, vraisemblablement russe.

Il assouplit peu à peu son palais jusqu'à pouvoir proférer quelques phonèmes intelligibles au moyen desquels il informa Lucette de son désir de s'étendre sur une couche plus confortable, en profita pour ajouter quelques excuses relatives à son comportement malséant, qu'il assortit de considérations confuses sur sa dépendance émotionnelle à l'alcool et proposa, pour sceller leur réconciliation, de s'en jeter un petit dernier avant de filer au pieu.

La pudique rudesse de sa boutade n'eut pas l'effet escompté. Lucette demeura coite. Elle lui en voulait donc encore, ce qui confirma Gérard dans la mauvaise opinion qu'il se faisait de lui-même et dont il aimait tant à s'exposer les motifs. Après Patricia, il venait de froisser Lucette, éloignant de lui, une à une, ses ultimes amies, en une dynamique mortifère dont il avait vainement espéré rompre enfin le sortilège. La petite main de la petite vieille, pourtant, gisait toujours, osseuse et glacée, dans la sienne. Sa maigre expérience des femmes lui soufflait qu'un peu d'espoir subsistait toujours tant qu'elles ne retiraient pas leurs mains des vôtres. Il pressa les maigres phalanges, secoua l'inertie du radius, fit craquer ses propres vertèbres pour tourner vers elle un visage affectueux, et constata qu'elle était morte.

Il en fut sûr aussitôt, dégrisé, son discernement recouvré lui communiquant froidement les preuves, raideur transie des extrémités de Lucette dont la mâchoire entrebâillée montrait la bouche d'ombre, narines pincées, pas de pouls.

Yeux éteints.

Gérard déposa précautionneusement la petite main sur l'accoudoir en cuir de son fauteuil et se démoula du sien. Sur l'écran, un visage soucieux proférait des phrases cabalistiques.

Ensuite, il marchait dans la rue du Pont de l'Arche, effleurant du bout des doigts les façades à colombage, et l'antique alternance, sur ses pulpes, du bois et de la pierre le rassurait comme quand il était gosse, et, de l'autre main, il frôlait les voitures garées, agréablement froides, sans déclencher d'alarmes parce que, comme quand il était gosse, les choses l'aimaient mieux que les gens, et puis il marchait dans la rue Notre Dame et ses doigts touchaient aussi le verre noir des vitres sans volets, ses pieds trébuchaient quelquefois sur les pavés en pente, sa bouche ouverte aspirait l'air humide, il n'y avait personne, et il marchait dans la rue au Lait, ses doigts heurtant rythmiquement la ferronnerie des grilles et se piquant aux pointes des thuyas, et il marchait le long de la départementale, vers le cimetière, reconnaissant dans les halos des lampadaires la silhouette parallélépipédique des entrepôts, les préfabriqués, les garages, l'ancienne usine, les toits de béton, les cheminées. Le cimetière était fermé mais il passa la tête entre deux barreaux et scruta les tombes, il se rappelait l'allée où se trouvait celle du mari de Lucette, qui l'attendait, et il fut écrasé par son impuissance, par l'indifférence du paysage, silencieux rappel à l'ordre des choses.

Il arpenta encore longtemps la ville où il n'y avait rien. Place de la Madeleine, les autos dormaient. Sur un panonceau laiteux, un pictogramme représentant une bicyclette indiquait la voie verte. Au bout de la rue du Goulet, il atteignit la zone pavillonnaire et réveilla quelques chiens qui se firent écho dans les lointains. Il descendit à croupetons la pente abrupte qui menait au bord de l'Iton et fixa l'eau semée d'éclats. Il y trempa ses mains, se les passa sur le visage.

De retour chez Lucette, il sentait la vase et la sueur. Elle reposait toujours dans son fauteuil de Formule 1, tombeaux ouverts vers l'au-delà, sacrée Lucette.

Il ouvrit l'armoire à liqueur, la referma.

Dans le smartphone tout neuf de Lucette, il trouva le numéro de Patricia, qu'il avait lui-même saisi. Il faillit l'appeler, d'un coup de pouce boueux, mais ce n'était pas une bonne idée. Il composa le 15.

Au terme d'une conversation confuse, encore compliquée par les voix, de nouveau criardes et vindicatives, qui jaillissaient de l'écran plat, il raccrocha, empocha le téléphone et, ne parvenant pas à mettre la main sur la télécommande, il s'enfonça dans le vaste canapé d'où il avait un joli point de vue sur Lucette. La tête de la vieille dame avait glissé vers son épaule mais elle était toujours morte et ses yeux ouverts ne regardaient rien. Malgré l'épuisement qui le gagnait, il fut contrarié de voir s'y refléter les couleurs vulgaires du téléviseur.

Il sursauta quand on sonna vigoureusement. La lumière bleue du gyrophare agitait la gaze des rideaux. La suite fut plus confuse encore, déferlement d'hommes résolus, professionnels, bruyants, leurs pas pressés sur le parquet tendre. Paroles dures, lumières vulgaires. Personne n'éteignit la télé. On lui parla, monsieur, monsieur, et il comprenait parfaitement leur indignation, maintenant qu'il y pensait, il n'avait pas fait ce qu'il fallait, on aurait peut-être pu sauver Lucette, s'il avait lancé l'alerte tout de suite et surtout s'il ne s'était pas endormi, s'il n'avait pas bu, s'il avait écouté ses supplications. Il y avait tant de choses à démêler, tant de reproches à lui faire, c'était un énorme travail et il enviait vraiment Lucette d'en être déchargée. Quelqu'un l'aida à se remettre debout.

— Vous m'emmenez en prison ?

Il y avait presque de l'espoir dans sa voix.

— Non monsieur, à l'hôpital. Comment vous êtes-vous blessé ?

Il se palpa le front, machinalement, et y rencontra une entaille sanguinolente. Il avait dû se casser la figure en remontant la berge du canal. Ce serait long à expliquer.

— Ce n'est pas moi qui l'ai tuée, précisa-t-il.

L'infirmier le dévisagea longuement, et s'abstint de répondre.

*Le ciel moutonne. La pluie plane comme une plaisanterie ancienne, suspendue. Les champs et les forêts ont, depuis longtemps, remplacé Paris dans les fenêtres du train. Ça s'est fait tout seul, naturellement, et l'on se prend à rêver d'un effacement spontané du techno-monde, sans effort ni conflit, sans complication.*

— Mademoiselle, grinça un vieux en levant de son livre un nez grumeleux, vous êtes charmante mais j'aimerais pouvoir lire en silence.

Chloé éteignit la caméra et s'enfonça dans son siège en riant sous cape. Corentin, les doigts sur ses paupières, jouait la consternation, la face fendue par un long sourire. Elle n'avait jamais vraiment remarqué ses jolies ridules. Il devenait chaque jour plus beau.

— Tu as enregistré ce qu'il a dit ? lui chuchota-t-il au creux de l'oreille.

— Oui ! Le film va être ouf !

Elle avait adopté par contagion le lexique branchouille de Corentin, auquel son père lui avait toujours appris à résister, les petits mots faussement naïfs et qu'il fallait entendre au quatrième degré, les ouf, les foufous, les chouchou les guedin, ils se marraient comme deux mômes, ravis d'énerver tout le monde.

Le vieux leur décocha un regard neutre et s'absorba ostensiblement dans son ouvrage, un élégant volume posant en couverture l'énigmatique question : Où atterrir ?

Les amoureux, tempe contre tempe, visionnèrent sur l'écran minuscule du caméscope les images enregistrées depuis leur départ de Paris. Ils se partageaient les écouteurs pour écouter l'audiodescription improvisée par Chloé au moment même du tournage. C'était le concept, filmer et commenter simultanément. Quoique n'ayant pas une idée claire de leur propre intention artistique, ils la jugeaient innovante et plutôt cool. Mais c'était susceptible d'évoluer. On pourrait, par exemple, commenter le commentaire à l'aide d'une voix off. Ils étaient alternativement acteur ou actrice, cameraman ou camerawoman et n'apparaissaient ensemble à l'image qu'à la faveur d'un reflet dans une vitre, une flaque, un verre de lunettes. En vrai, c'était beau. Et pour l'instant, comme le confirma Corentin qui s'y entendait – il se rendait tous les ans aux États généraux du film documentaire, à Lussas, en Ardèche – ça tenait la route sans montage. Et interrogeait carrément le réel.

— On arrive bientôt ! s'énerva Chloé, chuchotant à tue-tête.

Ses Converse trépignèrent sur le sol du TER et elle les filma, arrachant un nouveau soupir au vieux. Ils s'esclaffèrent, ils étaient chiants, ils adoraient.

Quand le train amorça son ralentissement tandis que le chef de bord prononçait le nom de Vinteuil, elle posa une main sur son cœur et il l'embrassa sur le front. Chloé se rappela soudain ses premières séances avec la thérapeute, et sa difficulté à être dupe. Elle se félicita d'avoir tant progressé dans ce domaine.

Pour l'arrivée, elle avait prévu une petite mise en scène : Corentin la précéderait sur le quai puis la filmerait tandis qu'elle descendrait du wagon à reculons, allusion à Neil Armstrong posant le pied sur le sol lunaire.

— Et voilà, dit-elle à la caméra.

*C'est une gare minuscule, deux voies, deux quais, des bâtiments anciens sans élégance, dans leur jus, rien n'a changé depuis l'enfance, ni les murs de brique, ni la marquise, ni la grande horloge. Les portes de la gare s'ouvrent comme autrefois sur une longue allée bordée de vieux platanes et que longe la petite rivière. La mairie est tout près, entourée du parc où j'allais jouer autrefois, les arbres ont poussé mais paraissent plus petits. J'ai vieilli.*

— Franchement, d'où tu sors ça ? admira Corentin en recalant la bretelle de son sac à dos.

— J'ai un peu préparé, avoua Chloé.

Puis elle se tut, brutalement submergée par une émotion authentique. Levant le nez vers les façades, elle oublia qu'il la filmait. La thérapeute avait eu raison. Il *fallait* revenir. Tout, ici, avait forcément du sens. Elle se laissa mener par des souvenirs inscrits dans son corps. Cette rue, c'est celle qu'elle empruntait avec son père pour se rendre à l'école. Ils résidaient un peu en dehors de la ville et il l'emmenait en voiture, mais elle voulait finir le chemin à pied, pour dissiper la nausée que suscitait toujours la perspective d'une journée loin de ses parents, à la merci des maîtresses, toutes plus ou moins méchantes, comment s'appelait la pire ? Mme Lhentis, qui tirait les petits cheveux au-dessus des oreilles. Et, pendant que papa menait sa fillette au supplice, maman se faisait sauter par Sylvain. Non, non, pas du tout. À cette époque, Sylvain était déjà mort, à ce qu'elle avait compris. Il fallait revoir la chronologie. Sylvain Bertin. Elle irait voir sa tombe mais plus tard. Il y avait beaucoup à faire. Elle se demanda si elle espérait que Mme Lhentis fût morte ou au moins à la retraite. Si tel n'était pas le cas, pourquoi ne pas débarquer dans sa classe, à cette vieille salope ? Tu me reconnais, Lhentis ? Ça te dirait de me tirer les petits cheveux ? Elle apparaîtrait à l'image, en gros plan, balance ton instit'.

Chloé serra la main de Corentin, surprise par l'intensité de ses affects, l'ardeur de ses colères oubliées. Alors c'était vrai. Tout était encore là, disponible. Le passé.

Ils tournèrent à droite et passèrent sous le petit pont fleuri qui enjambait la rue Georges Clémenceau, laissant derrière eux le rond-point de la mairie. Tous ces noms qui avaient ponctué les conversations parentales et subsistaient dans une strate de sa mémoire, enveloppés dans les voix de jadis, plus claires, plus sonores, celle de Maxime lui revint tout à coup, une voix aiguë, nasale, il avait mué tard, on se moquait de lui.

Pour se rendre chez son amant, après avoir déposé sa fille à la crèche, Véronique ne se garait certainement pas dans le centre – elle s'était montrée plutôt fuyante quand Chloé lui avait posé la question – mais plutôt vers la salle des fêtes ou plus loin encore, au pied des H.L.M., au-delà de la Maison des jeunes. Chloé se la représentait bien, à peine plus âgée qu'elle aujourd'hui, furtive, descendant précautionneusement de sa petite voiture, fourrant la clé dans son sac, non, ne l'y fourrant pas, l'y rangeant, Véronique était soigneuse et ordonnée mais gardait-elle son sang-froid juste avant de faire l'amour avec le quincaillier ? Ces questions troublaient Chloé, qui serra encore la main chaude de Corentin. Quelles précautions fallait-il prendre pour cacher une liaison adultère dans une ville si minuscule ? Dans une époque si réac ? Chloé n'arrivait pas à savoir si elle éprouvait de l'admiration ou du dégoût. Corentin respectait son silence, se laissait guider.

Ils traversèrent la grande place, qui faisait toujours office de parking, sauf le samedi, jour du marché. La forme d'une ville ne changeait pas tant que ça, au fond. La pharmacie centrale avait disparu, remplacée par une boutique de prothèse auditive. La librairie avait cédé la place à un chausseur de luxe et l'enseigne d'un kebab ornait l'angle de la rue Gambetta, où se tenait autrefois une charcuterie.

Ils cheminèrent longtemps. Chloé voulait en voir le plus possible, avant que la réalité nouvelle n'oblitère l'ancienne. Elle résistait au présent, qui s'installait chez elle comme en terrain conquis, y semant ses évidences. Au bout de la rue Thiers, face à l'office notarial qui n'avait pas disparu, elle tournait pour aller prendre sa leçon de piano dans le magasin de musique tenu par un vieil Arménien. C'était sa femme qui dispensait les leçons, une grand-mère faussement gentille, aux dents jaunes, dont Chloé se souvenait juste que sa pédagogie reposait essentiellement sur une débauche de gommettes multicolores. Il fallait en coller partout, sur les notes de la portée, sur les touches du piano, sur les dièses. La mamie montrait les gommettes, de son index tordu par l'arthrose, et il fallait chanter les notes en cadence. Mi, mi, mi, fa bémo-ol. Chloé avait abandonné le piano à son arrivée à Paris. L'instrument dormait toujours, chez ses parents.

Sa mère l'accompagnait aux cours de musique, et à la danse, c'est vrai, elle avait fait de la danse, un temps. Des chorégraphies staliniennes, la prof hurlait, il y avait des grandes filles, d'une beauté terrifiante. Oui, c'était Véronique qui l'emmenait aux *activités du mercredi*, elle travaillait à temps partiel pour s'occuper d'elle, puisque son amant était mort, tandis que Jean-Charles bossait jusqu'à la nuit.

— On pourrait peut-être déposer les bagages à l'hôtel ? osa Corentin, au bout de deux heures de déambulation.

Mais elle hocha négativement la tête. Pas envie. Elle l'avait laissé se charger des réservations, espérant qu'il leur dégoterait une chambre d'hôtes, quelque chose d'un peu charmant, avec du caractère, mais il avait opté pour un établissement minable, un dortoir à routiers, près de la nationale. C'était loin, il porterait le sac à dos, tant pis pour lui s'il avait emporté toute sa garde-robe.

— Tu as l'air un peu stressée, ajouta-t-il. Ça va ?

Elle s'efforça de produire un beau sourire et il répondit à sa place que, bien sûr, ce n'était pas évident de retrouver le temps perdu, d'arpenter les lieux du trauma, il respectait ça, il expliquait bien.

La quincaillerie n'existait plus. S'étalait à sa place un magasin criard et polyvalent, proposant toutes sortes de produits disparates, une sorte de solderie. Chloé leva les yeux vers la fenêtre qui surmontait la vitrine, celle de l'ancien appartement, derrière laquelle sa mère venait jouir en cachette. Chaque fois qu'elle se l'imaginait dans les bras de Sylvain, l'idée d'un plaisir intense s'imposait. D'un plaisir surnaturel, bruyant, animal, absolument incompatible avec l'image que Chloé s'était faite jusqu'ici de sa mère.

À la vue de cette fenêtre, elle fut bouleversée de pitié pour Jean-Charles.

— Tu pleures ? se renseigna Corentin.

Le poids de son sac à dos commençait à creuser ses traits.

Gérard entendait bien la colère de Patricia, dans la façon dont elle frottait les surfaces, mais il ne savait pas quoi faire. Ça couinait plus fort que d'habitude, chiffon contre miroir. Un combat sans fin.

Déjà, il était plutôt surpris et ravi qu'elle soit venue. Après la mort de Lucette, l'enterrement, ce n'était pas gagné. Dans un premier temps, il avait astiqué lui-même tout son appartement, le mardi soir, ramassé les canettes et les bouteilles vides – Bertrand, de la supérette, s'était encore montré coulant – aspiré les moutons. Puis il avait réfléchi que si elle trouvait tout son boulot fait, d'une, ça pouvait l'humilier, de deux, elle risquait de s'en aller direct.

Alors il avait resali.

En arrivant, elle avait trouvé les taches habituelles aux endroits normaux, et Gérard sifflant le fond d'une bouteille de schnaps à la pêche, récupérée chez Lucette.

Mais bon, elle boudait, c'était clair. Elle lui en voulait.

— Vous n'avez toujours pas rincé ce truc ? s'emporta-t-elle.

Elle brandissait le tote-bag, qu'elle venait de retrouver sous le buffet, celui dans lequel s'étaient brisées les deux bouteilles de jaja originelles, le tote-bag qu'il avait lâché pour se porter au secours de Lucette. Il était teint d'un rouge sale.

— Je... Je ne savais plus où je l'avais fourré. Je peux peut-être essayer de mettre du gros sel ?

Elle ne saisit pas cette perche. Il insista :

— De toute façon, j'ai un sac de sport pour transporter des trucs. Il est beaucoup plus grand, et en plus il est solide et imperméable.

Mauvaise idée. Elle rit méchamment.

— Transporter des trucs. Il vous arrive de transporter autre chose que des bouteilles ?

Gérard aussi s'en voulait, bien sûr, même si, plus habitué à lui-même, il ne voyait rien de très étonnant dans la catastrophe du décès de Lucette. Il était la dernière personne à qui se fier pour éviter de mourir.

Il était triste, mais pas surpris. De surcroît, il avait passé en revue le détail des événements et tout n'était pas sa faute. Il avait craint, un moment, d'être placé en garde à vue. On l'avait quand même trouvé ivre mort à côté d'un cadavre. C'était louche. Mais les médecins avaient assuré que la malheureuse s'était éteinte dans son sommeil. Le cœur avait cessé de battre, point final. Réconfortant, oui, mais il y avait ce détail des yeux ouverts. Gérard n'avait pas osé poser de questions mais il se rappelait parfaitement les pupilles de la vieille dame braquée sur la télé alors qu'elle était déjà raide. Se pouvait-il qu'elle se soit réveillée juste avant d'y passer ? Ou que l'infarctus ait provoqué la réouverture mécanique des paupières ? Gérard tâchait de se remémorer les animaux qu'il avait flingués, dans sa période chasseur. Malheureusement, aucun ne dormait quand il leur avait porté le coup fatal. Pas moyen de savoir. Et pas moyen non plus d'interroger Patricia qui, de toute façon, ne paraissait pas disposée à recueillir ses épanchements. Il garderait donc pour lui les yeux éteints de Lucette. Il en avait bien d'autres, des détails comme ça, dans son musée des tristesses.

Naturellement, la famille ne l'avait pas autorisé à assister aux funérailles. Il s'était endimanché de frais, pourtant, et leur attitude hostile, devant l'église de la Madeleine, l'avait désarçonné. Après coup, il avait compris mais se demandait tout de même s'ils avaient le droit de lui interdire d'accompagner sa vieille amie au cimetière. C'était quand même lui qui la soutenait, dans ses dernières promenades. Oh, et puis, pas grave. Il avait écouté le sermon du prêtre – un jeune Noir qu'il n'avait jamais vu, probablement intérimaire – dissimulé dans une petite chapelle dont la porte fermait mal. L'homélie était nulle, standard. Il aurait fait mieux. Le curé avait dû récolter trois pauvres anecdotes sur Lucette et les recaser comme il avait pu. Il n'y avait pas grand monde, les copains ayant déjà passé l'arme à gauche, ou divaguant à l'hospice. Au moins, elle y avait échappé, à l'hospice, et c'était grâce à lui, non ?

Cette considération, jointe à d'autres, lui avait fait prendre assez vite le chemin de la résilience. Il avait repensé à leurs fous rires, à tout le mal qu'ils avaient dit des Vintoliens, au cours de leurs petites soirées. Certes, la dernière avait été moche, et s'il avait su, il se serait abstenu de boire, mais c'était à cause du latiniste qui avait terni sa réputation.

L'un dans l'autre, Gérard ne regardait toujours pas la mort comme tragique. Surtout celle des vieilles gens. La sienne l'effrayait d'autant moins qu'il s'était toujours considéré comme sursitaire, effaré dès l'âge de douze ans d'avoir déjà tant vécu. Une sorte de philosophie instinctive, la faculté native de se soumettre.

C'est ainsi qu'après avoir honnêtement examiné en pensée, dans les longues heures de solitude qui avaient suivi les obsèques, toutes les circonstances du décès de Lucette, il était sorti blanchi du procès que lui avait tout de même intenté sa conscience. Certes, il s'était endormi, mais qu'aurait-il pu faire quand bien même il l'aurait veillée sans relâche ? Le docteur le lui avait promis : on n'aurait jamais pu la secourir à temps.

Aussi, lorsque Patricia franchit sa porte, le mercredi matin d'après la cérémonie, Gérard était-il tout prêt à communier avec elle dans la nostalgie de Lucette qui, par contre, lui manquait beaucoup, s'attendant à improviser en sa compagnie une oraison digne de leur chère amie. Il s'était même imaginé que cette mort les réconcilierait, après l'affaire du Pot d'étain, balayant les bêtises et soulignant l'urgence de s'aimer vivants. Le pinard de Bertrand avait dû aider un peu.

Il s'en rendit compte en découvrant le visage fermé de Patricia. Il n'avait pas eu l'occasion de lui parler depuis la sombre nuit et ne l'avait aperçue que de loin, dans le cortège, le jour de l'enterrement. Visiblement, elle était fumasse et leurs pensées avaient suivi des cours bien différents. Au tribunal de Patricia, Gérard avait dû écoper de la peine maximale.

Il s'était tout de même permis de proférer un bonjour auquel elle avait répondu par un grommellement. Puis elle lui avait tourné le dos pour aller chercher les éponges et les produits.

Au bout d'une demi-heure qu'il consacra à tourner en rond dans son salon tandis qu'elle passait ses nerfs sur des éclaboussures de cassoulet, il osa lui demander si elle lui en voulait.

— Pourquoi est-ce que je vous en voudrais, Gérard ?

Il se tenait dans l'embrasure de la porte et la voyait de profil. Un profil d'actrice, soigné, une belle mise-en-pli, avec cette petite mèche qui s'agitait sur son front. Le nez droit, le menton volontaire quoique tendrement ramolli par l'âge. Dans ses rêveries érotiques, il jouait avec elle à « Je te tiens par la barbichette », il perdait volontairement et elle le punissait.

— Vous savez bien...

Il lui sembla qu'elle hochait la tête mais c'était peut-être un mouvement involontaire, dû à l'énergie avec laquelle elle frottait le plan de travail déjà étincelant. Il supposa qu'elle attendait qu'il termine sa phrase.

— Je n'ai pas assuré, avec Lucette.

Elle s'interrompit et se tourna brusquement vers lui, pivotant violemment, comme au tango. Ses phalanges blanchies écrabouillaient l'éponge contre ses seins.

— Vous n'avez pas *assuré* ?

Il paniqua. En fait, c'était plus grave encore qu'il ne se le figurait. La colère de Patricia semblait avoir atteint ce degré d'incandescence où la moindre maladresse peut tout faire exploser. Ses derniers mots constituaient à l'évidence une maladresse, mais il n'en trouvait pas d'autres. Ses neurones grippaient.

— Qu'est-ce que j'aurais pu faire ? gémit-il.

Elle posa l'éponge et feignit de réfléchir honnêtement à la question. Puis elle énuméra :

— Ne pas vous soûler, appeler les pompiers, m'appeler...

— C'était un infarctus...

— Tenter un massage cardiaque.

— Je... Je n'ai jamais pris de cours de secourisme.

— Ah non ? Et pourquoi ? Moi oui. Vous n'avez jamais eu envie ? Dommage, vous avez fait tellement de choses passionnantes, au cours de votre existence.

Elle reprit son éponge et s'attaqua au four. Son regard, qui se reflétait dans la vitre immaculée de la cuisinière, le fusillait. Elle avait des yeux magnifiques.

— Agir ! hurla-t-elle soudain. Vous bouger le cul !

Il s'écarta de justesse quand elle se rua hors de la cuisine. À son grand désespoir, il vit qu'elle enfilait son manteau.

— Attendez !

Elle s'immobilisa, fixa un point lointain.

— Vous comprenez, Gérard, il y a des moments, dans la vie, où c'est grave de ne rien faire.

Il baissa la tête en la hochant, heureux qu'elle lui parle encore, qu'elle lui explique des choses. Elle poursuivit :

— Jusqu'ici, je ne vous jugeais pas, parce que votre inertie ne regardait que vous. Ne nuisait qu'à vous. Mais là, désolée, c'est trop.

Un frisson glaça l'échine de Gérard. Elle posait déjà la main sur la poignée de la porte.

— Je ne reviendrai pas, Gérard, c'est mieux. Je demanderai à Monique de me remplacer.

Il fit deux pas désespérés.

— Pas Monique, s'il vous plaît. Pas Monique !

Il avait déjà eu affaire à Monique, deux ans plus tôt, quand Patricia s'était fait opérer d'il ne savait plus quoi. Monique était terrifiante, elle lui rappelait une lointaine tante permanentée.

Patricia accrut sa pression sur la poignée.

— Gérard, je suis en colère. C'est peut-être injuste mais je ne vais pas débarquer chez vous dans cet état d'esprit. Ce n'est pas… professionnel.

Il crut discerner une brèche dans son raisonnement et tâcha de s'y glisser.

— Mais… Depuis le temps, notre relation n'est pas uniquement professionnelle, comme vous dites.

— Bien sûr que si.

Elle sortit. Quelques secondes passèrent et la clé tourna de nouveau dans la serrure. La porte, en se rouvrant, fit fleurir l'espoir.

— Si vous préférez, je peux essayer de vous avoir Nadège.

Puis elle s'en alla pour de bon.

Le cimetière, songeait Corentin, exhortait au pessimisme le plus convenu, tuait l'avenir dans l'œuf, jonchait de croix les perspectives. Les humains aimaient trop la mort, s'en faisaient tout un monde. On ne lui ôterait pas de l'idée que cette exhibition de marbre clinquant, ces potiches dignes d'une jardinerie de zone commerciale, ces cippes pompiers, ces angelots rongés, tout ce fatras funéraire participaient d'une logique de domination dont il pressentait confusément l'injustice. Outre l'incontestable dimension business, le marché de la mort offrait aux puissants d'intéressantes ressources symboliques en délivrant aux pauvres un message d'acquiescement généralisé, de renoncement aux biens matériels et, surtout, surtout, à l'ambition. Les riches, d'ailleurs, finançaient sans complexe les recherches sur leur imminente immortalité, qui revêtirait des formes inédites, légères, aux confins du numérique et de la pharmacopée. Bientôt, insoucieux de sauver leur âme, ils la sauvegarderaient en uploadant leurs cellules cérébrales dans des corps juvéniles conçus pour eux en laboratoire, tandis que les misérables continueraient de ruminer des psaumes, tassés autour des ossements de leurs proches, englués dans la boue des charniers.

À la vérité, c'était la mauvaise humeur qui le rendait contestataire et dissertatif. L'hôtel avait été nul et leur coït vespéral furtif. Chloé s'était levée tôt pour aller courir tandis qu'il paressait dans les draps au son lancinant des aspirateurs qui s'attaquaient déjà aux chambres voisines. Quoique Corentin se fût toujours défendu de tout parisianisme – il adorait louer des air bnb en régions – il avait dû, au petit déjeuner, batailler contre son habitus, cerné par un quarteron de mâles blancs mal rasés qui sirotaient leur robusta, les yeux rivés sur BFM.

Quand Chloé lui avait annoncé qu'ils commenceraient leur journée par la visite au cimetière, afin de retrouver la tombe de l'amant de sa mère, il s'était mentalement préparé à supporter l'ennui, sans se douter qu'il serait aussi tourmenté, à la vue des sépulcres, par un buisson de pensées urticantes. À quoi s'ajoutait celle qu'il aurait, au bout du compte, consacré trois jours de R.T.T. à pèleriner dans un champ de navets normand. Si au moins Chloé avait passé son enfance à Villequier, il aurait peut-être pu faire quelques photos sympas pour son Insta.

Se rappelant, au fait, qu'il était censé filmer, il se secoua et alluma le caméscope. Chloé, qui le précédait dans les allées désertes, avait déjà commencé depuis un moment son monologue audiodescriptif. Sur ce dernier point, il avait été plutôt partant, au départ, mais à la longue, ça devenait lourd, ce commentaire atone et redondant de leurs moindres gestes. Sans compter qu'il ne manquerait pas de péter les rouleaux d'éventuels spectateurs, même sur Arte.

*Un silence léger palpite entre les tombes. La lumière normande, grise et solennelle, baigne le marbre et l'auréole d'une tristesse retenue.*

Corentin fit le point sur un caveau prétentieux et s'arrêta pour exécuter un panoramique trop rapide. Les stèles défilèrent dans l'œilleton de visée.

*Des noms succèdent aux noms, des familles unies dans la mort, des solitaires, des enfants. Chaque date raconte une histoire.*

Des noms, oui, mais jamais le bon. Bertin. Il zooma sur une inscription, tout devint flou, il repartit en arrière, s'autorisa un travelling impertinent, buissonnier, en direction du ciel, revint au profil perdu de Chloé qui avait pris un peu d'avance et dont il ne captait plus le monologue que par fragments, la substance en étant absorbée par le grondement profond d'un compresseur proche.

Soudain, dans la profondeur de champ, il aperçut un visage.

Il grimaça pour mieux voir puis éteignit la caméra. Il y avait une femme, là-bas, accroupie près d'une pierre tombale. Il posa sa main sur le bras de Chloé, qui soliloquait toujours.

— Excuse-moi, on pourrait peut-être lui demander où se trouve Bertin ?

Contrariée par son indélicatesse, elle rangea derrière son oreille une mèche qui lui cachait la femme, à laquelle elle finit par lancer un coup d'œil rétif.

— J'avais pensé y arriver toute seule. Je crois que c'est important.

Il contint son agacement.

— Oui, non mais là, on en a pour des plombes, franchement.

Il avait repris son petit ton de N+1.

— OK, soupira-t-elle.

Ils s'approchèrent prudemment. Chloé profita de ces quelques pas pour se ressaisir, pour repenser à sa psy, aux enjeux, pour recontextualiser. Armée d'un sourire triste, elle attendit un peu avant d'aborder la femme qui ne leur accordait aucune attention, absorbée, tandis que sa main caressait des corolles, dans la contemplation d'une épitaphe fraîchement gravée, au nom de Lucette Deshayes.

C'était une femme plutôt petite et rebondie, la cinquantaine terne, serrée dans une doudoune mauve à capuche en fourrure synthétique. Sa jupe trop courte comprimait un fessier robuste que prolongeaient des jambes en collants noirs chaussées de boots beiges. Comme elle se tenait toujours accroupie, Chloé observa le haut de son crâne, où la peau affleurait sous la toison ternie par une succession de choix capillaires hasardeux. Elle portait des créoles.

Se relevant enfin, dans un chapelet de craquements articulaires, elle posa sur le couple un regard vide.

— Bonjour madame, excusez-nous de vous déranger, commença Chloé, d'une voix de petite fille crispante.

La femme hocha la tête. Elle paraissait décidée à économiser les mots.

— Nous cherchons une tombe, continua Chloé, avant de s'interrompre.

Comme son silence se prolongeait, Corentin se crut obligé de prendre le relais.

— La tombe d'un certain Bertin. Sylvain Bertin. Nous ne sommes pas d'ici. Peut-être que...

Contournant Chloé, qu'elle bouscula presque, la femme s'avança si près de lui qu'il trébucha en reculant et faillit lâcher la caméra. Elle ficha ses yeux dans les siens.

— Qu'est-ce que vous lui voulez ?

Il haleta, perturbé par le vrombissement du compresseur auquel s'étaient superposés les éclats d'un marteau-piqueur. Le visage de la femme était beaucoup trop proche, il distinguait les détails de sa peau, ses narines pincées, le rouge à lèvres qui débordait un peu. Chloé intervint.

— C'est moi, madame. C'est moi qui le recherche.

Elle avait posé sa petite main sur le biceps de la femme, qu'épaississait sa doudoune. Délaissant Corentin, celle-ci se tourna vers Chloé, avec un bruissement synthétique. Il en profita pour reculer d'un pas supplémentaire.

— Je suis sa sœur, révéla la femme.

Là, Corentin fut estomaqué. C'était vraiment malheureux qu'il ait coupé la caméra. S'il avait pu choper cette petite phrase ! La sœur du mec mort !

Le visage de Chloé parcourut toute la gamme chromatique, passant du cerise au vieil ivoire en quelques secondes. Elle vacilla au point que la femme dut se précipiter pour la rattraper avant qu'elle ne s'effondre, tant pis, c'était trop bien, Corentin ralluma le caméscope et le coinça sous son aisselle, à l'arrache, on verrait. Il se déplaça légèrement, espérant que les deux femmes, maintenant assises sur la tombe de Lucette Deshayes se trouvaient bien dans le cadre.

— Excusez-moi, déglutit Chloé en agitant lentement les mains comme pour en détacher une matière visqueuse.

La femme s'était radoucie. Elle attendit patiemment que Chloé reprenne ses esprits, ses deux mains jointes sur ses genoux. C'était un peu long mais on pourrait toujours couper au montage.

— Le mieux, finit par articuler Chloé, c'est que je vous raconte tout.

Elle lança un regard angoissé à Corentin qui l'encouragea d'un sourire. Mais oui, balance tout, vas-y. On est en route pour l'Oscar. La sœur de Bertin ne répondit pas.

— Ma mère... se lança Chloé, ma mère a eu une...

Elle chercha ses mots. C'était dommage, ces travaux, ça polluait la bande-son.

— Une histoire d'amour avec votre frère.

À son tour, la femme parut s'affaisser. Ses mains glissèrent le long de ses collants avec une sensualité hors de propos.

— C'était il y a très, très longtemps, ajouta précipitamment Chloé. J'étais toute petite. Je viens juste de l'apprendre.

La femme posa une main sur sa poitrine et, de l'autre, tâtait le sol. Corentin craignit qu'elle ne fût en quête d'une pierre ou d'un bâton pour assommer Chloé mais non, elle voulait juste se relever, ce qu'elle fit en s'appuyant à la croix de Lucette. Chloé, à son tour, bondit sur ses pieds.

— Je suis désolée, je n'aurais peut-être pas dû vous dire ça.

Elle attrapa les mains de la femme. Elle semblait au bord des larmes et c'était dommage parce que le caméscope, toujours sous le bras de Corentin, ne devait filmer que son torse. Tant pis, le cadrage conférerait peut-être à la scène un côté caméra cachée. On serait pile dans le réel.

— Je viens sur sa tombe depuis trente ans, dit la femme. Il s'est tué dans un accident de voiture.

Elle ne parlait pas très fort, mais le micro était sensible.

— Je sais, répondit Chloé. Ma mère m'a dit qu'il était très jeune et très beau.

Ça, c'était nouille. Tant pis.

— Comment vous appelez-vous ? demanda soudain la femme.

— Chloé. Chloé Guérillard.

— Guérillard, répéta la femme. Et votre mère ?

— Véronique.

— Véronique Guérillard.

Chloé se sentit soudain très mal à l'aise, d'entendre décliner l'identité maternelle dans ce cimetière vide. La femme en répétait maintenant les syllabes, avec une lenteur précautionneuse. Après un long silence, elle poursuivit l'interrogatoire :

— Et votre père ?

Chloé hésita mais se dit qu'elle n'avait plus le choix.

— Jean-Charles. Jean-Charles Guérillard.

À nouveau, elle eut pitié de son pauvre papa, qui n'avait rien demandé, et dont elle racontait l'infortune à une inconnue. Elle aurait dû mieux réfléchir.

— Il… Il n'est pas au courant, précisa-t-elle.

Elle se mordit les lèvres, écrasée de honte par cette remarque dérisoire qui trahissait son égoïsme, face à cette sœur endeuillée, sa médiocrité bourgeoise. Elle chercha d'autres mots, pour réparer, ne trouva rien.

Alors, avec une majestueuse lenteur, la femme la prit dans ses bras.

— Je suis tellement heureuse de vous connaître, Chloé.

Là, c'était bon. Comme elles semblaient l'avoir complètement oublié, Corentin posa nonchalamment la caméra sur son ventre, fit pivoter l'œilleton de visée et filma les deux femmes en contreplongée. D'un discret coup d'œil, il vérifia qu'il avait bien les visages. Excellent. Elles pleuraient toutes les deux, maintenant.

La suite du dialogue fut assez confuse, entrecoupée de sanglots et de mouchages. On y apprit notamment le prénom de la femme, Patricia, et combien elle était bouleversée de rencontrer Chloé trois jours après avoir enterré une vieille amie. Elles se dirent qu'elles croyaient aux signes et que chacune venait de mettre un peu de lumière dans la vie de l'autre. À la fin, elles sortirent leurs portables pour échanger leurs numéros, et Patricia leur indiqua l'emplacement de Sylvain.

— Je vous laisse tranquilles, sourit-elle. On se rappelle plus tard.

Elle quitta le cimetière à pas précipités.

Ils se recueillirent un moment sur la concession. Chloé ne se rassasiait pas de sa vue.

Plus tard, de retour à l'hôtel, ils débriefèrent, convinrent que tout ça était ouf.

— Je n'ai pas bien compris, s'interrogea Corentin, elle était au courant pour ta mère et son frère ?

Chloé n'était pas sûre. Ils visionnèrent les images. Patricia n'avait rien dit à ce sujet.

— En même temps, elle n'a posé aucune question là-dessus, observa Chloé.

— Bizarre...

— Pourquoi bizarre ? Il fallait qu'elle digère l'info, non ? Les questions viendront après.

— Peut-être, oui.

La moue sceptique de Corentin agaçait un peu Chloé, mais elle dut s'avouer qu'elle partageait sa perplexité. Quelque chose sonnait faux, dans la jolie mélodie du hasard.

La tendresse de la peau de chamois émut Gérard plus encore que d'habitude. Il fignolait le lustrage de la carabine, étendue dans toute sa solennité sur la table de sa cave. Il avait fait de la place en poussant quelques caisses et terminait, comme d'habitude, par la crosse en noyer de Turquie. Son père l'aurait vraiment aimée, tant elle offrait de réponses intelligentes aux questions qu'ils se posaient, tous les deux, en arpentant la campagne dès l'ouverture de la chasse. Le régulateur était une merveille, résolvant enfin le problème de la régularité des tirs, en maintenant une pression constante dans le réservoir. Les deux petits manomètres jetaient des éclats sous le plafonnier. Le paternel de Gérard n'avait jamais entonné l'antienne pleurarde des chasseurs traditionnalistes prétendant honorer la nature éternelle. Non, il adorait le progrès, la technique, la précision mécanique. Il n'aurait jamais pu se payer cette merveille alors que Gérard n'avait pas eu à économiser bien longtemps pour l'acheter en solde sur Internet, deux ans plus tôt.

C'était au cours d'une de ses périodes. Quand il s'était dit qu'après tout, la chasse lui manquait et qu'il redorerait peut-être son blason aux yeux de Patricia en lui offrant du gibier.

Mais quand il avait tâté le terrain, sans aller jusqu'à l'informer de sa déraisonnable emplette, elle lui avait dit carrément qu'elle détestait les chasseurs, et qu'elle jugeait les animaux beaucoup plus intéressants que les humains, souvent. Plus innocents, à coup sûr. Il avait rangé sa carabine dans la cave.

Désolé, pourtant, de la savoir là, bien serrée dans sa boîte, au cœur de son local secret, il la nettoyait souvent, faute de mieux. Il aurait bien aimé se faire un beau chevreuil ou des faisans. Maintes fois, au cours de sa courte idylle avec Lucette, il s'était senti tenté de lui proposer une partie de chasse. Mais, craignant au dernier moment de tout gâcher, il s'était abstenu. Aujourd'hui, il était presque certain que ça lui aurait plu, de fouler avec lui les fougères, à l'aube, d'examiner les traces, d'attendre. Rêverie avortée, comme toutes les autres. Comme l'enfant qu'il n'avait jamais fait à Corinne.

En astiquant la détente, il s'étonna lui-même de ce rapprochement. Voilà ce qui n'allait pas, chez lui, que son esprit établisse une relation spontanée entre le regret de n'avoir pas abattu un chevreuil, et celui de n'avoir jamais eu d'enfant. C'était un signe indubitable de détraquement généralisé. Néanmoins, il soupçonnait une logique à l'œuvre dans ce cheminement, logique qu'il n'avait pas les moyens intellectuels d'analyser. Il avait, un moment, espéré que Patricia l'aide à mettre de l'ordre dans ses pensées, dans son passé, mais les confidences qu'il s'était parfois autorisées avaient suffi à la chambouler. Il lui avait finalement tu l'existence de cette cave immaculée, et, a fortiori, celle de la carabine.

Il était possible d'imaginer que Patricia ne le jugeait pas, que dans le monde de Patricia, l'existence de Gérard était tolérable. Mais il ne fallait pas aller trop loin, ne pas déraper. À petits coups de sonde, il avait cartographié la tolérance de Patricia, établi ses limites et consacrait beaucoup d'énergie à s'en approcher le plus possible sans trop les franchir. Cette énergie l'avait maintenu en vie jusqu'à présent. En joie. Mais il avait eu tort de laisser entrer des événements dans son quotidien. D'y inviter Lucette. Il avait baissé la garde. Il aurait fallu ne rien changer, ménager ses forces jusqu'au mercredi suivant, où Patricia lui fournissait sa dose hebdomadaire d'espérance.

Pour Monique, en revanche, il n'était qu'un rebut et il n'aurait pas la force de revoir sa gueule. Il avait bien perçu la méchanceté, dans la voix de Patricia, quand elle lui avait annoncé Monique. Ou Nadège. Nadège était encore pire.

C'était sa vengeance pour la mort de Lucette, la punition de son inertie. Au fond, il lui savait gré de cette vacherie qui l'avait aidé à lui en vouloir. Sans ça, il aurait tergiversé avant de sortir la carabine. Le dénouement lui était apparu dans toute sa nudité logique. Il allait se faire sauter la tronche, au milieu des cantines et des caisses, tout saloper définitivement. C'était assez médiocre et convenu, Gérard le reconnaissait volontiers, mais on ne pouvait pas lui faire grief d'avoir jamais voulu briller par son originalité.

La carabine serait idéale pour accomplir l'ultime sacrifice et, on n'allait pas se mentir, il y avait songé en l'achetant. Il avait pris en compte la longueur du canon, la sensibilité de la queue de visée. Il s'agissait d'une arme docile, très facile à retourner contre soi.

Il avait quand même eu besoin d'arguments, car quelque chose se rebelle toujours, dans ces moments, quelque chose, supposait-il, de reptilien. Mais un examen rapide de sa situation suivi d'une projection sommaire vers l'avenir – le sien et celui du monde – avaient suffi. Il regrettait juste, avant de tirer sa révérence, de ne pas flinguer le latiniste et c'était même une option qu'il avait sérieusement considérée. Mais Franck, au Pot d'étain, ne pouvait pas dire quand celui-ci repasserait par Vinteuil, et, de toute façon, un tel projet supposait de la logistique, de l'intendance, des précautions – il arrivait si souvent que les carnages tournent mal – autant d'efforts dont Gérard se croyait incapable.

Il avait pareillement, après trois brouillons, renoncé à la lettre d'adieu. Ce qui l'étonnait le plus, c'était d'être si peu triste à son endroit, ayant toujours éprouvé pour sa personne une certaine tendresse sans illusions. Mais l'indifférence résignée avec laquelle il avait accueilli la mort de Lucette le renseignait suffisamment sur son inaptitude à l'empathie. Il était presque déjà consolé de sa propre disparition. Son amour pour lui-même n'était pas réciproque.

Alors quoi ? Pourquoi tardait-il ? Il avait suffisamment graissé le métal, vérifié les chargeurs, peu de chance que la mécanique s'enraye. La détonation serait modérée, à ce qu'il avait lu. On se demanderait dans les étages si elle n'était pas due au gaz. On descendrait voir. Il n'avait pas fermé la porte à clé, pour faciliter les choses. Qui le trouverait ? Il passa en revue les autres résidents et se marra. Dommage de rater leur tête.

Il n'avait pris aucune disposition pour la suite et supposait qu'une administration quelconque y pourvoirait. Il n'avait rien, ça irait vite.

Un coup d'œil sur sa montre lui apprit qu'il était trois heures de l'après-midi, moment détestable, milieu vaseux du gué, heure parfaitement fatale.

Bon, allons-y.

Il entendit alors la porte de l'immeuble s'ouvrir en frottant bruyamment le vaste paillasson du hall. C'était inhabituel, personne ne venait jamais à trois heures de l'après-midi. Plus curieux encore, il reconnaissait, sur les dalles, l'écho si souvent guetté des pas de Patricia. Sûr et certain, c'étaient ses boots. Elle gravissait l'escalier quatre à quatre. Elle allait chez lui. S'il ne se dépêchait pas, il allait la manquer, dans deux minutes elle serait repartie.

Abandonnant l'arme sur la table, il se précipita, éperdu, verrouilla la porte de la cave, monta les marches de ciment et rejoignit Patricia devant sa porte. Elle avait déjà sorti son passe et semblait bouleversée. Gérard avait tout faux. Elle avait deviné qu'il allait commettre l'irréparable. Elle accourait pour le sauver.

— Gérard, balbutia-t-elle…

— Tout va bien. J'étais sorti. Entrez.

Elle n'était pas du tout comme d'habitude. Son rimmel avait coulé, un léger parfum de transpiration s'exhalait de sa doudoune et quelques mèches lui collaient au front. Il commença de soupçonner qu'elle n'était pas là pour lui, mais pour elle, et cette découverte ahurissante le combla de joie. Elle avait *besoin* de lui.

Il la fit asseoir dans son propre fauteuil. Elle accepta, confirmant que l'ordre du monde était bouleversé. De deux énergiques coups de manche, il chassa les miettes qui jonchaient les accoudoirs et demeura debout, hésitant à lui proposer quelque chose à boire. Elle tremblait. Il s'accroupit et approcha son visage du sien, qu'elle cachait derrière ses mains tremblantes.

— Patricia, murmura-t-il, qu'est-ce qui se passe ?

Il avait mal aux genoux mais n'en montra rien, respectant son silence, attentif au surgissement de sanglots qui l'auraient autorisé à la prendre dans ses bras. Elle se contenta de continuer à trembler, ce fut un long et magnifique moment.

— Mon frère. Il couchait avec une femme mariée.

Gérard fronça les sourcils et rassembla mentalement les éléments du dossier. Était-il déjà au courant de cette liaison ? Il ne savait plus trop. Non, non, certainement pas. Patricia ne lui en avait jamais parlé. Et Lucette non plus. Se posait maintenant la question de savoir comment réagir. Il ne trouva pas la réponse. Patricia enchaîna.

— J'ai rencontré la fille de sa maîtresse, au cimetière.

Elle lui raconta et Gérard, malgré ses articulations endolories, se concentra pour comprendre. Oui, d'accord, la fille.

C'était confus. La famille avait vécu à Vinteuil des années plus tôt. Guérillard. Ce nom ne lui disait rien. Donc Sylvain couchait avec Mme Guérillard. Puis il était mort. Ne parvenant pas à mesurer l'extraordinaire de ces révélations et craignant de gaffer, Gérard se tint coi un bon moment, mais Patricia le scrutait avec une telle intensité qu'il jugea lâche de se dérober. Elle attendait de lui une réaction.

— Vous savez, dit-il, tous les hommes ont des besoins sexuels.

Patricia soupira.

— Laissez tomber, Gérard.

Elle se leva en s'époussetant. Il n'avait pas eu le temps d'enlever les saletés sur l'assise et le dossier du fauteuil. Le visage de Patricia avait recouvré l'expression de consternation pincée qu'il affichait, chaque fois, en gros, que Gérard prenait la parole. C'était positif. Il était parvenu, par sa nullité coutumière, à lui procurer un certain apaisement.

Pour lui, c'était l'inverse. Dix minutes plus tôt, dans sa cave, il se réjouissait d'en avoir fini. Maintenant qu'elle était revenue et déjà presque repartie, il n'allait plus oser mourir. Car cette visite si lamentablement qu'elle se fût déroulée, donnait corps à une présomption abasourdissante : il avait peut-être un rôle à jouer dans la vie de Patricia.

C'était *lui* qu'elle était venue trouver.

Il allait devoir y réfléchir énormément.

À peine eut-elle raccroché, Patricia sut qu'elle avait commis une erreur.

Le coup de fil de la fille, Chloé, l'avait cueillie au moment où elle arrivait chez elle, encore furieuse de sa visite à Gérard. Elle n'était pas furieuse contre lui, mais contre elle, d'y être allée. Il lui était subitement apparu, quelques heures après la rencontre des deux jeunes au cimetière, quelques heures hagardes au cours desquelles elle avait tout juste eu l'énergie d'appeler la patronne pour prévenir qu'elle était malade, que Gérard était le seul à qui elle pût révéler son secret. Un secret de trente ans, si étroitement tressé au fil de ses pensées qu'il en était devenu la substance indécelable, l'arrière-plan, l'angle mort. C'était comme si ce secret avait choisi Gérard comme destinataire, pour des raisons qui lui échappaient à elle. Elle avait obéi, mais, une fois assise dans son fauteuil, l'évidence lui était à nouveau apparue de l'inaptitude absolue de Gérard, de sa complète ineptie. Elle était repartie à temps, avant de lâcher les mots qui la torturaient depuis le cimetière. Trente ans de colère continue, contenue, et maintenant ça diffusait en elle. Guérillard. Son instinct ne l'avait pas trompée, c'était bien au cimetière qu'elle trouverait la source du venin.

Quand la petite avait téléphoné, elle aurait dû trouver la force de ne pas décrocher. Mieux, de bloquer à jamais son numéro. Indésirable.

Mais elle avait répondu à cette voix jeune, haut perchée, trébuchant au bord du fou rire, et elle avait dit oui quand Chloé lui avait demandé si elle pouvait venir, avec son ami, venir chez elle, pour lui parler à nouveau, et pour lui *expliquer leur projet.* Elle avait dit oui, malgré elle. Désormais, c'était la colère qui répondait à sa place.

Et voilà qu'ils sonnaient déjà. Mais peut-être s'était-il écoulé, depuis le coup de fil, plus de temps que Patricia ne le pensait. Le temps, lui aussi, avait changé de nature. Trente ans de patience, trente ans à se restreindre, à se réfréner, à comprimer les instants, à frotter les surfaces.

— On a trouvé facilement, annonça Chloé. Je prenais des cours de piano pas loin d'ici, quand j'étais petite.

Patricia se souvenait très bien de la prof de musique et de son mari arménien. Ils étaient morts quelques années plus tôt. Deux cancers jumeaux. Le bon air de la campagne.

Avant qu'elle ait pu réagir, le petit couple lui fit la bise. Ils entrèrent. Personne n'entrait jamais chez elle, normalement. Après la mort de Sylvain, elle avait dû vendre la quincaillerie et l'appartement, pour payer les dettes. Il lui était resté quelques sous, de quoi l'autoriser à se réendetter pour ce nouveau logement, un trois pièces sous les combles dans une maison du XVIe siècle, extrêmement authentique et très mal isolée.

— J'adore la vue ! s'exclama Corentin, le nez à la fenêtre.

Il devait être d'usage, chez les jeunes, de se sentir aussi à l'aise partout. Patricia était déjà très vieille, à leur âge.

Elle leur proposa du thé. Sa propre voix lui parvenait atténuée, étouffée, ils acceptèrent, un peu de temps passa, ce nouveau temps, intermittent, qui passait par-dessus les détails, et ils se retrouvèrent assis tous les trois autour de la table basse. Les meubles, par contre, c'étaient ceux de ses parents. Des meubles plutôt beaux pour l'époque, d'inspiration anglaise, mais beaucoup trop lourds pour les volumes modestes du logement où l'on circulait de biais, en se tortillant parfois. Chloé Guérillard parlait d'un film qu'ils étaient en train de réaliser, avec son petit ami, ils étaient dans le cinéma et comme un silence un peu long s'était installé, Patricia comprit qu'ils lui avaient posé une question.

— Excusez-moi, dit-elle de sa voix lointaine, je n'ai pas bien compris.

Les amoureux échangèrent un regard peiné.

— On se demandait, reprit patiemment Chloé, si vous accepteriez de nous parler de votre frère. De nous raconter. Corentin filmerait.

Comme Patricia recommençait à ne pas répondre, elle développa.

— Je suis dans une démarche... analytique. Quand ma mère m'a parlé de (elle parla baissa d'un ton) Sylvain, ma vie a changé. Totalement. C'était fou. Et le deuxième choc, ça a été de vous rencontrer. On en a discuté avec Corentin, on s'est dit qu'il fallait aller au bout.

— Au bout de quoi ? demanda quand même Patricia.

— Au bout... du processus. Au bout du deuil. Vous racontez tout et on verra ce qui se passera. Mon père sera au courant. On fait tout péter. Tout. On se libère.

Corentin hochait régulièrement la tête, apparemment pénétré de la pertinence du propos.

Ce fut cette mention du père – elle se répéta mentalement son nom : Jean-Charles Guérillard – qui vainquit les dernières résistances de Patricia. La colère, en prenant définitivement possession d'elle, changea de forme, sinon de nature. Un calme glacial la pénétra. Elle se sentit profondément détendue, infiniment soulagée. Souriante. Galvanisée par la joie de détruire à jamais le sourire de cette fille.

Elle hocha la tête et se cala dans son fauteuil.

— Allez-y, dit-elle à Corentin. Allumez votre truc.

— Vous préférez que je vous pose des questions ? intervint Chloé.

— Non, je vais vous raconter comme ça me revient. C'est loin, mais je n'ai rien oublié.

— Bien sûr, dit Chloé.

— C'est bon pour moi, dit Corentin.

Patricia s'était toujours demandé si ce serait facile. Ce récit, elle le peaufinait depuis l'accident, imaginant pour lui divers destinataires, des hommes, souvent. L'idéal aurait été un amant, un véritable amant, quelqu'un qui aurait pu entendre. Mais elle ne l'avait jamais rencontré.

Elle commença par la date, le 12 décembre 1993. Les deux jeunes parurent approuver. Elle précisa qu'elle était alors âgée de vingt et un ans et que ses parents étaient morts six ans plus tôt. Chloé sembla vouloir intervenir, mais s'abstint. Patricia fournit les informations nécessaires, la route d'Évreux, le grand hêtre, la quincaillerie. Elle se décrivit ensuite, au zinc du Pot d'étain. C'était la fin de l'après-midi, la nuit était déjà tombée. Elle avait pas mal bu. C'était une époque difficile. Études abandonnées. Vie vide.

Chloé l'écoutait avec attention, fronçant les sourcils, mais elle paraissait s'ennuyer un peu. Attends, ma petite.

Le téléphone avait sonné, au bar. C'était la police. Quelqu'un leur avait dit qu'on la trouverait peut-être ici.

Le patron lui passe le téléphone. À l'autre bout du fil, un gendarme sévère et embarrassé lui annonce la nouvelle. L'accident. Sylvain a été transporté à l'hôpital.

Il est dans un état grave mais pas critique. Il est conscient. Très grièvement blessé. Il veut la voir. Elle doit faire vite, on envisage de l'envoyer au C.H.U. de Rouen. Elle se précipite.

Corentin changea de position, s'installa mieux.

Patricia, en voyant Sylvain, est d'abord presque rassurée. Certes, son visage présente des ecchymoses. Une bosse énorme, violette. Et il semble souffrir beaucoup, mais elle s'était figuré un corps disloqué, dans les quelques minutes qu'il lui a fallu pour atteindre l'hôpital en courant.

Le médecin accepte de les laisser seuls quelques minutes.

Il n'y a pas trop de sang. Sa tête est maintenue par une minerve.

C'est quand il se met à parler, qu'elle comprend que c'est grave. Les mots s'échappent de lui brouillés, dans une friture de sifflements et de gargouillis. Sa voix est sourde et ses pupilles dilatées semblent incapables de se poser sur elle.

Chloé, maintenant, paraissait plus intéressée. Elle ponctuait la description de gémissements minuscules.

Patricia hésita. Il était encore temps de ne rien dire. De ne rien ajouter. Si elle s'arrêtait maintenant, tout reprendrait son cours. Les deux gamins repartiraient. Elle continua, imitant involontairement la voix de Sylvain. Visiblement, ça impressionnait les petits.

« J'étais bourré, Patricia. Je suis désolé. »

Corentin ne put réprimer un sourire nerveux.

« Mais ce n'est pas à cause de l'alcool que j'ai eu l'accident. »

Elle lui serre timidement la main. Les yeux de Sylvain s'égarent au plafond. Ce n'est pas normal.

« J'ai été coursé. Par une autre bagnole. Il est arrivé derrière moi, à fond. Il me faisait des appels de phare, j'ai cru qu'il allait me percuter. J'ai paniqué quand je l'ai reconnu. J'ai accéléré. C'est là que j'ai perdu le contrôle. Peut-être que si je n'avais pas bu… »

Patricia ne comprend rien et suppose même qu'il délire. Se lève pour appeler de l'aide.

« C'était le mari », ajoute Sylvain.

Puis ses yeux basculent et en quelques secondes, il sombre dans le coma.

— Le mari ? répéta Chloé d'une voix blanche.

— Votre père. Il a provoqué l'accident et puis il est rentré chez lui tranquillement. Ce n'est pas lui qui a appelé les secours. Grâce à vous, je connais enfin le nom de l'assassin de mon frère.

Subsistaient par place, et seulement pour son œil exercé, des traces émouvantes, presque juvéniles de ses splendeurs passées. Au défaut de l'épaule, à la saignée du coude, Gérard retrouvait le souvenir de l'estime en laquelle il tenait autrefois son anatomie. Au temps glorieux des catalogues.

Lustré par Patricia, le grand miroir où il se mirait nu lui représentait complaisamment tout ce que la carabine, d'un coup d'un seul, eût mis au rebut. Il avait pris une douche, brossé ses cheveux et ses dents, rincé sa bouche avec du Ricqlès.

Il revêtit sa jolie veste d'enterrement, vérifia qu'elle tombait bien, dégagea le col de sa chemise, empesé au Fabulon, se posta dans son vestibule et, au terme d'une courte hésitation, fourra dans sa poche les clés de Lucette, qui traînaient dans le vide-poches. Il ne les avait pas restituées à la famille qui, sans doute, ignorait qu'elles étaient en sa possession.

Un observateur extérieur – ce qu'il était le plus souvent pour lui-même – aurait eu l'impression qu'il suivait un plan. Ce qui n'était pas tout à fait exact. Disons qu'il s'était fixé un premier objectif : aller chez Patricia. Ce projet, dont l'ambition lui apparaissait maintenant dans toute sa démesure, ne lui avait jamais traversé l'esprit, s'étant vu, sitôt qu'il essayait, aussitôt refoulé par la mauvaise conscience de Gérard. Filer Patricia, la guetter de loin, à la dérobée, échafauder avec soin des rencontres fortuites et même pèleriner nuitamment sous sa croisée, avait jusqu'alors étanché sa soif de manigances et nourri assez son onanisme. Mais, pour la première fois de leur vie, elle l'avait visité sans nécessité professionnelle, animée par une intention qui, si elle avait échappé à la sagacité rudimentaire de Gérard, et pour cette raison même, nécessitait d'être approfondie. Un verrou avait sauté. Il allait, tout simplement, lui rendre sa visite. Ses visites. Il arracha le poil déparant sa narine.

En route.

Bon, mais que ferait-il une fois devant sa porte ? Il sonnerait. Des portes, déjà, il y en avait deux. Celle de la rue, protégée par un code et qui donnait accès à une cour intérieure pavée. Elle résidait dans un ancien hôtel particulier divisé en appartements. Gérard, en faisant jouer ses accointances, avait obtenu depuis longtemps le code en question. Il avait déjà visité la cour et les communs, gravi l'escalier qui menait à elle, jusqu'au premier palier, puis rebroussé chemin quatre à quatre. S'offrait donc une première alternative : actionner l'interphone et attendre, le cœur battant à tout rompre, qu'elle lui réponde, se présenter d'une voix balbutiante (Il avait testé toutes les options, sous la douche : « Bonjour Patricia, c'est Gérard », « C'est moi, c'est Gérard », « C'est moi », rien ne convenait.) ou composer le code, s'imposer comme un bonhomme, monter les marches et tambouriner chez elle, ouvrez, Patricia, il faut que je vous parle.

Oui, mais il n'avait rien à dire. Rien de précis. Ainsi tracassé, il franchit trop vite et sans s'en apercevoir, la distance qui séparait leurs domiciles. Face à la porte cochère, la décision se prit d'elle-même, preuve qu'on était désormais régi par des forces qui nous dépassaient. Gérard pressa les touches ad hoc et se retrouva dans la place. Parfait. L'escalier.

Elle ouvrit au premier coup de sonnette et, aussitôt, quelque chose n'alla pas. Il remarqua la légère surprise qu'afficha son visage à sa vue, suivie d'un affaissement résigné des épaules.

Affûté, tendu, sobre, il sut décrypter les signes. Elle attendait quelqu'un d'autre et l'apparition de Gérard l'accablait. Il n'avait certes pas espéré de grandes manifestations de joie, ni qu'elle lui sautât au cou, le pressant contre son sein parfumé – quoique si, il l'avait espéré – mais il s'attendait au moins à ce qu'elle lui en voulût d'avoir franchi une démarcation sacrée. Au lieu de quoi elle s'effaça pour le laisser entrer.

À la vue du mobilier solennel, il resta figé, son œil s'écarquillant sur les détails qui ne cadraient pas avec ceux dont il avait orné ses luxures imaginaires. C'étaient de lourds fauteuils, un buffet vénérable, pesantes reliques d'ambitions sociales oubliées, monceau d'espoirs fossiles.

Sur un guéridon détonnait cependant un objet qu'il n'identifia qu'après quelques secondes. Une caméra ultramoderne, miniature et bizarrement renversée, comme si on l'avait jetée là.

Patricia suivit son regard.

— Ils l'ont laissée en partant. Elle les dégoûtait.

Gérard ne comprit rien, si ce n'est qu'elle avait bu. Et beaucoup. En témoigna le rire gras qu'elle émit en se laissant tomber sur l'épais canapé.

Avec une nonchalance très sensuelle, elle étira son corps, atteignit le caméscope et le lui tendit.

— Tenez, dit-elle, vous n'avez qu'à regarder leur film, si vous voulez tout savoir.

Nouveau rire, aux limites de la brisure. Il se demanda quoi faire, avant de réaliser qu'elle venait de le lui dire.

— D'accord, répondit-il. D'accord, Patricia. Je vais regarder.

Elle acquiesça, avant d'enfouir son visage dans ses bras. Il attendit un peu, au cas où elle ajouterait quelque chose, mais rien ne vint. Alors il s'éloigna, à reculons et referma délicatement la porte.

Dans la rue, il se mit à trotter, inondé d'adrénaline. Les événements s'organisaient, ainsi qu'il en avait eu le pressentiment.

Elle lui avait fourni des instructions. Donné un ordre, comme on fait un cadeau.

Serrant la caméra, il traversa la place de la Madeleine, passa sous le pont de la mairie, remonta la rue du Maréchal Joffre et entra sans hésiter chez Lucette.

Il ne s'apitoya pas sur les pièces vides. La famille avait fermé les volets. Il alluma, fila directement au débarras du rez-de-chaussée où l'on avait conservé l'immense carton de l'écran plat. Lucette savait l'importance de ne pas jeter trop vite les emballages, au cas où l'on devrait renvoyer la marchandise. Elle avait une certaine expérience des vices cachés.

— Voyons un peu ça, lui dit Gérard, que la mort n'avait jamais empêché de parler aux gens.

Dans le carton, il trouva ce qu'il cherchait : des câbles. Gérard s'y connaissait assez bien en câbles. Il avait, un temps, décroché un poste de magasinier au Gitem de Vinteuil mais n'était pas arrivé au bout de la période d'essai. N'empêche, il y avait appris à connecter. Ce fut facile, les fiches s'emboîtèrent, il réveilla la télé géante, y brancha le minuscule appareil et pressa la touche de lecture.

D'abord, il n'y eut que du noir. C'était logique. Il fallait revenir en arrière. Rewind. Apparut une jeune femme, qui avait l'air d'une folle. Elle s'adressait au caméraman avec fureur ou désespoir. Le défilement rapide et rétrograde des images, saccadant ses gestes, la rassit sur le lourd fauteuil de Patricia, d'où Gérard comprit qu'elle s'était en fait levée d'un bond, avant d'ordonner à celui qui filmait de couper la caméra. Remontant toujours le temps à toute vitesse, il vit Patricia, cadrée à mi-corps, et ses lèvres volubiles. Elle racontait quelque chose à la jeune femme.

Il poursuivit, atteignit le début de l'entretien, tomba sur la tombe de Sylvain Bertin, fit pause.

Relançant la lecture, il se carra confortablement dans le fauteuil orthopédique de Lucette, manipula la manette pour parfaire l'inclinaison du dossier, jeta un œil vers l'armoire à liqueur mais se contint, se concentra sur les images et apprit toute l'histoire.

— Grâce à vous, conclut Patricia, je connais enfin le nom de l'assassin de mon frère.

Sur ces entrefaites, l'image devint floue, puis bancale, puis mouvante, la fille se leva du fauteuil et se mit à gueuler, plein cadre :

— Arrête ce putain de truc !

— Qu'est-ce qu'on fait ? répondit une voix masculine affolée.

— On se barre ! Balance cette caméra.

— Hein ? Mais...

— Balance-la, je te dis !

Retour au noir.

Gérard caressa longuement son menton rasé de frais. Il réfléchit, revint en arrière, regarda de nouveau la scène, revint en arrière, la regarda encore puis remonta jusqu'au début du film, vit la jeune fille et son amant, joyeux et légers, leur arrivée à Vinteuil, leur visite de la ville, le cimetière. De temps en temps, la fille commentait les images. C'était joli. Elle avait une belle voix.

Il revisionna tout.

Se leva, marcha en rond dans le salon. Grâce à vous, je connais enfin le nom de l'assassin de mon frère.

Quel nom, déjà ? Il se repassa le cimetière. Guérillard. Jean-Charles Guérillard.

Gérard réfléchit encore, puis passa dans le petit bureau de Lucette, alluma l'ordinateur. La famille n'avait pas coupé

Internet. Il googla Guérillard et tomba sur son Facebook. Le gars ne semblait pas mécontent de lui, c'était le moins qu'on pouvait dire. Gérard fit défiler la constellation de photos réunies dans un dossier nommé Nostalgie, toutes en mode public, accessibles, offertes, dûment légendées, et, à nouveau, remonta les années. Il vit des voyages, des vacances, des splendeurs célèbres, une vie opulente et ouverte, digne d'être ainsi documentée, un appartement parisien, le bois de Vincennes, des copains, des pouces brandis et des verres levés, des commentaires.

Fouillant dans un tiroir, il en sortit le petit carnet où Lucette faisait ses comptes. Il restait des pages vides qu'il couvrit de notes en auscultant les photos de Jean-Charles Guérillard.

C'était une chance, vraiment, de disposer encore de son corps. Il demanda à Lucette ce qu'elle en pensait.

Elle était tout à fait d'accord.

— Bon, insista Maxime, mais qu'est-ce qui s'est passé ?

Chloé gisait, écrasée par elle-même, en tas sur son clic-clac. Maxime n'aurait pas dû se trouver là, mais c'était sa faute, elle avait merdé, l'avait appelé en arrivant à Montparnasse, avant de raccrocher sans laisser de message et d'éteindre son téléphone. Forcément, il était venu aussitôt, avait déboulé en sortant du taf. Elle n'aurait pas dû lui ouvrir non plus mais il était capable de demeurer des heures devant sa porte, à presser la sonnette. Je *sais* quand tu es là, avait-il affirmé lorsqu'elle avait finalement cédé.

Pourtant, après s'être enfuie de chez la sorcière, elle avait bénéficié d'une conjonction de coïncidences favorables, un train partait pour Paris moins d'une heure plus tard, ils avaient eu le temps de récupérer leurs bagages à l'hôtel et Corentin s'était résigné assez vite quand elle lui avait annoncé que tout était fini entre eux.

Auparavant, tout de même, il lui avait représenté que l'abandon de la caméra chez cette Bertin constituait une grave erreur. Elle disposait d'une espèce de preuve. Un moyen de les faire chanter. On vivait une époque incertaine. La probabilité que la vidéo se retrouve sur les réseaux sociaux était considérable Et qu'est-ce qui se passerait ensuite ? Il pouvait y avoir des retombées sur la boîte, sur leur carrière, sur la sienne, il n'aurait jamais dû se laisser entraîner dans cette affaire glauque.

Chloé ne se rappelait pas exactement ce qu'elle lui avait répondu mais ensuite, Corentin s'était tu et tourné vers la fenêtre. Dès Dreux, la rupture était consommée.

— Chloé, je ne t'ai jamais vue dans un état pareil ! l'adjura Maxime.

Blotti à ses pieds tel un teckel, il roulait des yeux soucieux sous ses sourcils froncés. Ayant approuvé l'expédition à Vinteuil, respecté leur accord de ne pas tenter de la joindre avant leur retour qui n'était prévu que le surlendemain, il se sentait en partie responsable du malheur qui, à l'évidence, ravageait son âme sœur. Il exagérait un peu : elle s'était déjà souvent trouvée dans un état pareil, tout prenant vite, chez elle, des proportions. Mais c'était la première fois qu'elle refusait autant de lui expliquer son agonie du moment. À grand renfort de pincettes, il lui avait tout de même arraché des détails : que Corentin et elle avaient splitté – il n'aurait, de toute façon, pas parié un bitcoin sur leur histoire – que non, elle n'était pas retournée voir leurs maisons d'enfance, c'était prévu pour la fin du voyage, comme une apothéose, mais elle n'avait pas eu le temps. Donc *quelque chose* s'était passé. La curiosité bouffait Maxime.

La sonnerie de l'entrée retentit.

Il ferma les yeux, devinant trop bien : quand Chloé avait coupé son téléphone, il avait expédié un SMS réflexe à Véronique pour savoir si tout allait bien. Ça, vraiment, il allait falloir qu'il apprenne à maîtriser ses impulsions téléphoniques. Les messages tous azimuts, comme les *like* et les commentaires lui jaillissaient des pouces sans passer par le cerveau et avaient déjà créé nombre d'embrouilles.

La preuve : Véronique et JC se tenaient sur le palier.

— Tout va bien, tout va bien, répondit-il à leurs regards inquiets.

Puis il s'avança, sortit de l'appartement, tirant la porte derrière lui et leur chuchota :

— Juste, c'est fini avec son mec. Elle est revenue plus tôt que prévu mais ça va, je gère.

Il espéra fugacement qu'ils fassent demi-tour. Jean-Charles ne paraissait pas trop désireux d'aller consoler sa fille, les rares fois où il s'y était essayé s'étant soldées par des hurlements de part et d'autre. Mais Véronique contourna Maxime et entra.

Sa vue saisit Chloé, toujours abîmée dans les profondeurs du sofa.

— Ma chérie... communia Véronique.

Chloé se recroquevilla. Jean-Charles, à son tour, apparut. Elle fixa son attention sur Maxime qui se dandinait en arrière-plan. Il s'efforçait visiblement de lui communiquer par gestes une série de considérations complexes mais il n'avait jamais été bon mime. Ses mouvements évoquaient un prélude à quelque sacrifice barbare. Il lui paraissait si loin d'elle, à cet instant, repoussé dans les confins de l'espace-temps avec la Chloé d'autrefois, celle qui rêvait de lester sa vie d'un secret, de s'étoffer de scandale. Sa mère lui avait offert un drame à sa mesure et tout aurait pu être enfin parfait. Mais, comme souvent, il s'agissait d'une tragédie-gigogne, à double détente, et son père avait tué un homme.

Le criminel lui adressa un sourire complice. Comme s'il devinait qu'elle savait tout. D'ailleurs, c'était peut-être vraisemblable. Dès qu'elle aurait récupéré quelques-unes de ses facultés mentales, dès que sa mère aurait cessé de lui frotter la main, dès qu'elle aurait dompté ce sentiment sans nom qui s'emparait d'elle à la vue de Jean-Charles, dès que Maxime arrêterait de manipuler d'invisibles marionnettes, dès qu'après trois petits tours, tout le monde s'en serait enfin allé, elle pourrait recommencer à réfléchir, à envisager les faits du point de vue de son père. C'était un homme intelligent, un tueur qui s'était tu trente ans. Que s'était-il dit en apprenant qu'elle retournait à Vinteuil ? Il connaissait nécessairement l'existence de Patricia Bertin. Pourquoi ne l'avait-il pas éliminée, elle aussi, tant qu'il y était ?

Des images l'envahirent, son père coursant comme un malade la voiture du jeune homme, la sortie de route, et ensuite, qu'avait-il fait ? Avait-il hésité ? Que s'était-il dit ? Adolescente, elle avait traversé de vagues périodes contestataires et croisé le fer avec lui sur des questions écologiques, sur ses responsabilités, en tant qu'ingénieur, dans la pollution de Vinteuil. Il avait toujours plaidé sa propre cause, dilué sa responsabilité avec une bonne foi de gentil papa bourru. Elle en était venue à voir en lui un grand gamin naïf auquel on ne pouvait reprocher que d'avoir un peu trop joué avec les allumettes. Mais tout était différent, aujourd'hui. L'homme qui, maintenant, cessait de sourire pour afficher une moue dyspeptique avait laissé crever l'amant de sa femme dans l'épave de sa bagnole broyée. Elle fouilla désespérément sa mémoire pour débusquer, dans sa collection de chromos, quelque trace de remords sur les traits paternels, quelque inexplicable mélancolie, quelque silence torturé.

Mais elle ne retrouvait que ses rugissements contre l'époque, ses éclats vertueux, son inusable bonne conscience.

Une histoire glauque, avait dit Corentin. Elle rêvait d'un secret, elle avait découvert une souillure. Déterré un cadavre.

— Les garçons, finit par dire Jean-Charles, ça va, ça vient.

Elle sentit s'immobiliser, contre la sienne, la main de sa mère, et concentra son attention sur ses genoux pour ne pas voir leur échange de regards.

— J'aurais besoin d'être seule, expulsa-t-elle.

Elle attendit un peu, les genoux offraient à l'observation une pâture plus passionnante qu'on se le figurait, révélant, pour peu qu'on les regardât suffisamment, leur complexité rocailleuse, ils l'avaient portée tout ce temps, soutenue, invisibles et silencieux, fidèles.

Quand elle releva les yeux, personne n'était parti.

— Tu es sûre ? demanda poliment Jean-Charles.

Combien de temps tiendrait-elle avant de se laisser aller à un éclat dont elle n'imaginait ni la forme ni les conséquences ? Par quelle rouerie héréditaire différait-elle le scandale ? Se taire, en ce moment précis, n'était-ce pas se comporter comme *lui* ? N'était-elle pas en train de tout ensevelir ? D'ourdir un plan pour se défausser ? Avait-elle déjà commencé à mentir ?

— Barrez-vous, s'il vous plaît.

Elle avait déjà vécu ce genre de moments, dans des téléfilms, mais elle les trouvait embarrassants et ratés. Il lui aurait fallu juste un peu de temps pour réussir son scandale.

— Pardon ? s'enquit son père, rouge vif, en montrant son oreille. Qu'est-ce que tu viens de dire ?

— Jean-Charles ! se crispa Véronique.

— Tu veux qu'on se barre, c'est ça ?

Dans les lointains, collé au mur, Maxime avait adopté une curieuse posture de cariatide.

À présent, Chloé lorgnait son père avec le même intérêt surpris qu'elle avait porté à sa rotule, y remarquant des aspects insolites qu'une trop longue indifférence lui avait jusqu'alors dissimulés. Sa peau avait molli autour du menton et sur un talus de la tempe s'épanouissait une fleur de cimetière.

— Oui, persista-t-elle. Exactement.

Allait-il la battre ? Elle ne croyait pas s'être jamais montrée insolente avec lui. Des veinules raturaient les ailes palpitantes de son nez. Il était vieux. C'était un vieux criminel. Comme ces nazis affaiblis par l'âge qu'on voyait dans les archives.

*Le père est furieux. L'insolence de sa fille le surprend et l'effraie peut-être. Impossible de déterminer s'il joue la comédie. Pourtant, s'il a deviné qu'elle sait tout, il devrait faire profil bas. Mais ce n'est pas dans sa nature de mâle dominant, de chef de troupeau, qui a gardé, pendant toutes ces années, sa petite famille au chaud dans ses mensonges.*

— On s'en va, Jean-Charles, ordonna Véronique en se levant.

Il regimba, désignant Chloé des deux mains.

— Non mais attends, des semaines qu'on est là, à filer doux, qu'on est suspendus à ses...

— On s'en va.

Ils s'en allèrent.

Maxime se désincrusta du mur, jouant maintenant les complices burlesques, dents serrées, sourire excessif, puis revint vers le clic-clac en marchant comme Charlot.

— Allez, Chloé, dis-moi ce qui s'est passé.

— Va-t'en, toi aussi, Maxime. J'ai dit que j'avais besoin d'être seule.

Après quelques tergiversations outragées, il finit par l'abandonner à son tour.

Elle était revenue chez lui.

Elle avait accepté quelque chose à boire. Du thé. Il ne se rappelait pas s'il possédait du thé, alors elle s'était chargée de tout, avait déniché des sachets, fait bouillir de l'eau et ils tournaient maintenant tous deux leur cuillère dans leur tasse, flairant la vapeur.

Gérard cherchait comment se comporter. Depuis la veille, la vie n'était plus quotidienne. Les cheveux de Patricia semblaient plus moelleux, moins sévèrement coiffés, son visage présentait les marques d'un léger affaissement, il aurait presque pu la tutoyer.

— Je n'aurais jamais dû lui dire tout ça, répéta-t-elle.

Il produisit avec sa cuillère, un tintement désapprobateur contre la faïence. Bien sûr que si. Elle avait eu raison de lui clouer le bec, à la petite dinde. Gérard disposait d'éléments. Il avait regardé le film une dizaine de fois, épluché le Facebook du père. Des nantis arrogants, des Parisiens. Des criminels, surtout. Lucette était d'accord. Mais Gérard garda ses pensées pour lui, de peur de gâcher ce moment, la nouveauté du monde, Patricia chez lui, avec lui, sans son tablier.

— C'est le père, le salaud, grimaça-t-elle en trempant ses lèvres dans le breuvage brûlant.

Sur ce point, elle avait raison. Et l'impunité de ce salaud tracassait Gérard, même si l'on pouvait supposer que sa statue était d'ores et déjà déboulonnée. On pouvait aussi envisager l'inverse. Passé la stupeur initiale, la dinde était susceptible d'épouser les vues du coq, considérer qu'il avait agi pour le bien de la famille, leur trio idéal ayant surmonté l'épreuve, camouflé la fêlure, réparé leur bonheur, ainsi qu'en témoignaient les tombereaux d'obscénités que le paternel placardait sur son mur.

— Vous allez me trouver idiote, continua-t-elle, mais j'ai attendu toute ma vie qu'il revienne.

Il lui fallait du temps pour bien se pénétrer de ce qu'elle disait parce qu'il devait d'abord attendre que se dissipe, tel un nuage de parfum trop fort, l'émerveillement d'être considéré par elle. Il crut comprendre qu'elle parlait de son frère mais il s'agissait de l'assassin. Elle avait attendu que l'assassin revienne sur les lieux du crime, sur la tombe de sa victime, et non qu'il y déléguât sa fille. Il était déjà un peu tard pour répondre que pas du tout, il ne la trouvait pas du tout idiote.

— J'aurais pu partir, dit-elle. J'aurais dû. J'avais envie de faire des études.

Elle détourna le regard éloquent qu'elle avait posé sur lui, et qui termina muettement sa phrase : au lieu de m'occuper de gens dans votre genre. Il baissa les yeux. Elle avait raison. Il n'aurait jamais supporté de s'occuper de lui. Il mesurait bien le gâchis sans pouvoir tout à fait se départir d'un frisson de reconnaissance égoïste à l'égard du sort qui, dans sa perversité retorse, lui avait fait, à lui, cadeau d'elle.

— Et pendant ce temps...

Elle remua doucement la tête, dans un mouvement d'ébahissement impuissant devant la somme des années, la masse des instants, tout le noir broyé, le ressassement, tandis que Gérard voyait défiler les palaces, les océans, les délices de l'assassin. Il repensait à Lucette et à certaines conversations qu'ils avaient eues sur Patricia. La vieille dame lui assurait qu'elles partageaient un goût pour les vendettas sanglantes, les jolies vengeances, les représailles, et Gérard ne voulait pas la croire, tant ce culte de la rancœur lui semblait mal s'accorder avec ce qu'il imaginait savoir de leur amie commune. Il comprenait, maintenant. Pardon, Lucette.

Ce qu'il avait toujours su, par contre, c'est que la perfection ne durait pas et que ce moment prendrait bientôt fin, où il pouvait profiter de ce qu'elle était trop absorbée par sa désespérance pour voir qu'il la dévorait des yeux en ne sirotant pas son thé. Certaines idées, aussi, prenaient corps, certaines évidences de plus en plus difficiles à ignorer, une autre façon de considérer l'équation, en y insérant de nouveaux paramètres, à commencer par lui. Peut-être devait-il renoncer à la commode habitude de considérer sa propre présence dans l'univers, sinon comme une erreur, à tout le moins comme un accident. Il fallait refaire les calculs, envisager d'autres approches, accueillir les détails qu'il regardait jusqu'alors comme des scories du destin. Peut-être pouvait-il raccommoder certains accrocs, cautériser des plaies dont il n'avait pas osé sonder la béance.

Agir, avait hurlé Patricia, l'autre jour. Vous bouger le cul ! Ce cri retentissait souvent à l'improviste en son for intérieur. Il n'avait pu prodiguer les premiers secours à Lucette, peut-être le destin repassait-il les plats. Il ne s'était pas encore suicidé, après tout.

Bon, mais quoi ? L'éternelle question.

— Je vous ressers un peu de thé ? proposa-t-il timidement.

Sûr et certain, c'était la première fois de sa vie qu'il prononçait cette phrase. S'il l'avait entendue, Franck du Pot d'étain s'en fût pété les boyaux.

— Oui, merci, répondit-elle en s'en versant elle-même, sans y penser.

Il cilla de dépit. La distraction de Patricia était plus qu'éloquente quant à sa confiance dans la capacité de Gérard à se bouger le cul. Oh, mais ça allait changer. Déjà, il n'avait pas bu depuis le matin et ses mains tremblaient si fort qu'il devait les enfouir sous ses cuisses. Elle l'avait peut-être remarqué, en fait, et préféré manipuler elle-même la théière. Il se demanda si cette idée devait être regardée comme réconfortante.

— Je vais vous aider, déclara-t-il.

Elle parut n'avoir pas entendu, le visage tourné vers la lumière de la fenêtre, une tache claire de soleil jouant sur sa joue.

Il attendit, cherchant mieux à dire, se demandant si elle attendait de lui qu'il précise sa pensée, mais il n'avait pas de pensée, juste une intention, c'était le moment de trouver laquelle, elle regardait toujours le soleil en face et lui se creusait, ralenti par son alcoolémie trop basse, méninges cabrées contre tout effort de pensée, cellules en dissidence.

Tout à coup, elle posa sa tasse et se leva. En réalité, elle n'avait *vraiment* pas entendu.

— Je vais vous aider, répéta-t-il, toujours assis.

Elle le regarda, et c'était déjà ça, même s'il se sentait aplati par la perspective.

— M'aider ?

Ah, oui, Gérard, c'était maintenant qu'il fallait créer du contenu. L'aider à quoi ? À Lucette aussi, il avait offert son aide.

Elle secouait déjà la tête avec indulgence.

Les mains de Gérard soubresautaient à peu près au même rythme que son cœur.

— C'est gentil, conclut-elle.

Mais non, il n'avait pas l'intention d'être gentil. Ce qu'il fallait, il le comprit dans un éblouissement, c'était lui montrer la cave. Pour mieux lui expliquer. Il existait un autre Gérard, le Gérard de la cave.

Elle s'acheminait vers la porte, cherchant visiblement quelque chose à dire, quelque chose à faire de l'offre de Gérard, mais c'était vain. Gérard était détruit depuis longtemps. Un détritus, doublé d'une ordure qui n'avait pas sauvé la vie de Lucette. Infoutu de servir le thé.

Le pire, c'était qu'elle s'en fichait. Elle n'était même pas déçue, n'ayant jamais conçu à son égard la moindre espérance. Si au moins elle lui en avait vraiment voulu de n'avoir pas agi quand Lucette était morte ! Si elle l'avait seulement supposé susceptible d'agir ! Non, elle lui avait crié dessus pour passer ses nerfs. Comme on engueule la pluie.

— Au revoir, Gérard, dit-elle.

Chloé peinait à émousser la pointe d'autosatisfaction qui la titillait à la vue de sa thérapeute. Elle avait rarement éprouvé à ce point la sensation de passionner quelqu'un, sensation grisante, certes, mais dont la saveur se teintait d'une amertume de plus en plus marquée, à mesure qu'elle débitait son récit. Outre qu'elle en venait à soupçonner que la motivation profonde de toute son entreprise avait peut-être été, justement, de susciter l'intérêt d'autrui, un intérêt sincère et vif, les marques d'une estime qu'elle n'était jamais parvenue à obtenir grâce à son mérite, à ses actions, à son courage, et qu'elle avait espéré décrocher par le biais suspect de quelque drame providentiel, elle mesurait en outre combien la gloire était douteuse, que l'on doit à une infamie.

Celle, en l'espèce, d'être la fille d'un assassin.

Elle avait hésité – un peu – avant de s'en ouvrir à sa psy mais voilà, celle-ci lui était subitement devenue vraiment indispensable, en même temps que son malheur avait cessé d'être fictif. Elle continuait d'en vouloir à ses parents pour les anciennes raisons, celles qui tenaient à leur union, à leur manque d'authentique intérêt à son égard, comme à tout ce qui n'était pas eux, leur duo, leur amour. À cela s'ajoutait, depuis quelques jours, cette étrange pitié pour son père dont elle avait éprouvé les premiers symptômes peu après son retour à Paris. Pitié ternie par des questionnements moraux sur le Mal avec sa majuscule, qu'elle s'efforçait d'appréhender à coups de points Godwin, tant le souvenir de ses cours de philo s'était effacé avec le temps, peut-être parce qu'elle les avait essentiellement consacrés à la contemplation obsessionnelle des épaules de son condisciple Kenan Bardelin, qu'elle regardait – ainsi que l'infirmerait son regard plus lucide sur les photos de classe, quelques années plus tard – comme le parfait sosie d'Eminem.

Elle avait essayé, de toutes ses forces, de reprendre le boulot, espérant que son engagement motivé dans la routine d'antan reléguerait magiquement les données dont s'était compliquée son existence – existence dont elle ne parvenait plus du tout à comprendre pourquoi elle l'avait un jour jugée problématique – dans les limbes où elle avait coutume d'entasser les dossiers détestables, afin de les ensevelir sous la poussière. Mais cela n'avait pas fonctionné. Il y avait eu Corentin. Et Ludivine. Et tout un chœur de collègues intéressés à des degrés divers dans leurs histoires. Et aussi le soupçon paranoïde que ses abominations familiales se fussent ébruitées, en dépit des promesses solennelles de Corentin, et même si elle avait plutôt tendance à le croire, cet espoir reposant moins, concernant le jeune homme, sur son supposé sens de l'honneur que sur sa terreur d'avoir des ennuis. Ludivine triomphait sous cape, cantonnée dans une indifférence de surface destinée à masquer ce qu'un empressement amical pourrait trahir de la joie que lui procurait l'échec de son amie.

Finalement, elle s'était mise en congé, combinant un arrêt de complaisance et plusieurs jours de RTT non moins complaisamment concédés par Corentin.

La thérapeute prenait des notes.

— J'ai l'intention de parler à mon père, annonça Chloé.

C'était faux. Elle n'en avait pas l'intention, elle voulait juste entendre ce que l'autre allait répondre.

— Pour lui dire quoi ? demanda la psy, suçotant son stylo façon sphinx.

— Tout. Que je sais ce qu'il a fait. Pour repartir sur de vraies bases.

La thérapeute hocha verticalement la tête, et Chloé, épouvantée, s'imagina qu'elle allait effectivement la pousser dans cette voie. Mais il n'en fut rien.

— Ne le faites pas. Pas tout de suite.

— Et pourquoi ? Je dois continuer à vivre dans le mensonge ?

— Vous n'êtes plus à quelques mois près, si ?

Cette ironie rasséréna Chloé. On pouvait se moquer de son malheur. Ça faisait du bien, putain.

— Je pense que nous devons encore travailler, toutes les deux. Réfléchir.

Autre proposition gratifiante. En d'autres temps, Chloé se serait sûrement inquiétée du pouvoir que cette femme prenait sur elle. Elle éprouvait dans chacune de ses fibres – expression dont son père eût souligné le caractère stupidement conventionnel, son père d'avant – le besoin qu'elle avait d'elle.

Ah, et puis, il y avait cette terreur qui la percutait à l'improviste : celle de ne pas se rendre suffisamment compte. De ne pas bien mesurer l'étendue des dégâts, de mal évaluer leur gravité.

Alors elle reprenait les faits, refaisait les comptes.

— Le 12 décembre 1993, mon père monte dans sa voiture. Fin de l'après-midi. Je ne connais pas l'heure exacte, mais c'est forcément celle de sa sortie du boulot. Dix-sept heures, peut-être dix-huit. Pas plus tard, sinon cette femme, Patricia Bertin, aurait parlé de début de soirée, je suppose.

— Continuez.

— Il monte dans sa voiture, bon. Est-ce qu'il a un plan ? Depuis combien de temps sait-il que ma mère le trompe ? Il rentre à la maison et là, il aperçoit l'amant qui s'engage sur la route d'Évreux. J'ai regardé la carte de très près, je vois très bien le rond-point où ils se trouvaient tous les deux. Au *même moment*. Je suis sûre que c'est pour ça. Cette coïncidence. Il n'avait pas de plan. Il s'arrête au rond-point et la voiture de l'amant passe devant lui. Il connaît cette voiture, il a dû les espionner un bon bout de temps. Je sais comment il fonctionne.

— Vous en êtes sûre ?

Chloé la foudroya du regard – formule tristement calcifiée – et continua sans répondre.

— Il décide de le suivre. Ça se fait comme ça. Une impulsion. Il n'a pas de plan. Mais il souffre depuis des jours, peut-être des semaines. Il retourne le problème dans sa tête. Ce qu'il désire par-dessus tout, c'est la vie normale. La vie habituelle. Rien d'autre. Il aime sa vie, il aime ma mère. Il veut faire cesser ça, s'expliquer d'homme à homme. J'imagine qu'il a fait des appels de phare.

— Mmmmh.

— Et l'autre fout le camp. Il fuit. Il est bourré, comme d'habitude, il fonce sur la route d'Évreux. Mon père le prend en chasse. Le rattrape. Forcément, le gars panique, perd le contrôle...

À nouveau, la scène se joua derrière les paupières baissées de Chloé. À guichets fermés, pour elle seule. À nouveau l'accident et le jeune visage de Jean-Charles, ses yeux grands ouverts. Mais il manquait des images. Le film sautait.

*Jean-Charles ralentit. La route est déserte, il s'en assure avant de reporter son attention sur le véhicule encastré dans le grand hêtre. Tout se joue en quelques secondes, la décision se prend toute seule. Il embraye, accélère, s'éloigne du lieu du drame et rentre chez lui retrouver sa famille.*

— J'ai vérifié, reprit Chloé, il y a une petite route de campagne un peu plus loin qui permettait d'atteindre notre longère sans avoir besoin de faire demi-tour. C'est forcément ce qu'il a fait.

— Forcément.

Chloé hocha la tête, ignorant si la thérapeute se voulait toujours ironique ou si elle approuvait ses déductions. Elle se demanda ensuite, pour la millième fois, où elle se trouvait au moment du crash, refit le calcul précis de l'âge qu'elle avait, ce 12 décembre 1993, ne trouva rien.

— Si je ne lui parle pas, je ne pourrai pas savoir ce qu'il avait en tête, quand il a pris l'autre en chasse.

La psy grimaça.

— Ce n'est pas ce qui compte.

— Ah bon ? Et qu'est-ce qui compte ?

— C'est de comprendre comment *vous* avez vécu le retour de votre père, ce soir-là, le moment où votre mère a appris la nouvelle, et le raccommodement de vos parents qui, si j'ai bien compris, filent le parfait amour depuis.

Ainsi présentée, la vie de Chloé lui apparut comme une tragédie grecque. Il n'y manquait plus qu'un châtiment des dieux, une bonne peste ou une pluie de sauterelles. Non, les sauterelles n'étaient pas grecques, dans son souvenir. Mais, après tout, peu importait l'origine ethnique de la divinité qui présenterait l'addition.

— Comment je vais pouvoir le regarder en face ? *Les* regarder en face ? Impossible de parler à ma mère en faisant comme si de rien n'était. Et impossible aussi de ne pas lui parler. En ce moment, elle pense que je lui fais la gueule, que je lui reproche quelque chose, elle se torture à cause de moi. J'essaie de lui faire croire que je ne suis pas remise de ma rupture avec Corentin, mais ça ne pourra pas durer éternellement. Mon père est furieux contre moi, il m'a toujours trouvée chiante. Et c'est vrai. Je suis chiante.

Un silence désespéré passa.

— Un gros travail nous attend, compatit la thérapeute, qui ne put retenir un coup d'œil vers le sac à main de Chloé.

Gérard se rasait avec soin. La salle de bains de Lucette offrait un confort dont il n'avait jamais osé profiter dans la période bénie où ils avaient presque vécu sous le même toit. Il ne s'était pas enhardi, alors, à s'immerger dans la monumentale baignoire spa, encore moins à exhumer du somptueux placard mural en bois rare le rasoir du mari mort. Or, désormais, il promenait sans complexe au long de ses joues caves le doux ronronnement de l'appareil, encore étonnamment neuf et bien huilé, qui lui faisait un menton glabre de bébé.

Les reins ceints d'une lourde serviette, les orteils enfoncés dans un tapis tiède et doux comme un poussin, l'épiderme huilé, la chevelure ointe, exhalant la lavande, il se sentait puissant, vigoureux, héroïque.

Ses mains, depuis la veille, ne tremblaient plus du tout. Jamais il n'était demeuré si longtemps sobre et d'étranges effets se faisaient sentir. Passé les angoisses stridentes et habituelles, les suées, les désordres intestinaux et quelques cauchemars éveillés d'un réalisme affreux – il se remettait à peine de la vision du corps grouillant de vers de la pauvre Lucette – il s'était mis à aller bien et à rêver, comme dans ses fringales d'autrefois, d'une bonne tartine de camembert.

Une Lucette en bonne forme lui prodiguait souvent de judicieux conseils télépathiques. C'était elle qui lui avait, par exemple, indiqué l'emplacement du rasoir. Ils abordaient aussi des points plus cruciaux, touchant au grand projet de Gérard. Elle l'approuvait totalement et c'était rasséréant, ce soutien, de la part d'une personne comme elle, si familière des sinuosités humaines. Elle avait beaucoup plus lu que Gérard, réfléchi davantage et il pouvait se fier à son jugement.

Comme les ayants droit persévéraient dans leur absence providentielle, il avait établi son Q.G. chez elle, en partie pour les commodités qu'offrait sa demeure, en partie pour ne jamais croiser Monique ou Nadège. Tout était donc bien plus facile, plus voluptueux que dans son appartement. Gérard pouvait enfin se consacrer tout entier à sa véritable passion : les détails.

Il passait beaucoup de temps sur Internet, à des fins documentaires, procédait à des repérages, prenait des notes et des précautions. En bon connaisseur de la déconvenue, il n'avait aucun mal à anticiper les anicroches, à se représenter les obstacles pour, un à un, les vaincre à force de combinaisons et de calculs. Il esquissait des schémas, traçait des directions.

Aussi bien ces précautions étaient-elles inutiles car tout se passerait bien. Il en avait la certitude et Lucette itou. Mais il se donnait du temps, par goût récent du luxe.

Lorsqu'il fut propre, il revêtit l'un des costumes du disparu, lequel était, visiblement, plus grand que lui. Un costume qui, dans les années 80, s'était voulu intemporel, et présentait les signes ostensibles d'une sévère et souple robustesse. La veste en taffetas flambé marine tombait sans un pli sur un pantalon droit un demi-ton plus clair. La note festive ajoutée par la chemise blanche à filigranes tropicaux ne messeyait pas à Gérard. Il paracheva son équipage en glissant dans l'épaisseur de sa chevelure tonifiée les fines branches de lunettes solaires et coûteuses.

La suite fut plus simple. Il avait, la veille, vérifié les niveaux de la Mercedes. C'est d'ailleurs au moment de refermer le capot que lui était apparue l'importance cruciale de son apparence pour la bonne exécution du plan. Piloter l'automobile à

Vinteuil, habillé en Gérard, pouvait à la rigueur se concevoir, même s'il avait, lors de sa parade avec Lucette, éveillé çà et là quelques perplexités, mais il était inenvisageable, à bord d'une Mercedes-Benz 1981, de parcourir les rues de la capitale dans toute la hideur provinciale de sa vêture. Sauf à passer pour un voleur ou une star du showbiz. Or Gérard visait la discrétion.

Inutile de dire à quel point la carabine avait été bichonnée. Elle reposait pour l'heure, soigneusement démontée, dans le double-fond du coffre où il avait découvert un espace vide près de la roue de secours, une sorte de caisson providentiel dont il n'avait su deviner la vocation initiale, en dépit d'une lecture approfondie du livret accompagnant la voiture, découvert dans la boîte à gants. Il avait supposé quelque usage interlope en rapport avec le folklore mafieux dont le parfum capiteux enveloppait toujours ce genre de véhicules, transport de stupéfiants, valise diplomatique ou samizdats. Le tapis du coffre, profond comme la moquette du Hilton, dissimulait la cache sans un pli. Nul brinquebalement dans la mécanique du moteur. La partie proprement matérielle de son dispositif présentait un risque minime de défaillance et fournissait par-là une assise solide à l'autre, la plus fragile, l'humaine. Moins à l'aise dans ce domaine, Gérard avait tâché d'être méthodique en commençant par s'assurer autant que possible contre la défection accidentelle d'un organisme obstinément malmené depuis la fin de sa carrière dans la réclame, quarante ans plus tôt. Longues promenades en forêt, nuits complètes et même quelques pompes prudentes, sans forcer. Se souvenant des conseils de son père quand approchait l'ouverture de la chasse, il avait grignoté des barres protéinées.

Restait la question proprement morale dont l'examen auquel il s'était livré s'expliquait moins par le surgissement de doutes – pour les disperser, il n'avait qu'à faire un tour sur le Facebook de Guérillard – que par la crainte d'une paralysie désastreuse, au tout dernier moment, quand il s'agirait de presser la queue de détente. D'un naturel tendre, aggravé par l'alcool qui flattait sa tendance au larmoiement, il craignait de n'avoir pas les couilles. N'avait-il pas déjà épargné un cerf et plusieurs pintades parce qu'un scrupule inopiné l'avait subitement retenu ? Gérard avait besoin d'être profondément pénétré par la légitimité de ses actes, ce qui eût fait de lui un piètre génocidaire. Donc il avait potassé. Réexaminé l'ensemble du dossier. S'était opposé toutes sortes de raisons, rappelé ses leçons, à l'école, posé des questions difficiles.

Mais la pensée de Patricia balayait tout. Il n'y avait pas à vaciller.

Jusqu'à Dreux, la circulation fut fluide, lubrifiée par les variations Goldberg. Il conduisit divinement, comme le lui répéta l'ombre de Lucette, bien calée à la place du mort. Quand Bach fut fini, une exploration distraite de la bande FM lui procura le secours roboratif quoiqu'un peu lassant, à la longue, de chants de marins, diffusés sans commentaires par une station insistante. Il éteignit aux abords du périphérique.

Curieusement, cette visite du monde extérieur, extérieur à Vinteuil, cette équipée hors de lui-même se déroula sans aucune des complications qu'il s'était figurées. Nul obstacle ne se dressa. Guère de flic pour le contrôler. Il ne s'assoupit pas. Anticipant les ralentissements, il se concentra sur la stricte observance des distances de sécurité. Autre signe augurant un succès que la superstition seule lui interdisait de savourer par avance, il parvint sans mal, pour se diriger, à concilier son antique habitude de scruter les panneaux, avec les commodités du GPS dont était équipé le smartphone de Lucette. Une voix florale lui confirmait de loin en loin qu'il suivait la bonne voie.

Ainsi qu'il est fréquent, le voyage le ramenait à lui, à d'autres voyages, ceux qu'il avait entrepris, jadis, en solitaire, l'auto-stop, l'Europe, et aussi la nausée à l'arrière de la bagnole familiale, quand on se levait au milieu de la nuit pour se lancer dans une migration de huit heures jusqu'aux Pyrénées. Il s'émut d'éprouver des nostalgies ordinaires, de retrouver des souvenirs de vacances. Au fond, par certains côtés, il n'était peut-être pas tout à fait un monstre.

Maxime perçut d'abord l'odeur inhabituelle. Il fronça le nez tandis que ses yeux s'habituaient à la demi-pénombre d'où se détachaient, ceintes d'une sorte de halo lactescent, les cuisses nues de Chloé. Elle le précédait à travers son salon, après avoir consenti, au bout d'une longue série de sonneries, à venir lui ouvrir.

— Putain, observa-t-il, ça sent le renfermé !

Comme il obliquait vers la fenêtre, dans l'intention de tirer les rideaux occultants et d'aérer, elle protesta d'un geignement sans appel et, ôtant à contrecœur ses souliers corporate, il la rejoignit sur le canapé, sous la couette où elle s'était roulée en boule.

— Tu es gentil d'être venu, lança-t-elle pour prévenir toute velléité d'engueulade.

Car, elle le connaissait, c'était bien l'intention de Maxime. L'engueuler. Il y avait matière. Il avait préparé son réquisitoire, en commençant par les griefs périphériques, l'inébranlable instabilité amoureuse de Chloé que sa thérapie pourtant prometteuse n'avait pas permis de guérir, pour en venir à l'essentiel : elle ne lui disait plus rien. Or il mesurait à l'épaisseur de ce silence l'importance des faits tus. Et les faits tus sont les plus têtus. On ne la lui faisait pas, à lui.

— Oui, avoua Chloé, confirmant les espérances de Maxime, mais si je te raconte, tu vas tout dire à ta mère. Ton Œdipe est pathologique.

Sous le masque impénétrable du jeune homme s'épanouit l'un de ces sourires intérieurs dont la chaleur irradiante n'avait jamais échappé à Chloé.

— Allez, dit-il, parle.
— Tu dois promettre de ne rien dire.
— Promis. Accouche.

De toute façon, elle s'y était préparée. Le plan d'action de sa thérapeute ne pouvait absolument pas calmer son impatience sans objet. Chloé avait hâte, en effet, mais elle ignorait de quoi. Hâte de passer à autre chose, mais on ne se débarrassait pas d'un père tueur. Hâte d'être assistée dans le deuil de son innocence par un être plus vivant, plus compatissant, plus incarné que sa Pythie de psy. Hâte de revivre, même s'il ne s'agissait que de retrouver un peu de sa vie antérieure, celle qui lui disconvenait tant, au moins essayer de redevenir l'ombre d'elle-même.

Elle avait réfléchi, Maxime seul pourrait l'aider. L'immense soulagement qu'il éprouverait de n'être pas dans sa situation serait quand même un peu gâché par l'ombre que jetterait aussi sur son enfance le crime de Jean-Charles. Lui non plus n'en reviendrait pas. Pas indemne. Sa souffrance, même minime, mettrait un peu de baume sur les plaies à vif de Chloé. Ensuite, ils pourraient remanger des sushis.

Elle avait préparé, comme à l'école, introduction, développement, conclusion. Elle le vit blêmir plus souvent qu'elle ne l'avait escompté et ce fut franchement cool. Déjà, dans les prolégomènes, quand il devina qu'elle voulait en venir à une infidélité de Véronique, il eut ses premières palpitations, et Chloé songea que son diagnostic au sujet de l'Œdipe de Maxime méritait d'être affiné puisque ce garçon possédait en réalité deux mères. Qui sait, peut-être parviendrait-elle à le faire sombrer, lui aussi, dans la dépression ? Il y avait de la place sous sa couette.

Le récit se compliquant, il se mit à pousser des non, des merde et des putain, avant d'opter pour l'aphasie. Chloé, sans le manifester clairement, en prit ombrage, car elle avait espéré des interruptions, des mises au point et des digressions communes. Elle se vengea en ralentissant et alla se chercher deux fois un verre d'eau. Il ne bougeait pas, affaissé, alors que Sylvain n'était même pas encore mort.

Finalement, elle se tut tout à fait, au bord de dévoiler cette première péripétie, modérément tragique au regard de la seconde. Outre le désir puéril de faire durer la consternation, elle éprouvait une peur croissante. S'il était déjà détruit à l'évocation des coucheries de Véronique, qu'adviendrait-il de lui quand il saurait la suite ? Et si les choses tournaient vraiment mal ? Le surmoi hypertrophié de Chloé lui rappela, la main sur l'épaule, que sa thérapeute lui avait sinon interdit du moins fortement déconseillé de s'ouvrir à autrui de ces funestes événements. Certes, Maxime n'était pas tout à fait autrui mais ses réactions se caractérisaient presque toujours par une imprévisibilité déconcertante. Elle imagina le pire : il racontait tout à Cécile, à Laurent, à Véronique, à Jean-Charles. Faisait tout péter. Elle examina séparément chacune de ces possibilités, puis leur combinaison. Par exemple – elle choisit, pour voir, la plus improbable – Cécile et Jean-Charles étaient informés mais pas Véronique ni Laurent. Qu'adviendrait-il ?

Elle se contraignit à considérer que cela n'avait pas grande importance et surtout, qu'il était inutile d'atermoyer. Quand même, grommela son surmoi, quand même...

Elle raconta l'accident de Sylvain.

Maxime bondit et lui pinça si fort la cuisse qu'elle poussa un hurlement.

— Mais merde ! Je vais avoir un bleu !

— Le mec... hoquetait Maxime, cherchant son air, le mec est MORT ?

Il repoussa la couette, dans un réflexe de survie et s'éloigna du canapé.

Se massant la jambe, elle renonça à le dissuader d'ouvrir la fenêtre où il se pencha. Comptait-il vomir ? Elle le savait capable de ne pas mépriser certains effets.

Elle le rejoignit timidement, lui massa le dos, elle aurait effectivement un bleu, sa circulation n'avait jamais été bonne, héritage maternel. De sombres hématomes s'épanouissaient pour un rien sur ses cuisses.

— C'est pas fini, annonça-t-elle, lugubre.

En d'autres temps, d'autres circonstances, elle aurait jubilé de l'effarement de Maxime. Pour le centième de sa stupéfaction, elle eût donné deux semaines de salaire. Mais on ne jouait plus.

— Attends, se lança-t-il soudain en tournant dans la pièce, tandis qu'elle refermait la fenêtre, repoussant les klaxons, attends, tu imagines les conséquences ? Le mec se tue. L'amant... pardon mais l'amant de ta mère se tue. Nous on est là, tout gamins. Tu imagines ?

Le nous de Maxime déplut à Chloé. Monsieur voulait sa part du traumatisme. Gratos. Non, c'était complètement injuste et très égoïste. Tout à fait conforme à ce qu'il était.

— Personne n'en a rien su, à l'époque. Pas tes parents, en tout cas, objecta-t-elle.

Il la regarda, deux doigts sur le front, comme si elle venait d'affirmer que la terre était triangulaire.

— Mais Chloé, reprit-il sur un ton ruisselant de condescendance, Chloé, Chloé, l'inconscient !

Il laissa infuser l'inconscient.

— Oui, quoi ? s'agaça-t-elle.

— L'inconscient sait tout. Devine tout. On était tout le temps tous ensemble, tes parents, les miens, nous.

— Pas tout à fait tout le temps, si j'ai bien compris.

— Mais...

Il s'interrompit, refaisant le film, cherchant la faille. Ses traits mobiles accompagnaient le ressac des pensées.

— ... C'est ta mère qui te l'a raconté ?

Elle détailla, reprit le cours des événements. À l'effarement d'avoir traversé toute son enfance dans l'ignorance de tels événements s'ajoutait la consternation de n'avoir pas été immédiatement informé par Chloé des progrès de son enquête. Il prenait soudain conscience de la saloperie qu'elle lui avait faite, hésitant à se répandre en protestations par peur d'être privé du dénouement promis, peur qu'elle entretint en faisant mine d'hésiter à poursuivre.

— J'étais dans une démarche, expliqua-t-elle.

— Et moi, je n'avais pas de place dans ta démarche ? Ce n'est pas moi qui t'avais conseillé de te faire soigner ?

La formule, malheureuse, avait le mérite de préciser la nature de l'opinion qu'il avait d'elle. Elle avala et lui redit qu'il ne savait pas garder un secret.

— Le secret, c'est de ça qu'on crève ! avança-t-il au jugé.

Ça ne mangeait pas de pain. Elle acquiesça en levant les yeux au ciel.

— Donc... l'encouragea-t-il.

Pour preuve de sa bonne volonté, il se rassit. Pour préserver sa cuisse, elle demeura debout.

— Donc c'est mon père qui a tué le mec.

L'information buta, quelque part dans le cerveau de Maxime, sur quelque barrage synaptique.

— Ton père ?

— Jean-Charles. Jusqu'à preuve génétique du contraire – ce qui n'est peut-être pas à exclure, d'ailleurs – Jean-Charles est mon père. C'est lui qui a tué le mec.

— Mais je croyais…

Nouvelle salve d'explications, nouveau frétillement mandibulaire de Maxime, nouvelle tentative, avortée cette fois, pour marcher jusqu'à la fenêtre. Il parvint tout juste à poser ses avant-bras sur ses genoux. Sa pomme d'Adam saillait.

— Il n'a pas… finit-il par proférer d'une voix épuisée.

— Il n'a pas appelé les pompiers, confirma Chloé. Il est rentré à la maison. À l'époque, on mangeait de la soupe. Tu te souviens des poireaux du marché ?

Maxime se décoiffa méthodiquement, tirant sur ses mèches, les roulant en pointes, et elles restaient bizarrement rigides, il mettait peut-être du gel ou bien c'était la sueur.

— Depuis, l'informa Chloé anticipant les questions qu'il s'apprêtait à balbutier, je ne les vois plus. Ils ne savent pas que je sais.

Les questions vinrent quand même, sans logique précise, sans suite, mais innombrables. Se les étant déjà posées mille fois, elle fut en mesure d'y répondre ou de partager avec lui son ignorance. Ils refirent le tour de la situation et ne lui trouvèrent aucune issue. Mais c'était un peu moins triste de tourner à deux.

— Tu veux manger quelque chose ? proposa-t-elle avant de demander quelle heure il était.

Il était étrangement dix heures du matin. Ou quelque chose comme ça. Inquiet de n'avoir aucune nouvelle, il avait décidé, sur le chemin du boulot, de passer chez elle et prévenu son chef qu'il ne se sentait pas bien. Un rai maladif se glissant obliquement par l'interstice des rideaux leur faisait un teint morbide.

Il ignora l'offre.

— Qu'est-ce que tu vas faire, maintenant ?

Cette fois, ce fut le tu qui déplut à Chloé. Son alter égoïste semblait s'être déjà désolidarisé d'elle. Il avait eu le temps de mesurer la profondeur de la merde où elle se trouvait, à défaut d'en analyser la composition. Elle lui rappela aigrement que c'était lui qui lui avait *conseillé de se faire soigner.* Peut-être sa lucidité sans faille avait-elle d'autres avis à lui prodiguer ?

Penaud, il reconnut qu'il devait réfléchir mais l'assura de son soutien plein et entier, de sa totale discrétion. Il repasserait la voir.

— Tu pars ? Tu vas où ?

— Au taf, Chloé.

— Tu n'es plus malade ?

— Si, si. Mais je ne peux rien faire pour l'instant. Dès que j'aurai une solution, je poserai des jours.

— Une solution ?

Il secoua la tête, conscient qu'il disait n'importe quoi et s'enfuit pour ne pas en rajouter, après ne l'avoir pas serrée dans ses bras.

À peine dans l'escalier, il sortit son téléphone.

— Maman ? C'est moi. Écoute, j'ai du lourd. Du très lourd. Tu es assise ?

Quand Patricia lui avait annoncé au téléphone qu'elle était malade et qu'elle ne pourrait pas travailler pendant quelque temps, sa patronne s'était étranglée. Quelque temps, c'était-à-dire combien exactement ? Patricia avait raccroché.

Elle ne souhaitait pas se montrer insolente, mais depuis que le nom de Guérillard s'était introduit en elle, sa vie s'interrompait brutalement pour reprendre plus tard – plus tard n'était pas la formule idoine – elle basculait dans des trous, dévalait les moments, et c'était la nuit ou bien quelque chose se carbonisait au fond d'une casserole, ou elle s'éveillait en sursaut, trempée de larmes et de salive.

Le pire – ce mot-là non plus n'était pas bon, car il y avait plusieurs pires – c'était le visage de Chloé qui lui venait. Qui lui revenait. Le nom du père et les yeux de la fille. Une virevolte permanente, se succédant, se superposant. Elle s'était vengée du père sur la fille. Après trente ans d'absence à soi-même, trente ans de patience au cimetière, mais aussi trente ans de bon droit, de souffrance légitime, elle découvrait une torture toute neuve, celle d'avoir, à son tour, saccagé quelqu'un.

Chloé n'avait rien fait, à part se trouver là, flanquée d'un crétin à caméra, à part être belle, jeune, comme elle l'était autrefois. Non, connaître la vérité sur son père n'aiderait pas Chloé. Jamais. Patricia refusait de s'en tirer ainsi. La mauvaise foi n'était pas son fort. Elle la lui avait crachée au visage, cette vérité, pour la blesser, la dégueulasser. Et cette action indigne – Patricia n'avait jamais fait fonds que sur sa dignité – l'empêchait de travailler, de laisser les jours se dérouler, de se consacrer tout entière à la satisfaction consternée d'avoir résolu le mystère qui structurait sa vie.

Mais, en familière de l'irrémédiable, elle n'envisageait pas d'issue.

Elle se remit à rêver d'un retour en arrière, comme au moment des accidents, d'une annulation miraculeuse des faits, d'un revirement des instances supérieures, moyennant, même, un lourd tribut, dix ans d'existence, la dépendance, le cancer contre la vie de ses parents, celle de Sylvain. Que donnerait-elle pour n'avoir pas parlé à Chloé ? Pour s'être tue au lieu de la tuer, pour avoir tenu sa langue entre ses dents serrées ?

Ce matin-là, elle prit une douche rapide et se rendit au Pot d'étain, mal maquillée. Elle s'était aperçue que l'établissement ouvrait aussi le matin, aussi dans la journée, pas uniquement le samedi soir. Que les journées existaient, avec leur durée spécifique, leurs moments, qu'il y avait un monde en dehors de son travail. Le travail avait avalé sa vie. Mais la vie hors du travail lui apparaissait frêle, désordonnée, sans échine. Y erraient des silhouettes auxquelles elle se joignit.

À la lumière du jour, le bar était plus pitoyable encore. Zinc maculé à la Pollock, poutres noires, verres laiteux. Quelques habitués parmi lesquels elle reconnut deux de ses clients. Elle n'aimait pas le mot client, ça faisait pute, mais d'un autre côté, patient n'allait pas non plus. Son activité professionnelle s'exerçait hors dictionnaire.

— Salut ! lança quelqu'un depuis un box.

Elle mit quelques secondes à remettre le latiniste. Finalement, elle le rejoignit, avec son verre de blanc. Du blanc à dix heures du matin. Ça prouvait qu'elle avait grandi, depuis le lycée. À l'époque, elle préférait la bière.

— Je voulais m'excuser, annonça-t-il.

Elle apprécia qu'il ne s'étonne pas de la trouver là. Ces temps-ci, elle supportait mal les commentaires. Par contre, de quoi s'excusait-il ? Il y avait pas mal de friture sur la ligne qui la reliait à sa vie antérieure.

— Au sujet de Gérard, précisa-t-il.

Ah oui, Gérard. Le latiniste avait tenu, crut-elle se rappeler, des propos désobligeants à son égard. Quelque chose sur la chasse. Elle piqua une olive et l'examina, la chose lui évoquait une roubignolle malade. Elle était épuisée, les nuits passaient mal.

— En fait, précisa-t-il encore plus, je ne m'excuse pas de ce que je dis. Je le maintiens. Je m'excuse parce que j'ai l'impression que ça t'avait blessé.

Il buvait quelque chose de plus fort et de plus foncé que le blanc, et semblait n'en pas être à son premier verre.

— Tu ne bosses pas, aujourd'hui ? demanda Patricia.

Il avala deux gorgées, grimaça.

— Chômage technique, éluda-t-il.

Elle se contenta de cette réponse qui, déjà, ne l'intéressait guère. Pouvait-elle raconter sa vie au latiniste ? Elle avait peu de confidents cultivés. Peut-être lui livrerait-il un avis ?

Non. Ses déboires actuels venaient précisément de ce qu'elle n'avait pas su se taire. Elle devait au contraire, réenterrer ses vieux fantômes.

— Tu avais dit quoi, déjà, sur Gérard ?

Il sembla soulagé qu'elle ait oublié. Ça signifiait qu'il avait peut-être encore ses chances.

— Rien. Qu'il était spécial.

— Ah oui. Et qu'il aimait tuer.

Cette pensée la dérangea. Ce ne fut pas exactement une pensée. Plutôt un pincement vers l'estomac. Elle avait beaucoup de mal à réfléchir.

— Il a toujours sa carabine ? s'enquit le mec.

— Quelle carabine ?

— Il m'a parlé d'une arme, pour chasser. Il était tout fier.

Elle fronça les sourcils. Elle n'avait jamais vu d'arme chez lui. Encore heureux. Elle lui aurait dit sa façon de penser. Le pincement s'intensifia.

— Je ne vois plus Gérard, répondit-elle.

Puis elle se demanda ce qu'elle faisait là, étouffa dans ce box, se leva.

— Tu pars ?

Elle paya, sortit, s'emplit d'air frais. Elle avait laissé sa Twingo garée devant chez elle, mais justement, c'était mieux, elle allait se rendre à pied chez Gérard. Elle n'était pas en service. Malgré tout, elle vérifia qu'elle avait toujours, au fond de son sac, le trousseau des clés de ses clients. De ses patients.

Le téléphone de Gérard semblait éteint. Elle tomba sur l'annonce standard du répondeur. Elle prit la rue au Lait pour ne pas traverser la place de la Madeleine. Quelque chose de son moi ordinaire semblait reprendre le dessus. Le respect humain. Ce quelque chose qu'elle avait acquis d'instinct aussitôt après sa période Bertin la putain, quand tout le monde était mort.

Elle médita sur la prostitution, qui lui avait deux fois traversé l'esprit, ce matin. Mais ses méditations ne la menèrent pas plus loin que chez Gérard.

Il n'était pas là. Ce n'était pas forcément étonnant, il se baladait beaucoup en parlant tout seul, à ce que lui avaient dit des gens. Le pincement au ventre se remit à la travailler. Elle avait confié la caméra de Chloé à un homme qui parlait tout seul et qui possédait une arme. D'ailleurs, où était-elle, cette caméra ? Elle fouilla, ne la trouva nulle part, pensa à la maison de Lucette.

La forêt commençait devant l'immeuble de Gérard. Un air humide, un peu écœurant, s'exhalait des sous-bois. Elle resta plantée puis se dirigea vers la rue Joffre. Tout était inédit, ce matin, marcher à cette heure, être dehors, chercher Gérard. Ses jambes regimbaient. Elle n'avait plus l'habitude de se déplacer à pied. Trente ans de sauts de puce en voiture, dans cette vie minuscule, pour n'être pas en retard. Trente ans de conscience professionnelle.

Elle ne trouva rien de spécial chez Lucette, à part des flacons de lotions ouverts, dans la salle de bains, et quelques assiettes sale. Elle reboucha les flacons et fit la vaisselle.

Elle fureta, sans objectif, brutalement gagnée, dans cette maison, par un chagrin terrible. Trois polars reposaient sur le dressoir. Elle les enfourna dans son sac pour les rendre à la bibliothèque. Elle ressortit.

Les pensées de Laurent roulaient autour de lui. Pénible sensation. Celle d'une tempête petite mais têtue, d'un ouragan chronique. Il vivait dedans, depuis toujours. Depuis trente ans. Au lieu de se représenter son activité psychique comme un manège intérieur, une ronde plus ou moins ordonnée d'affects et de réflexions élaborées, il se savait à la poursuite de sa propre production mentale qui s'échappait de lui comme les bulles de whisky dans Tintin sur la lune. Il aimait beaucoup Tintin. Sa fascination allait aux objets ronds, dispersibles, aux comprimés solubles. L'effervescence le rassérénait car c'était lui qu'il voyait se dissoudre dans un verre d'eau. Mais il s'agissait d'une dissolution sans fin, façon supplice antique.

Jean-Charles, au contraire, habitait la matière, l'intensité sans couleur, sans éclat, la matité brute, l'instant. Leur amitié s'expliquait par-là. Mais Jean-Charles courait trop vite et Laurent s'épuisait à poursuivre le dos mouillé de son ami. Sous leurs quatre pieds craquaient les brindilles, les escargots, les corpuscules. Depuis des décennies, l'être hybride qu'ils formaient à eux deux foulait l'humus, le sol accueillant des forêts.

Ce n'était pas tant Tintin qu'il estimait, mais Tournesol. L'inventeur. Laurent avait rêvé d'inventer, lui aussi, des sous-marins requins, des fusées. Enfant, il supposait que Tintin et Tournesol ne faisaient qu'un. Ôtez sa houppe à l'un, ajoutez-lui la barbiche de l'autre. Mais Laurent gardait pour lui ses suppositions. Il avait aussi supposé que Cécile, en lui proposant de rénover la maison d'amis, espérait satisfaire son désir d'invention. Pour elle, bâtir et inventer, restaurer, relevaient du même processus. Cécile était partie d'une bonne intention.

D'autres pensées roulaient ainsi, qu'il expulsait en haletant. Il n'avait plus l'âge de poursuivre en vain Jean-Charles à travers bois. Il songeait qu'il faudrait le lui dire. Pas tout, bien sûr, Laurent n'était pas un homme de parole, mais au moins qu'il n'aimait plus courir. Qu'il s'était lassé de la course. Que pour lui, ce ballotement douloureux des organes n'avait jamais eu d'autre signification qu'expiatoire ainsi, d'ailleurs, que tout le reste de sa vie, cette fuite.

Mais il devenait trop vieux. Son organisme protestait. Ses tendons l'élançaient. Il n'avait plus la force de ne pas se plaindre.

— Alors, pépère ? On s'encroûte ?

La voix assourdie de Jean-Charles lui parvenait de loin, comme toujours, on entend mal quelqu'un qui vous tourne le dos. Laurent se racontait que c'était la nuque de son ami qui lui parlait, nuque épaisse marquée par deux plis horizontaux évoquant une petite bouche grasse. Cette bouche aimait bien se moquer de lui. Il ne répondit pas.

Un peu plus tard, il aperçut un homme sur le bord du chemin.

Un drôle de vieux type, sorte de clochard en costard.

Et qui serrait une carabine.

Concentré sur ses pieds, Jean-Charles n'avait pas dû le voir encore. Il n'était pas rare que Laurent, plus grand que lui et l'œil toujours rivé sur les lointains, doive lui signaler un obstacle. Maintenant, le type braquait sur eux son flingue. Laurent agrippa le tee-shirt trempé de Jean-Charles qui manqua valdinguer.

— Hé, protesta-t-il, t'es dingue ou quoi ?

Puis il remarqua l'homme.

Celui-ci, en dépit de son fusil, toujours pointé sur eux, ne semblait pas présenter de danger véritable. Il évoluait dans son propre monde, impression produite par son accoutrement soigné mais anachronique et trop grand. Ses lunettes noires à la Blues Brothers militaient aussi pour le gag. Jean-Charles recula. Laurent et lui furent enfin côte à côte.

Le silence de l'homme, que peupla bientôt le halètement decrescendo des deux coureurs auquel s'adjoignirent quelques timides pépiements, finit tout de même par les mettre mal à l'aise. Laurent prit conscience qu'ils se trouvaient très loin de tout ou, plus exactement, que ce point de leur parcours était précisément celui où ils étaient suffisamment enfoncés dans la forêt pour qu'une détonation n'attire l'attention de personne. Quand se forma malgré lui l'hypothèse qu'il ne s'agissait pas d'un hasard, son malaise s'approfondit.

Juste avant que l'étranger ne prenne la parole, Laurent remarqua encore qu'il ne semblait pas s'intéresser spécialement à lui. Il était difficile, derrière leurs verres teintés, de discerner où se posaient ses yeux, mais le tonton flingueur, apparemment, dévisageait Jean-Charles.

Puis il parla.

Ce qu'il dit, instantanément, métamorphosa Laurent. Non pas à la façon grandiloquente d'une révolution copernicienne, plutôt comme un réglage, comme on tourne la molette d'un instrument d'optique, comme on chasse un flou. Il vit mieux. Il vit. Ses pensées cessèrent de voleter alentour, il eut un centre, un poids, un contour.

Pourtant, l'homme n'était même pas allé jusqu'au bout d'une phrase. Il avait juste indiqué une date : « 12 décembre 1993 ».

Nulle solennité dans cette profération, ton détaché, à peine plus qu'un raclement de gorge.

12 décembre 1993. Laurent ne se souvenait pas d'avoir entendu ces mots, dans cet ordre, prononcé par un autre

que lui. Lui, d'ailleurs, s'était contenté de les penser, mais si souvent qu'ils l'avaient envahi, infesté, infecté. À cause d'eux, qui s'incrustaient dans ses silences, sabotaient ses répliques, y semaient des lapsus, le faisaient balbutier, il avait progressivement renoncé au langage, réduit la voilure de ses rêves où ils se glissaient aussi, laissé filer hors de lui ses réflexions expropriées.

Entendre ces mots à l'improviste, après trente ans, à peine distincts du vent dans les branches, l'en délivra d'un coup. Il n'était plus leur dépositaire, quelqu'un se chargeait d'eux. Quelqu'un savait. Accrochés aux paroles, il y avait les faits.

D'absurdes suppositions fusèrent, ce type était Sylvain Bertin, miraculeusement indemne, ou ressuscité, ou son frère venu pour la vengeance, son meilleur ami, un flic en retraite qui avait bossé toute sa vie sur cette affaire que la providence lui avait permis de résoudre, il allait l'arrêter, tout arrêter, lui offrir enfin l'incarcération libératrice.

Ce qui ne collait pas du tout, par contre, c'est que son Edmond Dantès continuait de fixer Jean-Charles, qui fronçait les sourcils.

— Oui, et alors ? demanda-t-il, sur un ton dangereusement agacé.

Sylvain savait, pour avoir toujours été son collègue et ami, combien Jean-Charles haïssait les contretemps, et sentir refroidir la sueur dans son dos. Il risquait, s'il le prenait de haut, de contrarier le tireur isolé.

Celui-ci semblait assez imperméable à l'impatience de Jean-Charles. On sentait qu'il avait, depuis toujours, eu tout son temps. Il n'était pas pressé.

— Le 13 décembre 1993, vous avez poursuivi un homme en voiture. Et ça s'est très mal terminé. Votre victime a perdu le contrôle de son véhicule. Il a heurté un arbre, à la sortie de

Vinteuil, sur la route d'Évreux. Vous n'avez pas prévenu les secours. L'homme, Sylvain Bertin, est mort quelques heures plus tard à l'hôpital. Vous l'avez tué parce qu'il était l'amant de votre femme.

Sylvain hochait la tête à chaque assertion. Il avait si souvent rêvé cette scène. Son procès. Certes, il imaginait plutôt un prétoire que le bois de Vincennes. Le juge n'avait pas cette allure et, surtout, en toute logique, c'était à lui qu'il aurait dû s'adresser. Curieusement, par un effet de vases communicants, à mesure que l'incompréhension le gagnait, Jean-Charles paraissait y voir plus clair. Ses sourcils se défroncèrent et il enfouit son visage dans ses paumes.

— Ne bougez pas ! ordonna l'homme en approchant d'un pas.

— Non mais attendez, dit Jean-Charles. Qu'est-ce que c'est que ces conneries ?

Le sniper hocha la tête. Il semblait avoir le temps aussi d'examiner cette objection. Mais sa bienveillance n'était pas rassurante. Au contraire.

— Vous n'êtes pas Jean-Charles Guérillard ? se renseigna-t-il, presque aimablement.

Jean-Charles se figea, puis fit des gestes, des espèces de moulinets, comme pour actionner une pompe à paroles, parce que ce qu'il allait dire serait complexe et nécessaire.

— Si, finit-il par admettre, si, c'est bien moi. Mais vous faites erreur. Qui vous a raconté cette histoire ?

Laurent réfléchissait de toutes ses forces. Moins pour comprendre que pour tester ses facultés recouvrées. Comment se pouvait-il que le clochard fût si près de la vérité ? Cette question n'était pas la plus urgente. Laurent entrevoyait toutes sortes de schémas, des réseaux de malentendus, des quiproquos, des mensonges, mille explications possibles. Le véritable problème était de déterminer ce qu'il fallait faire, là, tout de suite. Ce que *lui* devait faire. Son téléphone gisait au fond d'une poche. Peut-être accessible. L'action était à sa portée.

— Une personne qui m'est chère, expliqua l'homme. La sœur de Sylvain. Patricia. Il lui a tout raconté avant de mourir.

Cette réponse perturba Laurent. Moins par sa teneur que par le calme avec lequel elle avait été prononcée. Ce calme trahissait la détermination de l'homme. S'il hésitait aussi peu à leur indiquer ses sources et donc à compromettre une « personne qui lui était chère », c'est qu'il n'avait pas l'intention de laisser de témoins derrière lui.

Ou alors, c'était le contraire. Il n'avait pas réellement l'intention de tirer. Il voulait juste leur faire peur pour obtenir la confirmation de ses soupçons. En fait, il bluffait, il ne savait pas tout. La preuve, il se trompait de coupable.

— Écoutez, s'emporta soudain Jean-Charles, c'est ridicule ! Nous n'avons rien à voir avec tout ça !

— Lui, non, admit l'homme en désignant Laurent d'un bref mouvement de son arme.

— Mais moi non plus ! Cette femme s'est trompée. On n'accuse pas les gens sans...

Comme il esquissait un mouvement pour se remettre en route sans achever sa phrase, déterminé à écarter le tueur, celui-ci le visa plus fermement. L'arme produisit un cliquetis sinistre.

— Je ne vous demande pas votre avis. Je vais vous tuer, c'est tout. Je vous ai écouté par politesse.

Jean-Charles s'immobilisa.

Curieusement, il n'éprouvait aucune épouvante. Ou ne la ressentait pas. Il y avait quelque chose dans la voix, dans la mise, dans la position du type, qui rassurait Jean-Charles.

Il connaissait cette espèce d'individus. Le branquignol était de la race des perdants. Même l'arme semblait dérisoire. Mais surtout, leur agresseur manquait d'assurance. Ça se voyait à cent mètres. Déjà, il causait. Or, causer, ça connaissait Jean-Charles. On était là sur son terrain. Pas d'épouvante, non. Et même, au contraire, un frisson qui ressemblait à de l'excitation.

— D'accord, dit-il en reculant d'un pas.

Il envisagea de sourire, mais non. Dans certains cas, le sourire pouvait être interprété comme de l'arrogance. On était dans le drame, OK, restons grave.

— Quoi, d'accord ? demanda l'homme, perplexe.

— D'accord, on va discuter.

L'autre hocha négativement la tête avec une lenteur laissant espérer qu'il n'était pas totalement fermé à la discussion. Jean-Charles mit un pied dans l'entrebâillement.

— Vous voulez me tuer. J'ai le droit de savoir pourquoi.

— Je vous l'ai dit.

Dont acte, approuva Jean-Charles, d'un mouvement des lèvres.

— Vous me l'avez affirmé. Mais j'ai quand même le droit de me défendre avant d'être exécuté, non ? Et pour ça, j'ai besoin d'en savoir plus.

C'était logique. C'était rationnel. C'était raisonnable. Jean-Charles perçut le frisson qui parcourait le coude de Laurent, collé au sien. Il s'efforça de lui communiquer du calme.

— D'abord, d'où tenez-vous que ma femme couchait avec ce Bredin ?

C'était direct, on était entre hommes. On causait.

— Bertin. C'est votre fille Chloé qui l'a dit à Patricia.

Chloé ? Tout à coup, Jean-Charles le sentit mal. Se sentit mal. D'une voix lasse, Gérard lui résuma la visite à Vinteuil, le film.

Jean-Charles, concentré sur une grosse pomme de pin, y puisa des forces. Il contint une marée d'émotions inattendues, fit le vide, le sec.

— Alors moi je veux bien, concéda-t-il, mais imaginez une seconde...

Intéressé, l'homme leva légèrement le nez et le canon de l'arme. Jean-Charles compta jusqu'à trois avant de reprendre.

— Imaginez que votre amie ait menti à Chloé.

L'individu imagina une seconde, mais ne parut pas convaincu.

— Je ne vois vraiment pas pourquoi.

— Mais parce que ! s'échauffa Jean-Charles. Parce que ma fille peut être assez agaçante.

Le tueur parut assez d'accord.

— Chloé débarque avec son boy-friend, et les voilà qui se mettent à filmer, comme si votre amie était, je ne sais pas, une espèce d'animal.

Il en faisait peut-être un peu trop. D'un geste, il atténua le mot animal, d'un autre, il indiqua qu'il allait mieux expliquer.

— Il faut savoir que ma fille a été, comment dire, gourouisée par une espèce de pseudo-psychologue. Elle s'est mise en tête que sa mère et moi, nous lui cachions quelque chose. Bon. Là-dessus, j'ignore comment, elle s'imagine que sa mère a eu une aventure avec le frère de votre amie.

Exposant ainsi les faits, il sentit peu à peu sa confiance revenir. Un à un, les points se mettaient sur les i. Il lui sembla même discerner une nuance approbative dans la lenteur avec lequel le terroriste bougeait imperceptiblement la tête. Ou alors c'était un tic nerveux.

— Si vous voulez, on est dans un délire généralisé. Ma fille délire. Et votre amie, eh bien, elle a été entraînée dans ce délire. On a tous tellement envie de trouver des coupables.

Merde. Le bonhomme secouait carrément la tête, maintenant. Pas convaincu du tout. Il se ressaisit et pointa mieux son arme.

— Attendez ! paniqua Jean-Charles. Je vous demande une chose. Juste une chose.

Laurent, toujours silencieux, gigotait, comme s'il cherchait son mouchoir. Bien gentil, le Laurent, mais dans certaines circonstances on aurait aimé le sentir un peu plus concerné.

— Appelez votre amie, continua Jean-Charles.

— Quoi ? Maintenant ?

— Oui. Et vous lui demandez juste de vous jurer qu'elle n'a pas menti.

— Patricia n'est pas une menteuse.

— Non mais j'en suis sûr. J'en suis persuadé. Mais vous comprenez bien que c'est pour éviter une... une erreur judiciaire. C'est trop grave.

Jean-Charles se tut. Il fixa le type. Surtout ne pas fermer les yeux. Ne pas trembler. Ne rien ajouter.

Le type ne tirait pas. Jean-Charles aspirait la vie, de toutes ses narines. Il crut percevoir, dans le lointain, des craquements. Des pas ? Non, plus rien.

L'homme sortit un téléphone de sa poche. Un modèle récent. Jean-Charles retint sa respiration.

— Je n'avais pas envisagé le mensonge, dit l'homme. Personnellement, je n'y crois pas du tout. Mais vous avez raison, on va vérifier.

Fallait-il sourire poliment ? Plutôt pas. Jean-Charles regrettait d'avoir retenu son souffle. S'il expulsait tout l'air maintenant, il risquait de faire sursauter le dingue. Il maintint son apnée. L'autre se concentra sur son téléphone. C'était maintenant qu'il fallait agir. Lui sauter dessus. Profiter de sa distraction. Deux mètres à parcourir. Laurent l'aiderait. Maintenant, Gérard. Maintenant !

Il ne bougea pas.

— Allô, Patricia ? C'est Gérard.

À travers le judas, Chloé distingua, au premier plan, le visage très pâle de Cécile. Véronique et Maxime se tenaient derrière elle, déformés et amollis par le dispositif optique. Elle déverrouilla sa porte et s'effaça pour les laisser entrer.

— Merci de nous accueillir, dit Cécile. C'est moi qui ai pris l'initiative de cette visite.

La solennité du ton surprit Chloé qui recula, avant d'ouvrir les rideaux. Gênée par ses cuisses et par ses grandes chaussettes, elle demanda si elle pouvait enfiler un jean.

— Bien sûr, ma chérie, répondit Véronique sans sourire.

Maxime évitait son regard et contemplait les murs, comme s'il avait l'intention de louer l'appartement.

*Chloé revient peu après, propose un thé aux visiteurs. Ils déclinent l'offre. Maxime et Véronique s'assoient dans le canapé. La couette ne s'y trouve plus. Chloé l'a emportée dans sa chambre en allant se changer. Cécile reste debout. Chloé s'adosse à l'îlot central.*

— Je pense que c'est à moi d'expliquer, annonça Cécile.

Véronique esquissa un geste mais ne dit rien. Maxime, les yeux dans le vide, les coudes sur les genoux et le menton dans les mains, semblait ne rien entendre. Cécile se lança.

Elle commença par raconter son histoire avec Sylvain Bertin. Sans entrer dans les détails. Elle était à l'aise avec les mots, résumant, indiquant l'essentiel, les lieux, les faits. Maxime et Chloé se décomposèrent.

— Une seconde ! Une seconde ! articula Chloé, toujours adossée à l'îlot central et secouant la tête pour chasser des nuées d'on ne savait quoi.

— Attends ! abonda Maxime.

Cécile se tut le temps que les jeunes procèdent à leur rythme aux déductions qui s'imposaient.

— Attends, reprit Maxime, tu veux dire que c'est *toi*.

— C'est moi, confirma crânement Cécile, soutenant son regard.

Maxime se réengloutit dans ses pensées tandis que Chloé fixait sa mère en ouvrant des yeux de plus en plus grands.

— Mais c'est moi qui ai décidé de te mentir, précisa Véronique. J'en assume la responsabilité. Tu avais besoin d'une histoire.

— J'étais d'accord, corrobora Cécile. J'ai jugé aussi que c'était un bon compromis.

— Un compromis ? gueula Maxime, ulcéré. Quel compromis ? De quoi on parle, là ? De *quoi* on parle ?

Chloé acquiesça, contente qu'il pose enfin les bonnes questions.

— Et puis Cécile m'a appelée, tout à l'heure, pour m'apprendre ce que lui avait raconté Maxime, et qu'il tenait de toi, Chloé.

— La mort de Sylvain n'était pas un accident.

— Je suis désolée, dit Véronique.

— On ne pouvait pas vous le cacher, ajouta Cécile.

— Putain, gémit Maxime.

Il venait seulement d'oser saisir. De comprendre de quoi on parlait. De qui.

Il se leva, saisi d'un tremblement parkinsonien très impressionnant, se dirigea vers Chloé, qui sentit l'îlot central s'enfoncer dans son dos. Il paraissait vouloir l'inviter à danser avec lui en enfer.

— Je peux pas croire, balbutia Maxime.

Il claquait des dents. Au prix d'un effort interminable, il dompta sa main droite avec la gauche et, suant des yeux, précisa sa pensée :

— Je peux pas imaginer papa poursuivant le mec. Je peux pas. C'est impossible.

Il lança un regard désespéré à sa mère.

Quand son téléphone sonna dans son sac, Patricia sursauta.

Elle s'était assoupie dans l'herbe, au bord de l'Iton. Il lui fallut quelques secondes pour comprendre ce qui se passait. Quelques autres pour retrouver l'appareil. L'écran indiquait « Lucette Deshayes ». Elle décrocha.

— Patricia ? C'est Gérard.

Le cœur de Patricia se mit à cavaler. De soulagement ? De joie. Oui, de joie. Rien ne pouvait lui faire plus plaisir, à cet instant, que d'entendre la voix de Gérard. C'était comme reprendre pied.

— Gérard ! Je vous ai cherché partout !

— Je vous appelle avec le téléphone de Lucette.

Elle sourit. Oui, bien sûr, elle avait compris. Elle n'allait pas le gronder. Il parlait comme un petit garçon.

— Vous êtes où, Gérard ?

— Patricia, j'ai une question à vous poser. Une question très importante.

Elle cessa de sourire et tendit l'oreille. La ligne n'était pas très bonne. Elle percevait quelque chose dans l'écouteur. Du vent. Des chants d'oiseaux ?

— Est-ce que vous m'avez dit la vérité, au sujet de votre frère ? De la façon dont il est mort, je veux dire.

D'abord, elle sentit revenir la colère. Une colère ancienne. Du temps du lycée, on mettait constamment sa parole en doute. Les pions. Le proviseur. Et le flic qui l'avait interrogée au sujet du rouge à lèvres volé. En ce temps-là, elle mentait beaucoup.

Elle trafiquait des trucs. Elle revoyait ces regards soupçonneux, se souvenait de l'incrédulité légitime de ses interlocuteurs. Depuis l'accident, elle n'avait plus jamais menti. Plus pour des broutilles, en tout cas. Juste sur l'essentiel. Peut-être parce que sa vie était devenue trop simple. Mais surtout à cause des derniers mots de son frère. Elle avait eu besoin de toutes ses forces pour les enclore en elle.

— Patricia ? Vous m'entendez ?

Et puis elle comprit. Gérard venait de lui faire un cadeau. Il lui offrait le moyen de revenir en arrière. D'annuler le malheur. Voilà ce qu'il fallait dire à Chloé : j'ai menti ! Bien sûr que j'ai menti ! J'ai menti à cause de votre arrogance, de votre jeunesse. J'ai voulu vous faire mal. J'ai menti. Mon frère est mort dans un accident de la route parce qu'il était bourré. Mon frère est un mort banal. Votre père est innocent.

— Oui, je vous entends, Gérard.

De nouveau, le bruit du vent. De nouveau, le pincement à l'estomac. Elle se concentra.

— J'ai revu votre… votre ancien collègue, dit-elle. Nous avons parlé de vous. Il m'a dit que vous aviez une arme. C'est, vrai, Gérard ?

Grésillements dans l'écouteur.

— Patricia, j'ai besoin que vous me répondiez, au sujet de votre frère. C'est assez urgent. Je vous expliquerai.

Elle se mordit une peau, à l'angle d'un ongle. Faillit s'imaginer des choses épouvantables. Gérard, armé. Elle se lança.

— C'est drôle que vous me posiez la question. Comment avez-vous deviné ?

— Deviné quoi, Patricia ?

— Que j'avais menti. Je suis morte de honte, Gérard. Je ne savais pas comment vous le dire. Cette gamine. Elle m'a mise hors de moi.

Silence. Oui, c'étaient bien des chants d'oiseaux. Était-il au pied du hêtre ?

— Vous m'en voulez, Gérard ? J'ai dit la première chose qui m'est passée par la tête. Histoire qu'elle souffre aussi.

Nouveau silence. Puis la voix de Gérard, lointaine et distante.

— Je vous remercie, Patricia.

— Gérard, attendez ! Vous êtes où ?

Il avait raccroché.

Elle soupira interminablement. Retour au réel. L'image de Gérard, fusil au poing, s'estompa. L'essentiel était qu'elle avait su mentir. Elle avait entendu son mépris. Donc il l'avait crue. Le mépris de Gérard lui faisait un bien fou. La cautérisait. Mais ce n'était pas encore fini.

Elle savait ce qu'elle avait à faire, maintenant. Juste le temps d'attendre un peu que ses larmes se calment.

Depuis combien de temps pleurait-elle ?

Il restait le plus difficile. Appeler Chloé pour lui servir la nouvelle vérité. L'officielle.

— Vous aviez raison, elle a menti dit l'homme en raccrochant.

Jean-Charles souffla lentement. Ses jambes se mirent à trembler.

— Sylvain a planté tout seul sa Super 5 dans un arbre, conclut le tueur en baissant son arme.

Au moment où Jean-Charles ouvrait la bouche pour reprendre la main, Laurent dit quelque chose.

— Pardon ? demanda l'homme.

Il releva son fusil.

— Peugeot, répéta Laurent. C'était une Peugeot 205 rouge.

— D'occasion, confirma l'homme.

Jean-Charles se tourna vers Laurent.

— Putain, mais qu'est-ce que tu racontes ?

— Une 205 rouge, insista Laurent.

Il fixait le sol, l'air absent.

— J'ai tenté le coup, dit l'homme à Jean-Charles. Mais je pensais que si quelqu'un devait réagir, ce serait vous.

— Réagir ? Réagir à quoi ?

— À mon mensonge. C'est un truc de flic. J'avais une vieille amie qui aimait les polars. Vous mentez à dessein, sur un détail, et vous regardez le visage du suspect. S'il bronche, s'il réagit, donc, c'est qu'il sait quelque chose. J'imagine que quand on a causé un accident mortel, on se rappelle la marque de la voiture.

Jean-Charles se mordit l'intérieur des joues.

— Votre amie Patricia vient de vous dire que c'est elle qui a menti, justement. On peut rester sur du rationnel ?

— Patricia craint que je fasse une bêtise. C'est une femme très délicate.

— Mais merde ! hurla soudain Jean-Charles, je vous dis que je n'ai jamais entendu parler de ce Sylvain !

— En tout cas, prévint l'homme en décalant légèrement l'axe de visée, il va falloir m'expliquer clairement ce qui s'est passé parce que sinon, dans le doute, je vous flingue tous les deux.

Jean-Charles recula.

— C'est moi, dit Laurent. C'est moi qui étais au volant, le 12 décembre 1993.

Jean-Charles lui lança un regard épouvanté.

— Arrête, nom de Dieu ! Ferme-la...

— J'ai surpris Cécile avec son amant, par hasard, poursuivit Laurent. Rien d'original. J'avais oublié des documents chez moi, je suis passé les prendre, j'ai vu de la lumière dans la maison d'amis. Tu te souviens de la maison d'amis, Jean-Charles ?

— Tais-toi ! Je t'en supplie. Tais-toi.

Laurent sourit. C'était inouï, le bien que ça faisait, de parler. Complètement dingue.

— Je les ai regardés par la fenêtre. Ce qui m'a le plus frappé, c'était le visage de Cécile. Le plaisir qu'elle prenait avec cet homme. Je ne reconnaissais pas son visage.

L'homme écoutait attentivement. Quelqu'un allait bien finir par passer ! Rien n'était moins sûr. Jean-Charles avait choisi le circuit et les horaires de leurs running, précisément pour ne croiser personne.

— L'homme, par contre, je savais qui c'était. Et, je vous jure, ça m'a presque fait rire. Le quincaillier. Le bricoleur ! Cécile couchait avec lui pour se venger, j'ai pensé, parce que je ne faisais pas les travaux dans la maison d'amis.

Jean-Charles, consterné, vit se contracter pour un bref éclat de rire, la glotte de Laurent.

— Quand je l'ai vu dans sa voiture, ce soir-là, le 12 décembre 1993, j'étais complètement paumé. Complètement malade de jalousie, de tristesse, on avait notre gamin tout petit, je ne comprenais pas. Je n'ai pas poursuivi Bertin. J'ai juste voulu le rattraper pour discuter avec lui. Je lui ai fait des appels de phare. Il a eu peur.

— Vous auriez aussi bien pu aller discuter avec lui dans sa boutique, observa l'homme.

Laurent se figea, stupéfait.

— Ça ne m'est jamais venu à l'esprit, avoua-t-il.

— Et les secours ? demanda l'homme.

Laurent secoua la tête.

— Il y a trente ans que je me pose la question. Sur le coup, j'ai filé sans réfléchir. Je me suis dit que quelqu'un allait découvrir la voiture. Je ne voulais pas être impliqué. Mais surtout...

— Oui ?

Laurent regarda Jean-Charles, avec le pâle sourire dont il accompagnait ordinairement ses maladresses.

— Surtout, je n'étais pas fâché qu'il meure.

L'homme acquiesça, satisfait.

— Attendez ! lança Jean-Charles. Vous ne trouvez pas qu'il y a un problème ?

Les deux autres se tournèrent vers lui. Jean-Charles se cala sur ses jambes.

— Vous arrivez ici, (il hésita, c'était peut-être un peu risqué de faire de l'esprit dans ces circonstances, mais tant pis, allez) la fleur au fusil, avec l'intention de venger la dame qui vous est chère. Vous voulez exécuter le coupable. Très bien. Sauf que vous pensez que c'est moi. Et mon ami affirme que c'est lui.

Peut-être qu'il dit ça pour me sauver. Par esprit de sacrifice. Peut-être que lui aussi, c'est un homme très délicat. Peut-être qu'il a un cancer en phase terminale, foutu pour foutu. Alors ? Qu'est-ce que vous allez décider ? Prendre le risque d'assassiner un innocent ? Ou le faire à coup sûr en nous tuant tous les deux ?

Laurent reconnut que c'était bien tenté. Si l'homme était épris de justice au point de la rendre lui-même, il ne pouvait pas tirer. Il remua doucement les doigts, bougea son bras.

Comme s'il partageait ce point de vue, le tueur hocha la tête.

Ce hochement fut pour Jean-Charles le signal que la situation venait d'évoluer favorablement. Il reprit pied. Jusqu'à présent, le fusil l'avait privé de ses moyens. Ne s'étant jamais trouvé qu'en imagination dans le contexte épineux d'une tuerie de masse, même modeste, il n'avait pas eu à éprouver la réalité du canon braqué sur vous, cette révoltante indifférence métallique à tout ce que vous êtes, à l'infinie subtilité de vos vues, à votre humour, à votre histoire, aux confitures de mamie, à la somme de détails émouvants où se niche votre humanité.

Mais s'il hochait la tête, c'est que l'homme n'était pas totalement muré dans sa psychose. Il offrait encore quelques voies d'accès au langage, à la raison, à la chicane, qui constituaient les meilleures armes de Jean-Charles, ses outils, ses atouts. Pour se donner du courage, il s'imagina racontant triomphalement cette histoire à Véronique, au chaud dans leur salon. Malheureusement, cette projection eut l'effet contraire et les larmes lui montèrent à la gorge. Il était aussi perturbé, à un degré moindre mais non négligeable, par le fait que Laurent ait pu être responsable de la mort d'un homme. Et n'en jamais parler. Se concentrant sur l'importance capitale de gagner du temps, il se lança.

— Vous n'avez pas tous les éléments. L'affaire est complexe. Le mieux serait de poser cette arme, qui nous empêche de réfléchir calmement, et de tout reprendre à zéro.

Nouveau hochement du type. Mais sa réponse ne fut pas exactement rassurante.

— Je n'aurai pas d'autres occasions, vous le comprenez bien. C'est aujourd'hui ou jamais.

Quelques souvenirs d'un stage de formation RH sur l'analyse transactionnelle, grâce auquel il avait managé pas mal de mecs dans le genre de cet allumé, des syndicalistes, incitèrent Jean-Charles à opter pour une approche bienveillante visant à le faire lentement passer, dans l'esprit du bourreau, du statut de victime à celui d'amateur intéressé. Comportez-vous, avait préconisé la formatrice, comme quelqu'un qui demande à un pêcheur si ça mord. Ensuite, c'est vous qui le ferrerez.

— Justement, se renseigna-t-il avec un sourire presque réussi, je me demandais comment vous nous aviez retrouvés.

Bonne tactique. Le type se rengorgea.

— Vous n'êtes pas très modeste, M. Guérillard. Votre page Facebook m'a fourni tous les renseignements utiles. Y compris vos horaires de jogging, vos trajets, vos performances. On peut même suivre votre progression en direct sur la carte.

— Mais... vous n'avez croisé personne ? Vous ne pensez pas que les gens qui vous ont vu vous balader avec votre carabine ont déjà dû appeler la police ?

L'homme approuva l'objection, mais la contra modestement.

— Mon arme était démontée, rangée dans un sac de sport. J'ai un tote-bag, mais il était trop petit.

Jean-Charles regretta d'avoir mentionné le fusil, car son propriétaire, qui l'avait un peu oublié, raffermit sa prise et le braqua de nouveau sur eux.

— Bon, dit-il.

— Attendez ! Je vous rappelle que vous ne savez pas qui a fait quoi ! Pensez au doute. Au bénéfice du doute.

L'homme parut navré.

— Oui, mais je n'ai plus de doute, justement. Je sais que c'est bien votre ami qui a tué Sylvain Bertin.

— Hein ? Mais comment...

— La date. 12 décembre 1993. J'aime beaucoup les dates. Bref. Quand je l'ai prononcée, votre ami est devenu tout pâle. J'ai cru qu'il allait s'évanouir. Alors que vous avez paru perplexe. Vous ne compreniez pas. Lui, il a su tout de suite. Ça et le modèle de la bagnole.

— D'accord mais...

L'homme tira sur Laurent.

L'explosion fut assourdissante.

Laurent, projeté en arrière, sembla surpris et mécontent. Il se mit à loucher puis une prodigieuse quantité de sang jaillit en bouillonnant de sa poitrine déchiquetée. Il tomba d'abord à genoux puis face contre terre.

Jean-Charles, médusé, les tympans tuméfiés, vit le canon fumant revenir à lui.

— Vous aviez raison, dit l'homme, quand vous parliez du risque de commettre une injustice. Mais j'ai beaucoup réfléchi à cette question également. Je me suis souvenu d'un autre nom. Cédric Henriet. 1972-2013.

Jean-Charles ouvrit une demi-bouche.

— Non, je sais, ça ne vous dit rien. C'était le premier amour de Patricia. Il est mort d'un lymphome. Je suis au courant aussi, pour votre rôle à tous les deux dans l'empoisonnement de l'air, quand vous travailliez à Vinteuil. Naturellement, les enquêtes n'ont pas abouti et, quand bien même, vous n'êtes pas le seul responsable. Mais on ne sait jamais, ça fera peut-être réfléchir les pollueurs, à l'avenir.

— Attendez, haleta Jean-Charles. Depuis le début, vous vouliez nous tuer tous les deux ? Pourquoi tout ce cirque, alors ? Le coup de fil à votre copine ? Vous êtes un grand malade...

— C'est important pour Patricia. Elle doit connaître le vrai coupable.

Le tueur cala la crosse contre son épaule et ferma un œil. Jean-Charles se raidit, refusa. Pas question de s'effondrer maintenant. Il réussit à chasser de son esprit le corps de Laurent, sa stupéfiante immobilité, à ne pas regarder la condensation sur le canon de la carabine.

Du calme. Il sentait qu'il lui restait une carte à jouer. Mais il fallait réfléchir très vite.

Un frisson le parcourut. Il avait trouvé.

Il se remit à parler.

— Vous parlez de cancer. Et vous avez peut-être raison, après tout. On minimise toujours ses responsabilités. Mais laissez-moi vous raconter une histoire. La dernière. Après, vous ferez ce que vous voudrez.

L'homme ne bougea pas. Jean-Charles continua.

— Nous étions en voiture, avec ma femme et ma fille. Chloé n'était encore qu'un bébé, bien attachée dans son siège-auto. Et tout à coup, sur le bord de la route, j'aperçois un auto-stoppeur...

Sans préavis, l'homme tira sur Jean-Charles. Mais ce fut moins facile, parce que la victime, atteinte à l'épaule, eut le temps de faire demi-tour et il fallut deux coups supplémentaires, en plein dans le mille formé par la tache de sueur, dans son dos, pour l'abattre enfin.

Du coup, la scène était vraiment très sale. Gérard avait encore tout cochonné.

Le téléphone de Chloé sonna.

Depuis quelques instants, plus personne ne disait rien. Maxime secouait la tête sans oser regarder sa mère, Véronique grattait un corpuscule, sur le mur, et Cécile fixait le plafond.

— Oui ? murmura Chloé.

— Chloé ? C'est Patricia. Patricia Bertin. De Vinteuil.

Chloé n'en revenait pas. La folle. La folle osait la rappeler. Après avoir tout démoli.

— Écoutez, voilà. Je... Je dois vous dire quelque chose d'important.

Tous les regards étaient fixés sur elle, maintenant. Elle s'aperçut qu'elle respirait fort, au bord de la noyade.

— Je vous ai raconté des mensonges, dit Patricia.

— Pardon ?

— Personne n'a poursuivi mon frère. Il s'est tué tout seul. Il avait bu.

Chloé ne répondit rien. Elle réfléchit un peu, puis mit le haut-parleur.

— J'étais tellement en colère contre vous, continua Patricia, sa voix envahissant tout l'espace de l'appartement. Votre caméra. Vous vouliez faire un film sur ma vie. Sur la mort de mon frère. Ça m'a révoltée, vous comprenez ? Je ne sais pas ce qui m'a pris. Je vous ai voulu du mal. Mais j'ai compris qu'il fallait... Que je devais...

Chloé parvint à émettre un raclement de gorge.

— Voilà. Je vous présente mes excuses, poursuivit Patricia. Ne vous... ne vous tracassez plus avec tout ça. Je suis désolée.

Elle raccrocha.

Chloé garda longtemps le téléphone dans sa main levée. Les trois autres sortirent peu à peu de leur immobilité. Maxime se passa les mains sur le visage.

— Putain de merde, chuchota-t-il.

On vit alors se diffuser une sorte de lumière sous la peau du jeune homme, et le sang lui revenir. Véronique demeurait impassible.

— J'en étais sûre, dit Cécile avec simplicité.

Chloé s'écarta de l'îlot dont le plateau lui meurtrissait les omoplates.

— Elle a voulu te faire souffrir. Comme elle a souffert elle-même. Elle aussi s'est inventé une légende, celle des derniers mots du frère agonisant. Peut-être même qu'elle y croyait, qui sait ? On cherche toujours des responsables. N'est-ce pas Chloé ?

Il y avait tant d'assurance, tant de conviction, de douce fermeté dans sa voix, cette voix de toujours, la voix de la Cécile éternelle, que Véronique et Maxime se sentirent doucement immergés dans quelque chose d'infiniment tiède. Un soulagement baptismal.

— Putain, mais oui ! pigea Maxime.

Seule Chloé n'était pas tout à fait dupe. C'était trop beau. Trop improbable. Ce coup de fil, ici, maintenant.

Mais c'était la seule voie. La folle lui faisait cadeau du reste de sa vie. À prendre ou à laisser. Si elle se taisait maintenant, si elle répondait par un sourire au sourire de Maxime, alors tout reprendrait son cours. Elle n'avait plus qu'à ne rien dire.

D'un pouce un peu tremblant, elle bloqua le numéro de Patricia et ses jambes se dérobèrent lentement sous elle. Elle glissa jusqu'au sol et ferma les yeux.

Véronique sortit son téléphone.

— On devrait peut-être appeler les garçons ?

— Pour quoi faire ? s'enquit Cécile, un peu aigrement.

Véronique ne répondit pas. Elle fixait l'appareil.

— Qu'est-ce qu'il y a, maman ? s'inquiéta Chloé.

Sa mère tarda un peu à répondre.

— Je suis sur l'appli de géolocalisation qui permet de voir où ils se trouvent…

— Et ?

— Je ne sais pas. Ils sont au milieu de nulle part et le signal est immobile.

Les yeux sur leur propre écran, Cécile et Maxime confirmèrent.

— En effet. Ils se font une petite pause, gouailla Maxime.

Puis il s'approcha de sa mère, dont il entoura les épaules de son bras.

— Tu sais, maman, je tiens à te dire officiellement que je ne t'en veux pas.

— De quoi est-ce que tu devrais m'en vouloir ? répliqua-t-elle, glaciale.

Il baissa le front, piteux. Chloé se dit que Laurent et son fils souffraient de deux incapacités symétriques. Le premier à parler, le second à se taire.

Sur l'écran, le signal ne bougeait toujours pas.

*Chère Patricia,*

*Je m'excuse par avance des fautes d'orthographe, mais je tape avec le pouce et je n'ai pas l'habitude des SMS. Ce petit mot pour vous prévenir qu'il y avait erreur sur la personne, au sujet de votre frère. Je vous joins la photo de la carte d'identité du véritable assassin. C'est une histoire compliquée, mais j'ai recueilli ses aveux.*

*Pour le reste, vous risquez d'avoir quelques ennuis à cause de moi. On va forcément vous interroger. Ne vous inquiétez pas, je vais tout leur expliquer, leur fournir les preuves. C'est même la raison pour laquelle je reste là à les attendre, au lieu de, disons, m'en aller.*

*Patricia, sans me vanter, je crois m'être bougé le cul, cette fois.*

Gérard effaça cette dernière phrase.

Après avoir appelé la police, il avait démonté la carabine qui se trouvait maintenant soigneusement rangée dans le sac de sport.

Ils n'allaient plus tarder, maintenant.

Il aurait bien aimé trouver une jolie conclusion.

Rien ne lui venant, il appuya sur Envoyer, puis éteignit définitivement le téléphone.

Patricia lui en voudrait mais, il en était sûr, éprouverait aussi une joie inavouable.

L'inavouable, il fallait bien que quelqu'un s'en occupe.

Les deux cadavres gisaient en désordre. L'humus avait déjà bu beaucoup de sang. Ce n'était pas si sale, finalement.

Ce n'était pas si mal.

Songeant qu'il ne jouirait sans doute pas de sitôt d'un calme si complet, il s'allongea dans l'herbe à côté d'eux et se sentit agréablement gagné par leur somnolence.

Au même moment, leurs téléphones sonnèrent. Deux stridences discordantes, interminables. Dans le silence qui suivit, Gérard supposa qu'on leur laissait un message.

Il se demanda si les morts écoutaient les messages des vivants.

Cette question dépassant Gérard, il s'endormit comme un bébé.

## Chez le même éditeur

**Julien d'Abrigeon**
Sombre aux abords

**Robert Alexis**
Le Renvers

**Yan Allegret**
Les Enfants éblouis

**Natacha Andriamirado**
La Bouée

**Philippe Annocque**
Liquide
Monsieur Le Comte au pied de la lettre
Rien (qu'une affaire de regard)
Pas Liev
Élise et Lise
Seule la nuit tombe dans ses bras
Les Singes rouges

**Bettina Balàka**
Murmures de glace

**Nick Barlay**
La Femme d'un homme qui

**Pierre Barrault**
Catastrophes

**John Berger**
La Tenda rouge de Bologne

**Nella Bielski**
C'était l'an 42

**Luc Blanvillain**
Le Répondeur

**Julien Bosc**
Le Corps de la langue

**Lionel Bourg**
L'Engendrement
L'Horizon partagé
C'est là que j'ai vécu

**Kate Braverman**
Lithium pour Médée
Bleu éperdument

**Rolf Dieter Brinkmann**
Rome, regards

**Mathieu Brosseau**
Chaos

**Ron Butlin**
Le Son de ma voix
Visites de nuit

**Arno Camenisch**
Derrière la gare
Ustrinkata
Sez Ner
La Dernière Neige

**Manuel Candré**
Des voix

**Pierre Cendors**
L'Énigmaire
Minuit en mon silence

**Jonathan Coe**
B.S. Johnson, histoire d'un éléphant fougueux

**Marie Cosnay**
À notre humanité

**Didier da Silva**
Dans la nuit du 4 au 15

**Denis Decourchelle**
La Persistance du froid

**Paul Desalmand**
Le Pilon

**Sotiris Dimitriou**
Heureux soit ton nom

**Caroline Deyns**
Trencadis

**Anna Dubosc**
Bruit dedans

**Karsten Dümmel**
Le Dossier Robert
Le Temps des immortelles

**Miguel Duplan**
Un long silence de carnaval

**Maria Efstathiadi**
Hôtel Rouge

**Clotilde Escalle**
Toute seule

**Eva Figes**
La Version de Nelly

**Frédéric Fiolof**
La Magie dans les villes
Finir les restes

**Marie Frering**
Désirée
L'Ombre des montagnes

**Eleonore Frey**
En route vers Okhotsk

**Mihàlis Ganas**
Quelques femmes

**Undine Gruenter**
La Cache du Minotaure
Le Jardin clos

**Thanassis Hatzopoulos**
Les Oubliés

**John Herdman**
Imelda
La Confession

**Paulus Hochgatterer**
Brève histoire de pêche à la mouche
La Douceur de la vie

**Victoria Horton**
Grand Ménage
Attachements

**Chrìstos Ikònomou**
Ça va aller, tu vas voir
Le salut viendra de la mer

**Reinhard Jirgl**
Les Inachevés
Renégat, roman du temps nerveux
Le Silence

**B.S. Johnson**
R.A.S. Infirmière-Chef, une comédie gériatrique
Christie Malry règle ses comptes
Chalut
Albert Angelo
Les Malchanceux

**Gabriel Josipovici**
Moo Pak
Tout passe
Goldberg : Variations
Infini - l'histoire d'un moment
Dans le jardin d'un hôtel
Hotel Andromeda

**Jacques Josse**
Cloués au port
Le Manège des oubliés

**Anne Karen**
Rouge encor du baiser de la reine

**Michel Karpinski**
La Sortie au jour

**Besik Kharanaouli**
Le Livre d'Amba Besarion

**Mènis Koumandarèas**
Le Beau Capitaine
La Femme du métro
Mauvais Anges
La Verrerie

**Alain Lacroix**
Constellation

**Jérôme Lafargue**
L'Ami Butler
Dans les ombres sylvestres
L'Année de l'hippocampe
En territoire Auriaba
Le temps est à l'orage

**Erwan Larher**
Marguerite n'aime pas ses fesses
Le livre que je ne voulais pas écrire
Pourquoi les hommes fuient ?
Indésirable

**Jocelyn Lagarrigue**
La Nuit recomposée

**Michael Lentz**
Mourir de mère

**Christophe Levaux**
La Disparition de la chasse

**Hans Limon**
Poéticide

**Leopoldo Lugones**
Les Forces étranges

**Eugene Marten**
Ordure

**Christoph Meckel**
Portrait-robot. Mon père/
Portrait-robot. Ma mère

**Rafael Menjívar Ochoa**
Le directeur n'aime pas les cadavres
Ma voix est un mensonge

**Annette Mingels**
Romantiques

**Marcel Moreau**
À dos de Dieu

**Stéphane Padovani**
La Veilleuse
L'Autre Vie de Valérie Straub
Le bleu du ciel est déjà en eux

**Yànnis Palavos**
Blague

**Robert Perchan**
La Chorée de Perchan

**Claudio Piersanti**
Enrico Metz rentre chez lui

**Eric Plamondon**
Taqawan
Oyana
Aller aux fraises

**Cécile Portier**
De toutes pièces

**Horacio Quiroga**
Les Persécutés
& Histoire d'un amour trouble

**Benoît Reiss**
L'Anglais volant

**Monique Rivet**
Le Cahier d'Alberto

**Mercedes Rosende**
L'Autre Femme

**Vedrana Rudan**
Rage

**Maïca Sanconie**
Amor
De troublants détours
Le Bord du ciel
Zō

**Ersi Sotiropoulos**
Dompter la bête

**Julien Syrac**
Berlin On/Off
Poèmes à Faye

**Laurence Teper**
Un cadenas sur le cœur

**Pierre Terzian**
Crevasse
Ça fait longtemps qu'on s'est jamais connu

**Bruno Testa**
Dépression tropicale
L'Adoption

**David M. Thomas**
Un plat de sang andalou
Nos yeux maudits

**Pär Thörn**
Le Chronométreur

**Nils Trede**
La Vie pétrifiée

**Yannis Tsirbas**
Victoria n'existe pas

**Arelis Uribe**
Les Bâtardes

**Stéphane Vanderhaeghe**
Charøgnards
À tous les airs
P.R.O.T.O.C.O.L.

**Romain Verger**
Zones sensibles
Grande Ourse
Forêts noires

**Olivier Vigna**
L'Appendice des jours

**Marc Villemain**
Le Pourceau, le Diable et la Putain

**Michel Vittoz**
Danses du destin

**Gabrielle Wittkop**
Hemlock (à travers les meurtrières)

**Catherine Ysmal**
Irène, Nestor et la Vérité
À vous tous, je rends la couronne

**Zyrànna Zatèli**
Le Vent d'Anatolie

*Finalement tu dois comprendre que je ne suis ni patriarche ni Dieu pour pouvoir tout pardonner.*

Achevé d'imprimer dans l'U.E.
en mai 2022 pour le compte
de Quidam éditeur à Meudon.